세상이라는 왈츠는
우리 없이도 계속되고

PLUS GRAND QUE LE CIEL
© Éditions Flammarion, 2024
All rights reserved.

Korean translation rights arranged with Éditions Flammarion through ALICE Agency, Seoul.
Korean translation copyright ©2025 by Evening Moon Publishers

이 책의 한국어판 저작권은 앨리스에이전시를 통한 저작권사와의 독점 계약으로 저녁달에 있습니다. 저작권법에 의해 한국 내에서 보호를 받는 저작물이므로 무단 전재와 복제를 금합니다.

일러두기
* 추가적인 설명이 필요한 부분에는 옮긴이 주를 달았습니다.

VIRGINIE GRIMALDI

세상이라는 왈츠는
우리 없이도 계속되고

비르지니 그리말디 소설
손수연 옮김

PLUS GRAND QUE LE CIEL

저녁달

독자에게 보내는 메시지

Chères lectrices, chers lecteurs,

Je suis très émue de vous confier mon dixième roman, une histoire particulière à mon cœur.

J'espère qu'Elsa et Vincent pourront vous toucher et vous faire rire, et j'espère que vous aimerez cheminer avec eux autant que j'ai aimé le faire.

Je vous souhaite une belle rencontre,
avec toutes mes amitiés,

Virginie Grimaldi

사랑하는 독자 여러분께,

열 번째 소설을 여러분께 선보이게 되어 매우 벅찹니다. 이 이야기는 저에게 아주 특별한 작품입니다.
엘사와 뱅상이 여러분의 마음을 울리고, 또 여러분을 미소 짓게 해주길 바랍니다. 제가 둘과 함께한 여정을 좋아했듯, 여러분께서도 그들과 함께 걸어가는 시간을 즐겨주시길 바랍니다.

멋진 만남이 되길 바라며,
진심을 담아,

비르지니 그리말디

PLUS GRAND QUE LE CIEL

차례

독자에게 보내는 메시지 4

세상이라는 왈츠는 우리 없이도 계속되고 8

감사의 말 248

1. 엘사

네? 좋아요.

음, 저는 엘사고, 마흔두 살이에요. 열다섯 살짜리 아들이 하나 있어요. 이름은 트리스탕이고, 막 중학교를 졸업했어요. 이상하죠? 자기소개를 할 때면 항상 아들 얘기부터 하게 돼요. 언제나 아들이 제일 먼저 떠오르거든요. 물론 저를 이렇게 소개할 수도 있죠. 저에겐 남동생이 하나 있고, 저는 항상 추위를 타요. 민트 초콜릿 아이스크림, 스웨덴 드라마, 팟캐스트 듣기를 좋아하고요. 20년 동안 듣지 않았던 노래 가사를 줄줄 외우고 있고, 바람에 흔들리는 나뭇잎을 몇 시간이고 바라볼 수 있어요. 강아지 두 마리와 고양이 한 마리를 키우고 있고요. 운전면허 시험에는 두 번 떨어졌고, 해산물 알레르기가 있어요. 장식용으로 잘린 꽃은 싫어하고, 다리와 문에는 특별한 애정이 있어요. 양귀비 씨가 가득 박힌 빵을 좋아하는데, 그걸 먹으면 치아 사이에 씨앗이 너무 끼는 게 문제예요. 초등학교 1학년 때 같은 반이었던 친구들 이름은 아직도 기억하는데, 정작 르루아 메를랭[1]에 가면 뭘 사러 왔는지 까먹기도 해요. 이혼한 지는 7년 됐고, 전남편과는 여전히 친구로 지내요. 아, 이런 얘기를 하려고 한 건 아니에요. 누군가에게 제 소개를 해야 할 때면 언제나 "저는 엄마예요."로 시작하게 돼요. 그게 눈동자 색이나 키처럼 저를 설명하는 중요한 특징이 되어버렸거든요.

---

[1] Leroy Merlin. 프랑스에 본사를 둔 유럽 최대 규모의 홈 인테리어 및 DIY 전문 리테일 기업.

이것도 말씀드려야겠어요. 심리 상담을 받는 게 이번이 처음은 아니에요. 아홉 살인가 열 살 때 부모님이 저를 상담사에게 데려가신 적이 있어요. 제가 부모님과 떨어진다는 생각조차도 견디지 못했거든요. 심지어 할머니 할아버지 댁에 자러 가지도 못했어요. 저희 집 바로 옆에 사셨는데도 말이에요. 제 남동생은 자주 갔었지만요. 초등학교 4학년 때 이게 정말 큰 문제가 됐어요. 학교에서 스키 캠프를 가는 날이었는데, 제가 너무 울다가 기절했거든요. 결국 저는 집에 남았죠.

저는 상담실에 있던, 구슬들이 서로 끊임없이 부딪히던 그 신기한 물건이 아직도 기억나요. 상담사는 부드럽고 깊은 목소리로 말했어요.

그런데 선생님은 말수가 적은 분 같아요. 그렇죠?

…

어쨌든 저는 곧바로 편안함을 느꼈어요. 게다가 엄마가 대기실에서 기다리고 있었거든요. 저는 상담사와 마주 보고 앉아 있었고, 그는 저한테 이렇게 물었어요.

"엄마 아빠랑 떨어져 있을 때, 뭐가 그렇게 무섭니?"

잘 모르겠지만 아마도 부모님을 영영 다시는 못 볼까 봐 그런 것 같다고 대답했어요.

상담사는 깍지 낀 손을 배 위에 두고, 서로 부딪히며 흔들리는 구슬 너머로 너무나도 자연스럽게 이렇게 말했어요.

"너, 부모님이 언젠가 돌아가신다는 건 알고 있지?"

…

다시는 그 상담사를 만나고 싶지 않았어요.

인터넷으로 지도를 보다가 우연히 선생님의 연락처를 찾았어요. 마침 제가 이 골목 끝에 살아서 편하기도 하고요. 게다가 후기가 좋더라고요. 선생님이 항상 늦는다는 리뷰 하나만 빼고요. 하지만 제가 그걸로 선생님을 비난할 순 없죠. 저도 항상 늦거든요. 아무리 노력해도요. 거의 체질 같달까요. 그런데 이제는 그냥 받아들이기로 했어요. 저는 바칼로레아[2] 구술 시험에도 늦었고, 인생의 모든 데이트에도 늦었어요. 심지어 제 결혼식에도 늦었고, 이혼 서류에 서명하러 갈 땐 더 늦었죠. 사실, 저는 태어날 때부터 늦었어요. 예정일보다 이틀이나 늦게 세상에 나왔거든요. 제 주변 사람들은 이미 저를 잘 알고 있어서, 일부러 약속 시간을 앞당겨서 알려줘요. 하지만 스포일러를 하자면… 그래도 소용없어요. 그런데 여전히 적응하지 못한 사람이 한 명 있어요. 저희 사장님이요. 뭐, 지금은 제가 병가 중이라 상관없지만요.

사실, 그래서 여기 온 거예요.

저는 장례지도사예요. 10년 넘게 같은 장례업체에서 일했어요. 가족이 운영하는 회사라 모든 면에서 달라요. 전국 체인점에서도 몇 개월 일 해봤지만, 거기에는 제가 이 일을 선택하면서 원했던 인간적인 면이 부족했어요. 저는 제 일이 정말 좋아요. 정말로요. 저희 사무실 문을 열고 들어오는 사람들은 방금 소중한 사람을 잃은 상태예요. 너무 갑작스럽고 잔인한 상황이죠. 그들은 감정을 추스르기도 전에 행정적인 절차를 밟아야 하거든요. 그때는 극도로 예민한 상태라 아주 작은 일에도 쉽게 상처를 받아요. 한 번은 남편을 잃은 여자가 이렇게 말한 적이 있어요. "'취급 주의: 조심히 다뤄주세요'라고 적힌 팻말을 걸고 다니고 싶어요."라고요. 저는 그들을 따뜻하고 친절하게 대하려고 노력해요. 이야기를 듣고, 아픔을 존중하기 위해 힘쓰죠. 일하다 보면 자주 이런 얘기를 들어요. "그 사람은 정말 좋은 사람이었어요. 당신도

---

2) Baccalauréat, 프랑스 대학 입학 자격 시험.

알 거예요." 마치 저 같은 평범한 타인도, 사랑하는 사람이 다른 이들과는 다른 죽음을 맞이했다는 걸 알아야 한다는 듯이요. 저는 가장 비싼 관이나, 가장 이윤이 많이 남는 묘비를 파는 데에는 별로 관심이 없어요. 제게 의미 있는 것, 제 삶의 이유가 되는 것은, 사람들이 사랑하는 이에게 제대로 작별을 고할 수 있도록 돕는 것이에요.

비극적인 이야기라면 한 보따리도 넘게 보고 들어왔어요. 죽음은 수없이 마주했죠. 처음에는 그런 것들에 영향을 많이 받았어요. 그래서 이 일을 계속할 수 있을지, 다른 일을 해야 하는 건 아닐지 의심하기도 했고요. 그런데 결국, 가장 힘든 건 시신 자체는 아니더라고요. 슬픔, 그게 가장 힘들어요. 여전히 익숙해지지도 않고요. 매일 저녁 퇴근할 때면, 저는 슬픔을 조금씩 집으로 가져가요.

2주째 일터로 돌아가지 못하고 있어요. 그래도 복귀하고 나서 초반에는 잘 해내고 있었어요. 처음 며칠은 힘들었지만, 다시 일에 몰두했고, 익숙한 일상으로 돌아갔어요. 조깅도 다시 시작하고, 영어 수업도 다시 듣고요. 마치 삶이 제자리로 돌아온 것 같았어요.

그런데 빵집에서 그 일이 터진 거예요. 제 차례가 거의 다가왔을 때였어요. 저는 항상 주문하기 전에 머릿속으로 미리 연습하거든요. "안녕하세요. 살짝 덜 익은 바게트[3] 하나 주세요." 그런데 크루아상 앞에서 갑자기 가슴 통증을 느꼈어요. 마치 무언가가 안에서 갈라지는 느낌이었어요. 가슴이 찢어지는 것만 같았죠. 그리고 눈물이 터졌어요. 그다음엔 점점 어지럽더니, 커다란 구덩이가 저를 집어삼키는 것만 같

---

3) Baguette pas trop bien cuite. 프랑스에서는 바게트를 살 때 'bien cuite(잘 구운)' 또는 'pas trop bien cuite(살짝 덜 익은)' 바게트를 주문할 수 있는데, 살짝 덜 익은 바게트는 비교적 부드러운 바게트를 의미한다.

앉어요. 숨이 막혔어요. 이 고통이 끝나지 않을 것 같았고요. 결국 바게트도 사지 못하고, 앞도 제대로 보지 못한 채 집으로 돌아왔어요. 그리고 계속 잠만 잤어요.

말도 안 되죠. 모두 제가 잘 버티고 있다고 생각했는데요.

아빠가 돌아가신 지 두 달이 되었어요. 그리고 지금에서야 이 문장을 입 밖으로 꺼낼 수 있게 됐네요. 선생님, 저 좀 도와주실 수 있나요?

2. 뱅상

그래요. 마농이 떠났어요. 옷, 화장품, 책, 액자 속 포스터, 커피 테이블, 촛대, 서랍장, 식기…. 심지어 거실 샹들리에까지 챙겨 갔죠. 저는 혼자예요. 어둠 속에서 손으로 음식을 집어 먹고 있지만, 그게 전혀 신경 쓰이지는 않습니다. 제 삶이 마치 영화 같아요. 더빙이 엉망으로 된, 심지어 제가 주인공조차 아닌 그런 영화요. 만약 이런 일이 제 이웃에게 벌어졌다면, 아마 더 많은 감정을 느꼈을지도 모르겠네요.

마농은 저에게 무슨 반응이라도 끌어내려고 했어요. 때로는 부드럽게, 때로는 날카롭게. 마농의 눈에 눈물이 차오르는 걸 보면서도, 제가 바랐던 건 단 하나예요. 마농이 제발 떠나주길, 이 관계가 끝나길. 저는 "미안해."라는 말만 반복하고 있었어요. 그게 충분하지 않다는 걸 알면서도요. 미안하다는 말은 누군가의 발을 밟았을 때나, 약속 시간에 늦었을 때, 전화를 못 받았을 때, 혹은 파스타를 좋아하지 않을 때나 하는 말이죠. 굳이 따지자면 마농이 제 커피 테이블을 가져간 것 정도는 아쉬운 일일 수도 있었겠네요. 하지만 관계를 망가뜨리고, 사랑을 꺼져가는 담배꽁초처럼 내버려두고, 절대 상처 주지 않겠다고 약속했던 사람을 아프게 만드는 건, 단순히 미안하다는 말로 해결될 문제는 아니지 않나요?

짜증이 나요. 6개월째 매주 한 번씩 선생님을 찾아오고 있지만, 여전히 선생님이 무슨 생각을 하시는지조차 모르겠어요. 이게 다 무슨 소용이 있을까요? 매번 이번이 마지막이라고 생각해요. 그리고 또 찾아오죠. 혼잣말을 하다가 마지막엔 수표를 써서 내고 나갑니다. 꽤나 비싼 독백인 거죠.

...

어제는 고등학교 친구 막스를 다시 만났습니다. 우리는 꽤 친했어요. 고등학교 1학년부터 졸업할 때까지 같은 반이었고, 성도 비슷해서 바칼로레아도 같은 교실에서 봤어요. 우리는 자주 공연장에서 만났고, 같은 친구들과 같은 바에서 어울렸습니다. 그는 오래된 피아트 우노를 몰았는데, 차체가 온통 스티커로 덮여 있어서 원래 색깔이 무엇이었는지조차 알아볼 수 없었어요. 막스는 멋진 사람이었어요. 알록달록한 바지를 입고 귀에 담배를 꽂고 다녔고, 항상 짓궂은 농담을 했지만 동시에 늘 남의 이야기를 진지하게 들을 줄 아는 사람이었거든요. 모두가 그를 좋아했어요. 막스는 우수한 성적으로 고등학교를 졸업했고, 부모님과 약속했던 바를 이루자마자 배낭 하나 달랑 메고 세계 여행을 떠나더라고요. 처음 2~3년 동안은 간간이 소식을 들었지만, 어느 순간 연락이 끊겼어요. 그런데 며칠 전, 갑자기 막스에게 페이스북 메시지를 받았어요. 우리는 예전에 자주 다녔던 바에서 만나기로 했죠.

막스를 거의 못 알아볼 뻔했어요. 그 얼굴엔 25년의 세월이 새겨져 있었거든요. 막스는 여전히 맥주를 마셨고, 여전히 그 미소를 지니고 있었어요. 한때 모든 여자를 무너뜨리던 그 미소 말이에요. 저는 한때 막스가 조금 부러웠습니다. 그는 제게 마치 투명 망토 같은 존재였거든요. 막스가 제 옆에 서 있기만 해도 사람들이 저를 알아보지 못했어요. 하지만 막스의 눈빛은 변해 있었어요. 예전과 같은 초록색 눈동자에 검은 속눈썹도 여전했지만, 그 안에서 빛나던 무언가가 사라져 있었어요. 마치 제가 거울 앞에 설 때마다 마주하는 그 눈빛처럼요.

막스는 우리가 만나지 않았던 세월을 들려주었습니다. 태국, 인도, 네팔, 베트남, 몽골에서 살았던 이야기들을요. 막스가 10년쯤 전에 프랑스로 돌아왔을 때, 교실 맨 앞줄에 앉던 작은 키의 갈색 머리 소녀 이자벨 다미에와 재회했어요. 그들은 결혼했고, 아이 둘을 낳았어요. 하지만 막스는 도시의 거의 모든 여자들과 바람을 피웠고, 이자벨은 한 번, 세 번, 여섯 번까지도 그를 용서했지만 결국 이혼을 요구했죠. 막스는 직장을 그만두고 부모님 집으로 돌아갔고, 자신의 가장 값비싼 물건들을 그곳에 숨겼습니다. 막스는 그 계획을 자랑스러워했어요.

"그 몹쓸 여자가 내 돈을 가져가는 건 절대 있을 수 없는 일이야. 이렇게 하면 난 최소한만 주면 돼."

간단히 말하자면, 막스는 새 여자친구들을 만나는 동안에도 계속 바람을 피웠고, 아이들을 2주에 한 번 보는 것조차 불평하며, 부모님과 사는 생활을 견디지 못했습니다. 막스는 저녁 내내 전 부인이 자신의 인생을 망쳤다고 욕을 해댔어요.

한 번도 제 안부를 묻지는 않았습니다.

집으로 돌아오는 길에 저는 막스가 얼마나 한심한 인간이 되었는지 깨닫고 묘한 위안을 느꼈습니다(미친 것 같아요. 타인의 몰락으로부터 오히려 자신의 평범한 삶을 위안 삼는다는 게요). 하지만 정말 역겨운 건, 막스가 진심으로 전 부인이 불행의 원인이라고 믿는 것이었습니다. 그는 양육비를 내지 않으려고 자신이 좋아했던 직장을 그만두는 쪽을 선택했어요. 돈 한 푼 없이, 마흔다섯 살이 되도록, 그는 어렸을 때 쓰던 방에 살면서, 매일 저녁 텔레비전 뉴스를 틀어두고 엄마가 끓여준 수프를 먹고 있는데도 이게 다 전 부인 탓이라니요. 이해가 되세요? 막스는 정말로 바보 같은 짓만 하고 있는 거죠. 사람이 이렇게까지 현실을 왜곡하고, 자기 자신을 돌아보는 대신 거짓된 이야기를 만들어 떠들어댈 수 있다니요. 사람들은 자기가 책임지지 않기 위해서라면 무고한 사람을 죄인으로 만들기도 합니다.

...

사실, 저부터가 그래요.

어쩌면 선생님이 아무 말씀도 하지 않는 게 나을지도 모르겠네요. 요즘 제 마음이 너무 시끄럽게 떠들어대서, 차라리 선생님에게 털어놓는 게 낫겠어요.

제가 이런 이야기를 하는 건, 막스의 이야기가 곧 제 이야기이기도 하기 때문입니다. 인정해야겠습니다, 선생님. 멍청이들의 왕국에서는 제가 왕이라는 것을요.

3

진료실은 엘리베이터 없는 4층에 있었다. 시간의 한계를 뛰어넘으려는 눈부신 노력 덕분에 엘사는 5분밖에 늦지 않았다. 그녀는 끈적한 7월의 더위를 뒤로하고 건물 안으로 몸을 밀어 넣었다.

엘사는 이곳에 다시 올지 말지 망설였었다. 사실 첫 예약은 한 정신과 의사와 환자들이 등장하는 드라마를 넋을 놓고 본 뒤에 잡았던 것이었다. 엘사는 자신에게 필요한 게 정확히 그런 것이라고 생각했다. 적절한 질문을 던지고, 적절한 답을 해줄 누군가. 그러나 첫 상담 후에는 의문만 남았다. 그 정신과 의사는 말도 없고, 반응도 없었다. 순간 그가 숨을 쉬고 있는지조차 의심스러울 정도였다. 집에 돌아오는 길에 그녀는 다음 상담 예약은 하지 않을 거라고 다짐했다. 세 번의 눈 깜빡임에 그렇게 비싼 돈을 쓸 바엔, 솔직히 그 돈으로 고무나무 화분을 하나 사는 게 더 쌀 것이었다. 효과도 비슷할 테고. 그런 그녀를 설득한 건 동생 클레망이었다.

"누나, 뭐라도 해야 해. 단순히 입 냄새랑 다크서클 문제만 말하는 게 아니야. 누나 꼴을 보면 한니발 렉터[4]가 다 도망갈 지경이라고."

엘사는 자신의 흥미진진한 계획을 조정하기로 했다. 소파에 파묻혀 리모컨을 손에 쥔 채, 뇌를 조금도 쓸 필요가 없는 방송을 보는 생활을 말이다.

진료실 문은 맞은편 문과 다를 바 없었다. 여기가 정신과 진료실이라는 걸 알리는 표식은 하나도 없었기 때문이다. 유일한 단서는 사람들이 자주 드나들었다는 걸 말해주는 다 해진 현관 매트와 초인종을 누르고 들어오라는 스티커뿐이었다. 엘사는 그대로 따랐고, 문을 닫고 안으로 들어섰다.

---

4) Hannibal Lecter. 지적이고 교양 있는 천재 정신과 의사이자 동시에 섬뜩한 식인 연쇄살인마로, 토머스 해리스의 소설과 영화 시리즈에 등장하는 가상의 인물.

방은 작고 어두웠다. 정신과 대기실이라면 이 정도는 당연하다는 것처럼. 창문은 좀처럼 사람이 다니지 않는 거리로 나 있었다. 창백한 파란색 벽지 위에는 요금 안내문이 붙어 있었고, 예약 취소는 최소 48시간 전에 해야 하며, 그렇지 않으면 요금을 지불해야 한다는 내용이 적혀 있었다.

엘사는 상담을 포기하지 않은 스스로를 칭찬하며, 의자에 앉아 가방에서 휴대전화를 꺼냈다. 배경 화면에는 아들과 엘사의 아빠가 함께 찍은 사진이 있었다. 그녀는 그 장면에 생각이 머무르기 전에 손가락 끝으로 재빨리 화면을 넘겨버렸다.

스피커에서 오래된 재즈 음악이 흘러나왔는데, 그걸 듣고 있자니 엘사는 벽지로 자신의 손목을 긋고 싶어졌다. 그녀는 인스타그램을 열어, 어안이 벙벙해진 한 미국인의 수영장에서 곰이 헤엄치는 영상을 틀었다.

초인종이 울렸고, 엘사는 소스라치게 놀라 움츠러들었다.

뱅상이 들어와서 엘사에게 정중히 인사한 뒤, 그녀와 가장 먼 자리에 앉았다.

엘사는 휴대전화로 시간을 확인했다. 그녀의 예약 시간은 분명히 10분 전부터였다. 그러니 이 남자는 여기 있을 이유가 없었다. 그녀는 아무도 마주치지 않았어야 했다. 이곳에 오면서 최소한의 프라이버시가 보장되길 바랐기 때문이다. 만약 정신과 상담이 필요하다는 걸 세상에 알리고 싶었다면, 그녀는 항우울제 상자를 들고 거리를 활보했을 것이다. 하지만 (적어도 아직까지는) 그러지 않고 있었다. 게다가 뱅상은 발목까지 올라오는 운동화에 후드티까지 입고 있어서 보기만 해도 더웠다. 뱅상이 엘사를 바라보았고, 엘사도 그 시선이 느껴졌다. 그의 존재

자체가 그녀를 신경 쓰이게 했다.

"혹시 지금 몇 시인지 아세요?" 뱅상이 물었다.

"아니요." 엘사는 아무 생각 없이 대답했다.

"휴대전화나 손목시계로 한 번 봐주실 수 있을까요?" 뱅상이 미소를 지으며 물었다.

엘사는 손목을 들어 시계를 확인한 뒤 답했다.

"아직 한참 일러요. 당신, 엄청 일찍 왔네요."

"여기 오려면 기차를 타야 해서요." 뱅상이 변명하듯 말했다. "정확한 시간을 맞추기가 어려워서요. 그리고…."

"아무튼 정오 전까지는 상담 시간이 아닌 거죠?"

"네, 맞아요. 늦는 게 너무 싫어서요. 지난주에는 이 노선에서…."

"대단하시네요." 엘사가 그의 말을 끊었다. "이제 인사도 나눴으니 조용히 이것 좀 보게 내버려둘래요?"

엘사는 다시 무의미한 영상들 속으로 빠져들었다. 뱅상은 말문이 막혀 멈칫하더니, 자리에서 일어나 창밖을 바라보았다. 거리 너머, 지붕 위로, 끝없이 펼쳐진 울창한 소나무 숲을 향해.

뱅상도 자신이 이렇게 일찍 도착할 줄 몰랐다. 이 진료 대기실에서 누군가를 마주친 것도 처음이었다. 다음 주에는 그다음 기차를 타야겠다고 생각했다.

진료실 문이 열렸고, 몇 마디 인사가 오갔으며, 누군가가 대기실 유리문 앞을 지나갔다. 엘사는 자리에서 일어나 문 쪽으로 향했다.

"참 친절하시네요. 감사합니다." 뱅상이 빈정거리듯 말했다. "정말 즐거운 시간이었어요!"

엘사는 뱅상에게 눈길 한 번도 주지 않은 채 말없이 진료 대기실을 나갔다.

4. 엘사

안녕하세요, 선생님. 죄송해요. 아까 그 남자와 나눈 대화 들으셨겠죠. 제가 원래 그런 사람이 아니란 걸 알아주셨으면 해요. 보통은 발을 밟히고도 "고맙습니다."라고 하는 쪽이죠. 요즘 저는 저 자신을 더 이상 모르겠어요. 정확히 말하면 두 달하고 일주일 전부터요. 예전엔 감정을 늘 마음속으로만 간직했어요. 꽁꽁 가둬뒀었죠. 밖으로 내비친 적은 한 번도 없었어요. 왜 그랬는지는 저도 몰라요. 한 번도 생각해본 적이 없거든요. 그냥 제 성격이 그런 거겠죠. 일종의 조심스러움 같은 거요. 그런데 요즘은 마치 문이 확 열려버린 것 같아요. 감정들이 도망치고 탈출해버렸어요. 그러고는 수면 위로 솟구쳐 올라와 자기 존재를 부르짖는 거예요. 조절이 안 돼요. 더 이상 아무렇지 않은 척할 수도 없어요.

계속 울어요. 이유도 없이요. 마지막으로 운 건 오늘 여기 오는 길이었어요. 거리에서 방울새 한 마리가 깡충깡충 뛰는 걸 봤는데, 그 모습이 저를 울렸어요. 회색빛 도시에 남아 있는 한 조각의 자연이라니. 마치 저항의 신호처럼 보였어요. 눈물이 고이는 정도가 아니라 그야말로 줄줄 쏟아졌어요. 그게 제일 문제인 건 아니에요. 분노도 있거든요. 세상 모든 것이 미워요. 이건 제 의지로 어쩔 수가 없어요. 사람들의 목소리, 소음, 웃음소리, 다른 사람들의 삶 자체가 저를 공격하는 것만 같아요. 가슴 한가운데에 화산이 생겼어요. 그 화산이 으르렁대고 끓어오르는 것이 느껴져요. 그 화산은 평소엔 잠들어 있다가 조금이라도 거슬리는 일이 생기면 격렬하게 폭발해요. 용암이 목구멍까지 치밀어 올라 입 밖으로 뿜어져 나오는 거죠. 이걸 막을 수가 없어요. 도무지 억누를 수 없는 감정이에요. 이게 새롭게 달라진 저예요. 저는 넘쳐흐르고 있어요. 제 몸도 이 변화를 그대로 받아들이지 못하나 봐요. 그래서 건선 발진이 생겼어요. 스테로이드 크림을 발라도 별 소용이 없네요. 감정들이 피부 틈새로 새어나와 팔과 목, 무릎 위에 보기 흉한 반점들을 만들어내는 거예요. 그리고 요즘 이게 더 심해졌어요.

이건 아빠한테 물려받았어요. 건선이요. 아빠한테도 건선이 자주 생겼는데 그때마다 식초로 치료하셨어요. 아빠는 뭐든 식초로 해결하려고 하셨죠. 애서가는 아니셨지만, 식초의 숨겨진 효능을 칭송하는 벽돌만 한 책을 가지고 계셨어요. 아빠는 식초를 건선 반점에도 바르고, 모기 물린 데도 바르고, 그걸로 화장실 물때도 없애고, 주전자도 세척하고, 설탕에 몇 방울 떨어뜨려 먹으면 딸꾹질도 멈춘다고 믿으셨죠. 심지어 식초에 존재하지도 않는 효능을 만들어내기도 하셨어요.

한번은 제가 스무 살쯤이었을 거예요. 부엌에 들어갔다가 아빠가 병째로 식초를 들이켜시는 걸 보고 놀란 적이 있어요. 저를 보고는 싱긋 웃으며 입을 닦으시더라고요. 아마 설명을 바라는 제 표정을 읽으셨을 거예요.

"목이 좀 아파서." 세상에서 가장 태연한 말투였어요.

"병원은 안 가셨어요?"

"그럴 필요가 없지!" 아빠는 식초 병을 흔들어 보이며 대답하셨어요.

"식초가 목감기에 효과가 있다는 얘긴 못 들어봤는데요. 그 책에 그렇게 나와 있어요?"

"응. 식초로 가글하라고 써 있더라고."

"그래서 그냥 들이마신 거예요?"

아빠는 어깨를 으쓱였어요.

"나쁠 건 없잖아."

"제발 결막염은 걸리지 마세요."

그러자 아빠가 배를 잡고 웃었어요. 아직도 그 웃음소리가 생생해요. 그게 제일 그리운 것 같아요. 영영 그 웃음소리를 들을 수 없다는 사실을 받아들일 수가 없어요.

…

'영영'이라는 말은 너무 가혹해요.

…

스물다섯 살 때, 실연을 당하고 다시 아빠 집으로 돌아갔어요. 저는 방금 차인 상태였고, 3년 동안 살던 툴루즈를 떠나기로 했죠. 아빠는 제게 마음의 상처와 강아지를 데리고 다시 집으로 돌아오라고 하셨어요. 제 방은 여전히 어린 시절과 사춘기의 중간 어디쯤에 멈춰 있었어요. 거기에는 아빠가 나무로 만들어준 사과 모양 책장이 그대로 있었고, 비블리오테크 베르트[5] 시리즈와 아빠가 영화관에서 직접 구해다주신 〈그랑 블루〉의 포스터도 그대로였죠.

아빠는 "너 물건 아무 데나 늘어놓지 마라. 내가 너를 모르겠니."라고 경고를 날렸어요(누구 닮아서 그러는지 모르겠지만, 절대 본인 때문은 아니라고요). 그건 사실 형식적인 말일 뿐이에요. 아빠의 말투에서 웃음을 느꼈거든요. 다시 큰딸과 함께 〈CSI: 과학수사대〉를 보면서 아쉬 파

---

[5] 프랑스 아셰트 출판사가 펴낸, 초록색 표지로 유명한 아동·청소년 모험·추리 소설 시리즈.

르망티에[6]를 나눠 먹을 수 있게 된 게 무척 기쁘다는 것을 느꼈죠. 아빠도 1992년에 깊은 슬픔을 마주했고, 그때부터 개를 키우셨어요.

아빠는 엄마와 헤어진 후 다른 사람을 만나지 않으셨어요. 스스로 선택한 거라고 하셨죠. 이제는 다른 사람과 함께 사는 걸 감당할 수 없을 것 같다고요. 이미 혼자인 삶에 너무 익숙해졌고, 침대를 혼자 쓰는 것도 좋고, 리모컨을 마음대로 쓸 수 있는 것도 좋다고요. 하지만 저는 알아요. 아빠는 부서진 마음의 조각들을 다시 맞추는 법을 몰랐던 거예요.

…

제가 이별의 아픔을 잘 극복할 수 있도록 하기 위해서였을까요. 제가 집에 돌아오자마자 아빠는 하나의 사명을 갖게 된 듯했어요. 바로 스테판에서 '그 개자식'이 되어버린 그를 잊게 만드는 것이요. 아빠는 괴물 가면을 쓰고 저를 맞이했고, 제가 깜짝 놀랄 때마다 깔깔 웃었어요. 눈에 플라스틱 병뚜껑을 붙인 채로 거실에 나타났고, 어이없는 말장난을 늘어놓았고, 김 서린 욕실 거울 위에 이상한 낙서를 했어요. 효과가 있었어요. 아빠는 저를 웃게 만들었거든요.

…

선생님은 이해하시죠? 아빠는 모든 것을 농담으로 바꿨고, 삶을 놀이터로 여겼어요. 아빠의 마지막 농담은, 예순아홉 살에 세상을 떠난 거예요. 그리 재밌는 농담은 아니었지만요.

…

저는 아빠에게서 많은 걸 물려받았어요. 샴쌍둥이처럼 서로 붙어 있

---

6) Hachis parmentier. 감자를 으깬 것과 다진 고기를 쌓아 오븐에 구운 요리. 프랑스식 감자 고기 그라탱 또는 감자 미트파이.

세상이라는 왈츠는

는 발가락도요. 그걸 알게 된 건, 최근에 하얀 천 아래 놓인 아빠의 발을 보고서였어요. 커다란 보폭으로 거의 뛰듯이 걷던 그 걸음걸이도요. 그리고 코. 한때 너무 싫어서 성형수술까지 고민했지만 지금은 생각도 안 해요. 말하려던 걸 잊어버릴까 봐 입안 가득 음식을 물고도 말을 하는 버릇도, 집 안에서 아들이 불쑥 나타날 때마다 화들짝 놀라는 것도 다 아빠를 닮았어요. 아빠는 저에게 강아지를, 세상을, 꽃이 핀 나무를 사랑하는 마음과 우편물을 제때 처리하지 못하는 습관을 물려주셨어요. 전화를 끊을 때마다 "사랑해, 안녕!"이라고 말하는 것도요. 아빠는 저에게 수줍음과 몇 가지 신경질적인 성향, 그리고 지나치게 솔직한 성격을 주고 떠났어요. 하지만 최근에야 깨달았어요. 아빠에게서 받은 가장 아름다운 유산은 바로 유머 감각이라는 것을요. 그게 우리를 끝까지 이어주던 끈이었어요. 지금 제가 가장 그리워하는 것이기도 하고요. 저는 아빠 덕분에 유머를 배웠어요. 그런데 이제 아빠가 없으니, 제가 과연 다시 웃을 수 있을지 모르겠어요.

…

그 이후로 저는 계속 스스로에게 물어요. 왜 우리는 누군가가 사라지고 나서야 비로소 그들을 제대로 바라보게 되는 걸까요?

5

쇼메 박사는 엘사를 진료실 문까지 배웅했다. 엘사는 그가 문을 열기를 기다렸다(코로나19 유행 이후로, 엘사는 의사들이 문손잡이를 독점적으로 사용한다는 걸 눈치챘다). 그녀는 진료실을 떠나기 전에 가슴에 박혀 있는 슬픔 덩어리를 녹여내리는 듯 깊이 숨을 들이마셨다. 그리고 입구 복도를 가로질러 걸어갔다.

한편, 뱅상은 자신의 원고를 덮었다. 대기 시간 동안 60쪽 정도를 읽었는데, 아까 그 불친절한 여자가 적어도 이 점에서는 맞았다. 자신이 터무니없이 일찍 도착했다는 것 말이다. 뱅상은 엘사가 떠나기 전에 살짝 고개를 돌리는 것을 보았다. 그는 상담 중인 엘사의 목소리를 들었다. 그녀가 무슨 말을 하는지 알아듣지는 못했고, 일부러 들으려고 한 것도 아니었지만, 그녀의 목소리 톤과 말하는 속도의 변화 속에서 무언가를 이야기해야 한다는 절박함을 느꼈다. 어쩌면 흐느끼는 소리도 들은 것 같았다.

쇼메 박사가 뱅상의 이름을 불렀고 그는 진료실로 들어갔다.

6. 뱅상

원고 교정을 마쳤어요. 지금 마지막 검토를 하고 있고, 다음 주면 인쇄에 들어가요. 그런데 이제는 원고에서 단점밖에 안 보여요. 마음 같아서는 싹 다 다시 쓰고 싶을 정도예요. 모두들 성공하면 자신감이 생긴다고 생각하지만, 사실 정반대예요. 독자가 가족과 친구뿐이었을 때는 글을 개판으로 써도 괜찮았어요. 누구도 엄격하게 굴지 않았거든요. 그런데 이제는 달라요. 매일 낯선 사람들에게서 수십 개의 메시지를 받거든요. 그들이 보내는 말들이 너무 강렬해서 감히 읽을 용기가 나지 않을 때도 있어요. 저 아닌 다른 누군가에게 보낸 것 같아서요. 그 메시지가 저를 향한 것이라니, 말이 안 되잖아요.

별것 아닌 것 같지만, 상상해보세요. 일, 육아, 청구서, 집안일, 약속, 불면증과 온갖 어려움 속에서도 일부러 시간을 내어 '감사합니다'라고 말하기 위해 메시지를 보낸다니까요? 이건 정말 엄청난 일이죠. 아주 큰 의미가 있어요. 그래서 가장 두려운 건 그들을 실망시키는 거예요.

하지만 글을 쓸 때는 그런 걸 생각하지 않으려 해요. 그런 생각들로 제 머릿속을 복잡하게 만들고 싶지 않아요. 그럴 수도 없고요. 주제도 제가 선택하는 게 아니에요. 주제가 그냥 저절로 찾아오고, 그걸 종이에 옮겨 적을 때까지 저를 괴롭히죠. 그래서 그 순간이 가장 좋아요. 왜냐하면 그런 순간은 대개 더 이상 쓸 게 없다는 확신이 든 후에야 찾아오거든요. 다 끝났다고 생각하는 거죠. 모든 이야기를 다 써버렸고, 머릿속이 텅 비었다고. 그러다 갑자기, 파스타 물을 끓이다가, 혹은 그보다 덜 흥미로운 뭔가를 하다가, 아이디어가 쾅, 하고 들이닥쳐요. 사실 파스타는 좋은 핑계고요. 선생님한테는 솔직히 말할게요. 제가 쓴 일곱 권의 소설 중 네 권은 화장실에서 태어났어요.

아! 선생님이 웃는 걸 두 번째로 보네요! 첫 번째로 웃었던 건 첫 상담 때였죠. 옆집 이웃과의 황당한 사건을 얘기하면서 제가 '68혁명 때의 겨드랑이털 같은 헤어스타일'이라고 했을 때요. 여전히 제 말을 듣고 계신 걸 보니 기쁘네요.

죄송해요. 어디까지 얘기했더라. 아 맞아요, 영감!

사람들은 종종 제게 물어요. 영감이 어디서 오는지, 공식 같은 게 있는지, 아이디어를 포착하는 방법이 있는지. 그런데 제게도 마땅한 답이 없어요. 아마 작가의 수만큼이나 다양하겠죠. 제 경우엔 한번 아이디어가 머릿속에 자리 잡으면 그때부터 아이디어의 노예가 돼요. 그 순간 저는 변해요. 귀는 더 커지고, 뒤통수에도 눈이 달린 것처럼 모든 감각이 예민해져요. 저는 안테나가 되어서 모든 것을 포착하고, 그 것들을 섞고, 소화해내요. 세상 모든 것이 재료가 돼요. 뇌가 끊임없이 끓어오르고, 스토리를 써내려가요. 마치 멈추지 않는 배경음악처럼요.

그러다 마지막에 '끝'이라는 단어를 적고 나서야, 그때 독자들이 다시 떠올라요. 그리고 그들이 이 책을 기대하고 있을지 궁금해지죠. 속이 뒤틀릴 정도로 걱정하고요. 저는 매번 확신해요. '이번이 바로 그 순간이다. 이건 실망스러운 소설이다. 모두들 내가 사기꾼이란 걸 알게 될 것이다.'

저는 지금 그 단계에 있어요. 마지막 검토를 끝내고 있거든요. 그러고 나면 지난 몇 달간 저와 함께한 인물들이 더 이상 제 것이 아니게 될 거예요. 출간까지 석 달 남았으니, 앞으로 자주 책 얘기를 하게 될 거예요. 드디어 마농 이야기에서 벗어나겠네요.

…

마농이 떠난 후, 한 번도 소식을 듣지 못했어요. 인스타그램에서도 저를 차단했더라고요. 지난 금요일 저녁에 딸들이 왔어요. 이번 주는 제가 아이들을 돌볼 차례거든요. 저는 아이들에게 마농과의 관계가 끝났으며, 그녀를 다시 볼 수 없을 거라고 설명해야 했어요. 아이들이 마농을 꽤 좋아했거든요. 조제핀은 울었고, 루는 뾰로통해졌어요. 루는 당연히 제 잘못이라고 생각했어요. 사실 완전히 틀린 말도 아니고요. 저는 아이들에게 영화를 보러 가자고 했고, 아이들은 기뻐서 폴짝 뛰었어요. 제가 지키고 싶었던 어린 시절 초능력이 하나 있다면, 그건 바로 작은 기쁨과 큰 슬픔을 똑같이 중요하게 여기는 거예요.

토요일이 되자마자 아이들 엄마는 이미 알고 있더라고요. 아나이스는 아이들과의 통화가 끝날 때쯤 저와 이야기하고 싶다고 했어요.

"다음번에는 아이들에게 새로운 사람을 소개하기 전에 조금 더 기다려, 뱅상."

"난 6개월을 기다렸어. 그건 당신보다 5개월하고 29일을 더 기다린 거야."

"보아하니 당신은 여전히 말대꾸 하나는 기가 막히게 하는구나."

"당신은 여전히 설교하는 걸 좋아하고."

"난 그냥 우리 딸들에게 도움이 되길 바랄 뿐이야. 길게 말할 생각은 없어. 마리옹이랑 잘 안된 건 안타깝다고 말하고 싶었어."

저는 굳이 마농이라고 정정하지 않았어요. 아나이스는 계속 말했죠.

"당신이 진지한 관계를 맺는 데 어려움을 겪는 게 어느 정도 내 책임인 것 같아. 상담 받아볼 생각은 해봤어?"

"수의사한테 말이야?"

"뱅상, 당신이랑은 정말 대화가 안 된다. 난 그냥 당신을 도우려고 하는 거라고."

"아나이스, 내가 언젠가 당신한테 도움을 청하는 문자를 보낸다면, 그건 스팸이니까 답장하지 마. 아주 멋진 저녁 시간 보내길 바라. 그 잘나고 나이 많은 파스칼에게 내 안부 전해주고."

전화가 끊겼어요. 아나이스는 분명히 터널을 지나가고 있었을 거예요. 그녀도 남을 평가할 처지는 아니고, 저도 굳이 아무 말 안 할 거고요. 지난 4년간 두 명의 여자를 딸들에게 소개했다고 해서, 아이들에게 해를 끼쳤다고 생각하지는 않아요. 저도 신중하게 행동하는 거예요. 확신이 설 때까지 기다리거든요. 적어도 제가 확신할 수 있는 만큼은요. 뭐, 결국 이렇게 됐지만요.

...

마농이 저를 떠나겠다고 했을 때 제가 가장 먼저 떠올린 건, 제 딸들이 받을 상처였어요. 마농과 함께 살지 말았어야 했어요. 그녀는 우리 관계를 너무나도 믿었고, 어느 순간 저도 그 믿음을 따랐죠. 전 항상 착각에 빠지는 데 능하니까요. 아니면 작가가 되지도 않았겠죠. 그녀는 제가 사랑에 빠지기에 완벽했어요. 똑똑했고, 유머 코드도 문학이나 음악 취향도 같았고, 침대에서도 잘 맞았어요. 전 정말로 최선을 다했어요.

...

그런데 이제 저는 오로지 제 소설 속에서만 이야기를 망치지 않고 끝맺을 수 있게 되었네요.

...

학업을 마치고 캐나다에서 로드 트립을 했었어요. 한겨울이었고, 돌아오면 갈 직장이 있었죠. 렌터카를 빌려서 타고 다녔고, 여관에서 잤어요. 마지막 날 아침, 브리티시컬럼비아주 한가운데서 차 시동이 걸리지 않았어요. 너무 추워서 콧구멍에 고드름이 매달릴 정도였어요. 엔진은 시동이 걸릴 듯 말 듯했고, 계기판 경고등이 불안하게 깜빡였어요. 그러다 작동을 멈췄고요.

반드시 시동을 다시 걸어야 했어요. 그러지 않으면 비행기를 놓칠 상황이었거든요. 정말로 시동이 걸리길 바랐어요. 10분도 넘게 계속 시도했지만, 아무 소용이 없었어요. 그러다 저는 말도 안 되는 짓을 했어요. 차와 대화를 나누었거든요. 차에게 지난 몇 주 동안 함께해줘서 고맙다고, 절대 잊지 않겠다고 약속했어요. 그리고 우리의 마지막 여행에서만큼은 나를 버리지 말라고 애원했죠. 그다음에 무슨 일이 일어났는지 아세요? 아무 일도 없었어요. 정말 아무 일도요. 추운 날씨에 자동차 배터리가 방전되면 의지만으로는 해결되지 않아요. 제 몸속에서도 정확히 똑같은 일이 일어나고 있어요. 제가 아무리 원하고 바란다고 한들, 제 배터리는 완전히 방전되었거든요. 이건 제 의지로 어쩔 수가 없어요. 제 심장은 지금, 겨울에 있어요.

7

병가를 낸 이후로 엘사는 알람 소리 없이 아침을 맞이하는 행복을 다시 느끼고 있었다. 매일 아침 7시 정각에 울리던 소름 끼치는 알람 소리는 이제 그녀의 의식이 깨어나는 잔잔한 떨림과 눈꺼풀 뒤로 춤추는 햇살로 대체되었다. 꿈도 없는 잠에서 깨어날 때면 늦은 시간이었고, 때때로 아들 트리스탕이 그녀보다 먼저 일어나 있기도 했다. 오늘 아침도 그랬다. 엘사가 깊은 잠에 빠져 있을 때, 트리스탕이 그녀의 방으로 들이닥치며 소리쳤다.
"엄마! 나 기차 놓쳤어!"
엘사는 정신을 차리려고 벌떡 일어섰고, 다행히 효과가 있었다.
"뭐? 뭐라고? 무슨 일이야?"
"엄마, 나 기차 놓쳤어. 나 데려다줘야 해!"
"뭐라고?"
"엄마, 제발 좀 서둘러!"

엘사는 베개에 다시 몸을 기대며, 학교 가는 날 아침마다 침대에서 나오길 그토록 꺼리던 아들의 모습을 떠올렸다.

"귀찮아…." 그녀는 중얼거렸다.

"엄마, 정말 이럴 거야?" 트리스탕은 아이도 어른도 아닌 것 같은 목소리로 외쳤다.

"약속해. 내년부터는 엄마가 한 번 깨우면 바로 일어날 거라고. 아침마다 열 번씩 너를 흔들어 깨우는 일은 없게 해줘."

"지금 나 협박하는 거야?"

"당연하지, 우리 아가."

트리스탕이 어깨를 으쓱거리며 말했다.

"됐어. 그냥 기타 수업일 뿐이야. 사실 그렇게 가고 싶지도 않았어."

엘사는 기지개를 켜며 말했다.

"너 거짓말이지?"

"나도 누구한테 배운 거거든."

"알겠어, 가자. 당연히 데려다줘야지." 엘사는 손에 잡히는 대로 옷을 걸치며 말했다.

기타 수업은 보르도 중심부의 공원 근처에서 열렸다. 엘사는 수업시간보다 몇 분 늦게 트리스탕을 도로에 내려주었다. 다른 학생들도 아직 입구 앞에 서 있었다.

"뽀뽀는 안 하는 게 낫겠지?"

"엄마, 제발…."

"얼른 가. 좋은 하루 보내, 우리 아가."

트리스탕이 차에서 내리자 엘사는 다시 운전대를 잡았다. 쇼메 박사와의 약속까지 한 시간 반이 남아 있었다. 집으로 돌아가는 데 한 시간이 걸리니, 남은 30분(그녀는 셈을 잘한다)은 페인트가 묻은 운동복을 갈아입고 머리를 단정히 손질할 시간이었다. 엘사의 반곱슬머리는 자는 동안 엉키는 재주가 있었고, 그 덕에 항상 머리 뒤쪽에 까치집을 지은 채로 일어나곤 했다.

소카츠 부근 A63 고속도로를 지날 때, 차량에서 경고음이 울리며 연료 부족을 알리는 경고등이 켜졌다. 팟캐스트에 몰두한 엘사는 그 경고를 알아채지 못했다. 엔진이 덜컹거리기 시작했을 때에야 사태를 깨달았으나, 가장 가까운 주유소까지는 1킬로미터 이상 남아 있었다.

엘사가 숨을 헐떡이며 진료실에 도착했을 때, 그녀는 운동복 차림에 머리는 까치집을 지었고, 땀과 휘발유가 섞인 냄새를 풍겼다. 엘사는 다른 사람의 예약 시간을 방해하지 않기 위해 정확히 11시가 되기를 기다렸다가 진료실로 들어갔다.

"여기서 뭐 하시는 거예요?" 엘사가 진료 대기실에 들어서며 물었다.

"안녕하세요. 다시 뵙게 되었네요. 반갑습니다." 뱅상이 웃으며 대답했다. 그는 손목을 들어 시계를 가리키며 말했다.

"보세요. 이번에는 시계를 차고 왔습니다!"

"차고 왔으면, 시간을 보는 것도 생각해보셔야겠네요."

"제가 감히 반박할 마음은 없지만, 제 예약은 12시입니다. 제가 아니라 당신이 늦은 겁니다."

"저도 무례해지고 싶지는 않은데요…."

"그건 잘 모르겠네요."

"하지만 지금은 11시고, 그건 당신도 너무 잘 아실 텐데요." 엘사는 최대한 침착한 어조를 유지하려 애쓰며, 반박 불가능한 증거라는 듯이 자신의 손목시계를 뱅상의 코앞에 들이밀었다.

"둘 중 하나의 시계가 거짓말을 하고 있군요. 그게 제 시계라고 단정할 수는 없죠."

엘사는 짜증을 숨기지 못하고 가방을 뒤적였고, 휴대전화를 꺼내며 말했다.

"여기, 보세요. 11시인 거 확실히 보이죠. 이것도 부정하시겠어요?"

"저… 뭐라고 해야 할지 모르겠네요. 시계를 오랫동안 안 차다 보니 아마 윈터타임에 맞춰져 있었나 봅니다."

"그랬다면 지금 10시겠죠." 엘사는 이겼다는 듯 만족스러운 미소로 응수했다.

"아니죠, 그 반대죠." 뱅상이 웃으며 그녀의 주장에 반박했다.

"잘 들어보세요. 겨울에는 시간을 한 시간 늦추고, 여름에는 한 시간 앞당기잖아요. 아주 간단한 거죠."

"그래서 시간을 한 시간 늦추면, 지금 12시라는 거잖아요!"

"지금 저 놀리는 거예요?"

"조금요."

엘사는 가슴속 화산이 폭발하기 직전임을 느꼈지만 가까스로 참아냈다. 이 낯선 남자에게 퍼부을 말들보다는 자신이 눈물을 쏟을까 봐 걱정했다. 그녀는 눈물을 참으려는 듯 하늘을 올려다보더니 회색 의자에 앉았다.

"게다가 제 자리를 차지하셨네요."

"아, 그 의자가 당신 것인지 몰랐네요. 매번 이 의자를 들고 다니시는 건가요? 무겁지 않으세요?"

엘사는 쇼메 박사가 자신을 구해줄 때까지 더 이상 뱅상에게 말을 걸지 않았다.

아무 말 없이 대기실을 나서려는 찰나에 뱅상이 나지막이 말했다.
"휘발유 냄새가 참 좋네요. 그 향수 이름 좀 알려주시겠어요?"

8. 엘사

제 아들이 이번 봄을 어떻게 기억하게 될지 궁금해요. 저는 아홉 살 때 할머니가 돌아가셨던 일을 또렷이 기억하거든요. 그때 살았던 아파트 현관이 떠올라요. 벽지는 갈색이었고, 아빠가 문을 달아 놓은 오크통 위에 전화기가 놓여 있었죠. 그 오크통은 문을 열면 불이 켜지는 미니바였어요. 아빠는 나무를 다루는 걸 참 좋아하셨어요…. 전화기요. 커다란 수화기에 선은 꼬불꼬불하고, 전화를 걸려면 다이얼을 여덟 번이나 돌려야 했어요. 그런 전화기 기억나시죠? 아직도 그 전화벨 소리가 들리는 것 같아요. 저는 부엌에 있었고, 문은 살짝 열려 있었어요. 가을이었지만 바깥 공기는 포근했죠. 엄마가 딸꾹질을 하셨던 것도 기억나요. 처음엔 웃으시는 줄 알았어요. 그런데 전화를 끊은 엄마의 얼굴이 눈물로 뒤범벅되어 있었어요. 그러고는 이렇게 말씀하셨죠. "할머니가 많이 안 좋으셔. 엄마가 가봐야 해."

아빠가 엄마를 꼭 껴안았어요. 엄마는 가방을, 열쇠를, 제정신을 찾으려 애쓰고 있었죠. 그러고는 떠났어요. 아빠는 담배를 피우며 머리를 막 문지르더니 애니메이션을 보겠느냐고 물었어요. 저는 보고 싶다고 했고요. 엄마는 사흘 뒤에 돌아왔어요. 고아가 되어서요. 저는 결코 잊지 못해요. 밤의 침묵 속에서 터져 나왔던 엄마의 억눌린 흐느낌, 샤위기 아래서 새어 나오던 울음소리, 충혈된 눈, 물어뜯긴 손톱, 손도 대지 않은 채 남겨진 음식들을요.

...

아빠가 마지막 숨을 내쉬었을 때, 가장 먼저 떠오른 건 트리스탕이었어요. 아빠가 더는 이 세상에 존재하지 않는다는 사실을 내 아이에게 전해야 한다는 것이, 제가 그 사실을 받아들이는 것보다 더 어려운 일이었죠. 아들의 고통이 제 고통보다 더 무겁게 느껴졌어요.

...

트리스탕은 할아버지를 정말 많이 좋아했어요. 아주 어렸을 때부터 할아버지의 정원에서 보내는 시간을 무척이나 좋아했죠. 거기서 트리스탕은 글라디올러스, 장미, 진달래 같은 꽃들을 발견하고, 할아버지와 함께 돋보기를 들고 곤충들을 관찰하며, 땅을 파헤치고, 잡초를 뽑고, 물을 주고, 깍지벌레를 잡았죠. 제가 허락한 것보다 훨씬 많은 사탕과 젤리를 먹으면서요. 트리스탕은 저를 항상 슬픔으로부터 지켜줘요. 제가 코를 훌쩍이기만 해도 제 앞에 나타나서 괜찮은지 묻곤 하거든요.

저는 트리스탕을 보호하려고 노력해요. 그 아이의 슬픔에 제 슬픔을 더하지 않으려 애쓰면서, 혼자 있을 때까지 울음을 꾹 참아보려 하지만, 그게 뜻대로 잘 안 돼요. 눈꺼풀은 형편없는 댐일 뿐이에요. 눈물이 시도 때도 없이 넘쳐흘러요. 아침 식사 도중에도, 빨간 신호등 앞에서도, 드라마를 볼 때도, 심지어 식초병을 볼 때도요. 아빠가 돌아가신 이후로, 저는 전혀 다른 방식으로 음식을 해요. 제 나름대로 둑을 쌓는 거죠.

트리스탕의 기억 속에 이 시기는 아마도 회색빛 봄의 흔적, 누군가의 부재로 가득 찬 시간, 그리고 레몬 식초 드레싱의 맛으로 남겠죠.

9. 뱅상

"프리바 씨, 꽤 오랫동안 저를 찾아오고 계시죠…?"
"6개월이요."
"정확히 6개월이죠."
"음, 거의 7개월이긴 한데요. 제가 일이 있어서 빠졌던 상담 몇 번을 제외하면 실제로는 6개월이 맞겠네요."
"그렇죠."
"그리고 어떤 상담은 다른 때보다 더 오래 걸리기도 하니까 그렇게 따지면…."
"제가 계속 말을 이어가도 될까요? 부탁입니다."
"죄송해요."
"제게 일이나, 휴가나, 친구들, 심지어 주말의 취미 생활에 대해 이야기하는 건 괜찮아요. 하지만 당신이 정말로 지금 겪고 있는 우울증에서 벗어나고 싶으시다면 이제는 진짜 주제에 대해 이야기할 때가 된 것 같네요."
"진짜 주제요?"
"네, 진짜 주제요."
"…."
"프리바 씨? 다음 상담까지 이 문제에 대해 한번 생각해보시겠어요?"

"선생님, 말씀드릴 게 있어요. 저는 선생님이 아무 말씀도 안 하실 때가 더 좋은 것 같아요."

10. 엘사

장례식에서 제가 무슨 짓을 했는지 아세요?

제가 감당할 수 있을지 모르겠지만, 어쨌든 여기서 말하지 않으면 어디서도 못 할 것 같아요.

사실 아빠는 신앙이 없으셨어요. 종교적인 것들은 다 싫어하셨고, 성당이라면 늘 피하셨죠. 정말 어쩔 수 없을 때만 뒷걸음질을 치며 겨우 들어가셨을 정도예요. 동생과 저는 아빠가 미사를 원하지 않으실 거라고 확신했어요. 그런데 아빠 신분증을 찾다가 지갑 안에 끼워진 묵주를 발견하고 놀랐어요. 분명히 고모가 주신 걸 거예요. 고모는 온 가족을 대신해서 믿음을 지키는 분이셨거든요. 그런데 아빠가 그 묵주를 간직하고 계셨던 거예요. 그게 저희 마음을 흔들어놓았죠. 아빠가 바라셨을 법한 고별식을 준비하고 싶었어요. 물론 저희에게 그런 걸 미리 알려주시진 못했지만요.

"사실 아빠가 성당을 원하셨던 걸까?" 남동생이 손가락 사이로 십자가를 만지작거리며 물었어요.

"아니라고 확신했었는데, 이제는 잘 모르겠어…."

"고모 장례식 때를 생각해봐. 아빠는 신부님이 고모보다 하느님 얘기를 더 많이 한 걸 마음에 안 들어하셨잖아."

"그게 미사의 본질인걸…. 우리가 적절한 중간 지점을 찾아야 할 것 같아. 축복식 같은 거?"

우리는 주변의 모든 신부님들께 두 시간 동안 전화를 돌렸어요. 우리의 의식에 주어진 시간은 겨우 30분이었는데, 읽고 싶었던 글, 준비했던 슬라이드 쇼, 틀고 싶었던 음악까지 다 넣으려면 시간이 꽉 찼죠. 제 경험상, 주어진 시간을 넘기는 건 불가능했어요. 그래서 장례식장에서 관 뚜껑을 덮는 순간에라도 축복식을 해주시길 부탁드렸죠. 하지만 아무도 수락하지 않았고 우리는 낙담했어요.

"우리가 직접 하면 되잖아." 동생이 농담처럼 말했어요.

"좋은 생각이네." 제가 비꼬았죠. "수르드 성수라도 있나 봐?"

사실 '루르드 성수'를 말하려던 거였는데, 어째서인지 말이 헛나왔어요. '수르드'는 아빠 집 뒤를 흐르는 강이에요. 아빠는 그곳에 강아지들을 자주 데리고 가서 수영을 시키고, 낚시를 하고, 근처에서 버섯을 캐거나 밤을 줍곤 하셨죠.

동생이 제 눈을 똑바로 바라봤고, 저는 우리의 눈빛이 동시에 빛나는 걸 느꼈어요. 우리 둘 다 더 이상 농담을 하는 게 아니라는 확신이 들었죠. 그래서 아빠다운, 그런 의식을 하기로 했어요.

그 후로 매일 밤, 제 눈꺼풀 위로는 늘 같은 장면들이 반복돼요. 아빠의 마지막 눈빛, 삶이 스러진 얼굴, 웃음소리, 멀어지는 아빠의 모습, 그리고 눈물 속에서 웃으며 동생과 제가 관 위에서 사랑하는 아빠를 수르드 강물로 축복했던 순간들 말이에요.

"성부와 성자와 로큰롤의 이름으로."

11. 뱅상

선생님을 뵈러 오려면 한 시간도 넘게 걸리는 거 아세요? 먼저 트램을 타고 기차역까지 가고, 그다음 기차를 타고, 마지막으로 20분을 더 걸은 다음, 3층까지 올라와야 해요. 참 대단한 열의인 거죠.

처음에는 진료실을 나오자마자 마틸드에게 전화를 걸었어요. 마틸드 카레트, 제 편집자요. 저에게 선생님을 추천한 사람이거든요. 추천이라기보다는… 협박에 가깝지만요. 그래도 그녀를 원망하진 않아요. 우리는 오래전부터 알고 지냈는데, 6~7년 정도 됐어요. 마틸드는 지금 제 상태가 얼마나 안 좋은지 가장 잘 아는 사람이에요. 올해 초에 제가 사고를 친 후에 꽤 많은 압박을 받긴 했을 거예요. 어쨌든 저는 진료실을 나와서 마틸드에게 저랑 장난하는 거냐고 따졌어요. 마틸드는 온 세상 사람들을 다 아는데도 저를 세상과 동떨어진 곳에 사는 말 없는 정신과 의사에게 보냈잖아요.

죄송해요. 기분 상하게 하려고 했던 건 아니에요. 그런데 누가 이런 데서 살 생각을 하겠어요? 기차에서 내렸을 때, 처음엔 뭔가 잘못된 줄 알았어요. 기차가 고장 났거나, 자살 충동을 느낀 멧돼지를 쳤거나, 어쨌든 금방 다시 출발할 줄 알았죠. 아, 마을은 귀엽긴 해요. 인정해요. 하지만 정말이지 누가 '나무만 본 지 오래됐잖아! 이쯤에 마을을 하나 세워볼까?'라고 생각한 걸까요? 정신이 온전한 사람이었을 리 없어요. 그래서 선생님도 여기에 정착하신 거겠죠. 선생님은 정신과 의사나 정육점 주인 중 하나를 선택하셔야 했던 거죠? 여기엔 사람보다 소가 더 많으니 아마 잘못된 선택을 하신 걸지도 모르겠어요.

아, 또 웃으시네요! 조심하세요. 선생님을 웃기는 데 재미 들일지도 모르니까요.

아무튼 제가 마틸드에게 전화를 걸어 불평했다고 했죠. 그게 특별한 일은 아니에요. 몇 달 동안 제가 한 말의 절반이 불평이었으니까요. 그녀에게 선생님을 추천한 그럴듯한 이유가 있길 바랐어요. 예를 들어, 선생님을 알고 있다거나, 선생님이 마틸드의 친구 중 한 명의 생명을 구했다거나, 파리까지 선생님의 명성이 나 있다거나, 그런 건 줄 알았죠. 하지만 전혀 그런 게 아니었어요.

"'지금 회의에 들어가야 해, 뱅상. 나중에 이야기할 수 있을까? 쇼메 박사님은 나도 잘 몰라. 보르도에서 빨리 만날 수 있는 정신과 의사를 찾았는데 첫 번째로 나온 분이야. 그래서 예약 잡았어. 그럼 이만!'"

믿어지세요? 마틸드는 선생님을 몰랐던 거예요. 그러니까 제가 여기 있는 유일한 이유는 그저 우연 때문이란 거죠.

고등학교 때 독일어 수업에서 '복권에 당첨되어 큰돈을 갖게 된다면 무엇을 하겠는가?'라는 주제로 작문을 한 적이 있어요. 제가 최고 점수를 받았고, 부모님께서는 서둘러 제 과제를 읽으셨죠. 그런데 눈앞에서 그분들의 얼굴이 굳어졌어요. 부모님은 매달 생활비를 맞추느라 온갖 고생을 하셨거든요. 어머니는 병원에서 청소 일을 하시고, 아버지는 공사장에서 몸을 혹사하셨는데, 사랑스러운 아들이라는 녀석이 아무렇지 않게 '복권에 당첨되면 슬플 것이다. 내 모든 꿈을 다 이룰 수 있을 것이기 때문이다.'라고 썼으니 말이에요.

저는 이야기를 만들어내요. 어릴 적 꿈을 이룬 셈이죠. 솔직히 말하면, 그 꿈을 뛰어넘었어요. 이렇게 많은 사람들이 제 글을 읽어줄 거라고는 감히 상상도 못했으니까요. 선생님, 저는 매일 아침 제 행운을 실감해요. 잠에서 깨서 몸무게를 잴 때처럼요. 행운이란 게 만질 수 있는 무언가 같아서 두 손으로 움켜쥘 수 있을 것만 같아요. 폭군 같은 상사 밑에서 일하지 않아도 되는 행운, 빵집 주인이 은근히 웃으며 항상 다른 사람들보다 저에게 슈케트를 더 넣어주는 행운, 몇 년 전만 해도 제가 아무리 애원해도 아무런 도움을 주지 않던 은행원이 이제는 제가 말하지 않아도 수수료를 면제해주는 행운 같은 것들이요.

무엇보다도 이런 게 정말 행운이에요. 사랑하는 일을 하며 살 수 있는 것, 정해진 시간표 없이 제 리듬대로 살아가며 시간을 보낼 수 있다는 것이요. 딸들이 이야기할 때 진심으로 들어주고, 아이들과 보드게임을 하고, 일부러 져주기까지 하는 그런 시간이요. 책을 읽고, 한낮에 영화관에 가고, 저를 감동시키고 격려해주는 독자들을 만나러 가고, 한 문장을 쓰고 지우고 다시 쓰는 그런 시간까지도요.

맞아요. 행복할 조건은 다 갖췄죠. 저도 알아요. 그런데도 공허해요. 더 이상 아무것도 의미가 없어요. 저는 부정적인 것만 기억하고, 모두를 의심해요. 사람들은 제가 인류애 넘치는 이야기를 쓴다고 말하지만, 저는 더 이상 인간을 믿지 않아요. 우리는 공격적이고, 비겁하고, 잔인해요. 실망스럽죠. 저는 더 이상 정보를 접하지 않아요. 몇 달째 신문을 펼치지도, 텔레비전을 켜지도 않았어요. 세상의 소식은 저를 괴롭게 하고, 다른 사람들의 고통이 저를 집어삼키는 것 같아요. 따뜻한 황금빛 왕좌에 앉아 있으면서도요. 때때로, 저는….

말하기 힘드네요. 생각하는 것조차도요.

가끔은 아이를 가진 게 후회되기도 해요. 이런 세상에 이렇게나 순진한 두 아이를 떠밀어버리다니, 정말이지 끔찍하게도 이기적이었죠. 저는 가장 큰 꿈을 이뤘지만, 이젠 기대도 희망도 없어요..

제 독일어 선생님이 정확히 보셨죠. 그건 참 훌륭한 과제였어요.

그래요, 제가 이곳에 오게 된 게 우연일지도 몰라요. 하지만 선생님을 보러 매주 한 시간도 넘게 걸리는 길을 와서는 철없는 아이처럼 제 고통을 늘어놓는 건, 선생님이 정확히 보셨듯이, 그럴 만한 이유가 있어서예요.

12

뱅상은 약속 시간보다 훨씬 일찍 도착했다. SNCF[7]의 파업으로 나라 전체가 마비된 상황에서 그는 상담을 취소할까도 생각했지만, 지난 주말의 사건들은 그의 상태가 안정되지 않았음을 여실히 보여주었다. 뱅상은 기차를 잡을 수 있길 바라며 동이 트기 전에 역으로 갔고, 가장 빨리 탈 수 있는 기차표를 구했다. 하지만 그는 대기실의 그 여자에게 또 다시 설교를 듣거나, 함께 시간을 보낼 여력이 없어서 커피를 마시러 가기로 했다.

그 동네 카페 겸 담배 가게[8]는 교회에 인접해 있었다. 네 명의 남자가 카운터에 기대어 있었고, 작고 어두운 방 안에 약 열 개의 테이블이 줄지어 있었다. 뱅상은 에스프레소를 주문했다.

"밖에서 마셔도 될까요?" 그가 물었다.

"들고 갈 만한 게 있나요?" 주인이 대답했다. 그는 길고 붉은 깃털이

---

7) Société Nationale des Chemins de fer Français의 약자. 프랑스 국영 철도회사.
8) Bar-tabac-PMU. 프랑스에서 흔히 볼 수 있는 카페, 술집 겸 담배 가게로 경마 및 스포츠 배팅을 할 수 있는 곳이다. 커피나 술을 마시거나, 담배, 신문, 복권 등을 구매할 수 있다.

꽂힌 검은 모자를 쓰고 있었다.

"무슨 말씀이시죠?"

"커피는 손님 거지만 잔은 아니죠. 그래서 커피를 들고 나가는 건 괜찮지만 잔을 가지고 나가는 건 안 됩니다."

뱅상은 커피를 마시고 싶었기에 두 손을 모아 거기에 커피를 부어달라고 할까 생각했지만 자존심이 그를 막아섰다.

"자, 그래서요?" 주인이 재촉했다. "커피를 드릴까요, 말까요?"

"그럼, 박치기는 여기서 바로 할까요, 아니면 포장하실래요?"

이 마지막 문장은 뱅상의 입 밖으로 나오지 않았다. 그는 카운터에 기대어 깔깔대는 네 명을 어이없다는 듯이 쳐다보고 밖으로 나갔다.

조금 떨어진 곳에서 이름 모를 나무 아래에 놓인 벤치를 발견했다. 뱅상은 거기에 앉아 생각에 잠겼다.

골목 끝에서는 엘사가 침대를 벗어나고 있었다. 그녀는 거의 한 시간 전부터 깨어 있었고, 그 시간 동안 내내 우울한 생각에 잠겨 있었다. 아침 루틴은 제각각 다르다. 어떤 사람들은 요가를 하고, 또 어떤 사람들은 신문을 들고 화장실에 간다. 엘사는 죽고 싶었다. 각자의 루틴인 셈이다.

다행히도 그런 상태는 오래가지 않았다. 먼저 몇 초 동안은 혼란한 정신에 상황을 잊고 있다가, 이어서는 죽고 싶다는 생각이 다시 고개를 들었고, 그러면 하루가 시작되었다.

엘사는 덧창을 열었고 팔뚝에 느껴지는 통증이 전날 그녀가 했던 일을 떠올리게 했다. 그녀가 미소 지었다. 강아지 두 마리, 쉬르야와 소카, 그리고 고양이 플라가다는 침대에서 꼼짝도 하지 않고 있었다.

"쉬르야와 같이 자는 건 금지야." 첫 번째로 입양한 쉬르야를 데려왔을 때 트리스탕에게 말했다. "그건 위생적이지 않고, 동물은 자기 자리에 있어야 해."

아들의 눈에 최소한의 신뢰를 보여주기 위해 엘사는 아들이 없을 때만 그 규칙을 어겼다. 플라가다는 이를 잘 알고 있는 것처럼 보였는데, 어린 주인을 괴롭혀서 아빠 집에만 머무르게 만드는 데 시간을 쏟았기 때문이다. 플라가다가 최근 저지른 업적은 가히 천재적이라고 할 수 있을 정도로 정확하게, 선생님이 부모님 사인을 받아오라고 한 수학 숙제 위에 오줌을 싼 것이었다.

엘사는 서둘러 준비를 마치고 작은 복숭아 하나를 입안에 욱여넣은 후, 쇼메 박사와의 상담을 위해 길을 나섰다. 그녀는 유리창 너머로 빵집 주인에게 인사를 건넸고, 문 앞에서 담배를 피우고 있는 담배 가게 주인에게도 인사했다. 호두나무 아래에서, 엘사는 팔꿈치로 얼굴을 가린 채로 벤치에 누워 있는 노숙자를 발견했다. 그리고 그 옆에 2유로 동전을 놓고는 가던 길을 계속 갔.

뱅상은 벤치에서 벌떡 일어났고, 마침 대기실의 그 여자가 건물 안으로 들어가는 것을 보았다.

13. 엘사

며칠 전, 아마도 선의였겠지만(이렇게 말해야 한다는 건, 보통 안 좋은 징조죠), 한 이웃이 제게 물었어요. "너희 아버지가 네가 이렇게 무너져 있는 걸 보고 싶어 하실 것 같아?"

우리 없이도 계속되고

어떤 상황에서도 잘 지내야 한다는 그 압박감, 불편한 페이지는 빨리 넘겨야 한다는 의무감이 저를 몹시 짜증 나게 해요. 아마도 제가 그런 것들에 쉽게 영향을 받기 때문일 거예요. 저는 기쁨과 행복 속에서 살기 위해, 아니, 최소한 거기에 가까워지기라도 하려고 오랫동안 저를 아주 몰아세웠거든요. 저는 슬픔을 문밖에 두려고 오랜 시간 애썼어요. 얼마나 파괴적인지 너무 잘 알고 있어서 집 안으로 들이고 싶지 않은 오래된 친구처럼요. 행복의 횡포에 짓눌렸던 거예요. 자기계발서가 책장을 뒤덮었고, 명상과 소프롤로지[9], 풍수지리를 시도해봤어요. 벽에는 힘이 나게 하는 명언들을 붙여두었고, 아로마 오일과 향초에 투자했죠. 제 인생을 성공시키기 위한 만반의 준비를 해둔 거예요. 제게 인생의 성공이란 행복한 상태를 유지하는 것이었으니까요. 언제나요. 언젠가 정말 진지하게 이렇게 말한 적이 있어요. "웃음 없는 하루는 잃어버린 하루다." 행복은 모든 종류의 부정적인 감정과 속박에서 벗어난 일종의 영구적인 상태였던 거죠. '좋아하는 일'을 하고, '사랑하는 사람들'에 둘러싸여 '기분 좋은 감정'만을 느껴야 했어요. 제 삶은 마치 〈엘렌과 친구들〉[10]의 한 에피소드 같았죠.

...

아빠가 돌아가시고 며칠 후에 그런 강박이 저를 강타했어요. 스스로에게 이렇게 말했죠. "무너지면 안 돼. 버텨야만 해." 가장 힘든 시련으로 산산조각이 났음에도 불구하고, 저의 궁극적인 목표는 나아지는 것이었어요. 곧바로 나아지는 거요. 그리고 처음으로, 저는 실패했죠.

선생님에겐 그리 놀랄 만한 일은 아니겠지만, 바로 그래서 제가 선

---

9) 호흡·이완·명상과 긍정적 시각화를 결합해 스트레스 완화와 심리적 균형을 돕는 심신 훈련법.
10) Hélène et les garçons. 1992년부터 1994년까지 방영된 프랑스 인기 청춘 드라마로, 대학생들의 사랑과 우정을 그린 시트콤.

생님을 찾아온 거예요. 하지만 선생님에게 상담을 받기로 한 후부터 제 고통이 점점 더 정당한 것처럼 느껴져요. 저는 괴롭고, 괴로울 권리를 제게 주고 있거든요. 마음껏 울고, 부끄럼 없이 슬퍼하고, 아빠에 대해 누구에게나, 언제나 말하고, 아빠의 사진을 보고, 아빠의 음성 메시지를 듣고, 자주 과거를 돌아보고, 때때로 술을 너무 마시고, 가까운 사람들에게 불친절하게 굴고, 며칠 동안 빛도 안 보고 지내기도 해요. 그렇게 됐어요. 피할 수 없는 터널이 있어요. 그리고 처음으로, 비상구를 찾으려 사방으로 뛰어다니지도 않고 있고요.

저희 아빠가 마치 당신께서 사라지지 않은 것처럼 제가 살아가길 원하셨을 거라고 생각하는 사람이 있다면, 그건 아빠를 잘못 알고 있는 거예요. 아빠에겐 여러 가지 장점이 있었지만, 당신이 우리의 우선순위가 아니라는 걸 견딜 수 없게 만드는 나르시시즘이라는 단점도 갖고 계셨거든요.

아빠 집에서 주말을 보낼 때면, 저와 동생은 그저 소파에 누워 텔레비전을 보거나, 건물 아래에서 친구들을 만나고 싶어 했어요. 하지만 당혹스럽게도 아빠는 저희가 카드놀이나 주사위 게임, 단어 게임, 모노폴리 같은 걸 억지로 함께하게 하셨어요. 어떻게든 아빠를 혼자 내버려두지 않도록요. 나중에야 아빠가 한 달에 두 번뿐인 주말로 다른 날들의 외로움을 채우려 하셨다는 걸 깨달았지만요.

성인이 되어 제 집이 생기고 난 뒤에도, 아빠는 며칠 동안 제가 연락을 드리지 않으면 참지 못하고 따뜻한 목소리로 "난 내가 딸이 없는 줄 알았어."라고 내뱉으셨죠.

저는 스물세 살이 될 때까지, 심지어 애인과 같이 살 때도, 2주에 한 번씩 아빠 집에 갔어요. 이제 와서 생각해보면 아빠가 제 감정을 자극

했고 그게 정서적인 협박이었다는 것을 알지만, 그렇다고 아빠를 원망하지는 않아요. 아빠와 함께한 시간들이 좋았고 지금도 그리워요.

물론 제가 끝없이 슬퍼하길 바라진 않으셨겠지만 제가 조금 더 울더라도 아빠가 그걸 싫어하진 않으셨을 거예요. 확실해요.

아빠는 식물을 잘 키우셨어요. 그건 열정으로 얻은 능력이 아니었어요. 오히려 집에서 식물들이 무성하게 자라는 걸 보고 나서야 열정이 생겨났던 거죠. 아빠는 죽어가는 제 식물들의 구세주였어요. 아빠가 몇 주 만에 식물들을 되살리면 저는 그걸 다시 가져와서 또 죽게 만들었고요.

아빠는 공동 정원을 빌리셨어요. 아파트에서는 식물에 대한 그 열정을 펼칠 수 없었거든요. 다른 사람들은 주로 토마토, 딸기, 양배추, 호박을 키우지만, 아빠의 정원은 달랐어요. 색색의 꽃들로 가득했죠. 모든 사람들이 풍성하게 핀 푸크시아, 나팔꽃, 장미, 철쭉, 클레마티스, 글라디올러스에 감탄하며 멈추어 서곤 했어요. 그중에서도 아빠는 글라디올러스를 가장 좋아하셨어요. 엄마를 떠올리게 하는 꽃이거든요.

어제는 아빠의 생신이었어요. 살아 계셨다면 일흔이 되셨을 거예요. 저는 아침 내내 울었어요.

그러다 저와 가장 친한 두 친구와 제 동생이 저를 집 밖으로 데리고 나갔어요. 그들은 가는 내내 비밀을 지켰고, 도착하고 나서야 저에게 그림 하나를 보여줬어요. 저는 그 그림을 바로 알아봤어요. 보라색 글라디올러스. 아빠가 정원 입구에 심으셨던 꽃이었죠.

"우리 이거로 타투하자." 동생과 친구들이 말했어요.

저는 바늘에 대한 극도의 공포가 있어서 피를 뽑을 때마다 미주신경성 실신을 겪지만, 셋을 꼭 안아줬어요.

동생은 으스러질 정도로 제 손가락을 꽉 잡았고, 마뉴는 센 척을 했으며, 소니아는 잠들어버렸어요. 그리고 저는 타투이스트에게 물었어요. 그에게도 지금 이 순간이 잊을 수 없는 순간이란 걸 알고 있는지 말이에요.

여기, 팔뚝 뒤쪽에 타투를 새겼어요. 보시겠어요?

14. 뱅상

제가 큰 실수를 저질렀어요, 선생님. 제가 그렇게 느낄 정도면 정말 크게 망친 거예요.

지난 토요일 저녁, 제 친구 파브리스의 마흔다섯 번째 생일 파티가 있었어요. 저희는 중학교 1학년 첫 등교일에 처음 만났는데, 그때는 서로 아는 사람이 아무도 없었고, 저는 전날 밤 침대에 오줌을 쌌고, 파브리스는 아침밥을 토하고 왔고, 우리는 나란히 앉았고, 그 이후로 절대 떨어지지 않았어요. 파브리스의 아내가 깜짝 파티를 준비했어요. 친구들, 가족들, 직장 동료들까지 모두 초대됐죠. 우리는 거실에서 덧창을 내린 채 숨어 있다가, 그가 들어오자마자 "서프라이즈!"라고 외쳤어요. 파브리스는 마치 연기 학교에서 배운 것처럼 완벽하게 연기했지만, 저는 그가 이미 눈치채고 있었다는 걸 바로 알았어요.

"집 앞에 부모님이랑 삼촌 차가 주차돼 있더라고."라고 저랑 잠깐 얘기할 틈이 생기자 파브리스가 말했거든요.

저는 그곳에 있던 거의 모든 사람들을 알고 있었고, 여기저기 돌아다니며 이 사람 저 사람과 이야기를 나눴어요. 특히 자멜과 떠들며 시간을 보냈는데, 그는 우리 삼총사 중 세 번째 멤버예요. 자멜은 중학교 3학년 때 알게 된 친구예요. 그때 파브[11]와 제가 다른 반으로 떨어지게 되었는데, 그는 제2외국어로 스페인어를, 저는 독일어를 선택했기 때문이에요. 저희 어머니가 독일 드라마 〈데릭 시리즈〉의 팬이셨거든요.

파브와 자멜은 같은 반이 되었고, 저는 그들의 우정이 시작되는 걸 지켜봤어요. 둘은 쉬는 시간마다 같이 다니고, 집에 갈 때도 같은 버스를 탔어요. 심지어 어느 수요일 오후엔 파브가 자멜의 집에 가서 닌텐도로 슈퍼마리오 게임을 하기도 했더라고요. 저만 빼고요. 사람이 절대 잊을 수 없는 것들이 있잖아요. 제 지아이조 게임으로는 상대도 안 됐죠. 자멜이 우리와 스케이트 보드를 같이 타기 시작했을 때, 저는 인정할 수밖에 없었어요. 그가 정말 멋지다는 걸요. 아무튼, 토요일 저녁 이야기로 돌아갈게요.

저는 모든 사람과 조금씩 이야기를 나눴는데, 그건 마치 옛 친구들과의 모임 같았어요. 파브는 저보다 훨씬 사교적이었어요. 기뻤던 것 같아요. 몇 년 동안 보지 못했던 얼굴들을 다시 마주하는 게요. 저는 좋은 시간을 보내고 있다고 스스로를 설득하려고 노력했지만, 그래도 뭔가 꺼림칙한 느낌이 계속 남아 있었어요. 명치 쪽에 느껴지는 불편함 같은 거요. 아마도 노스탤지어 때문일 수도 있고, 아니면 모두가 커플로 참석했다는 사실 때문일지도요.

그러던 중에 제가 모르는 어떤 남자가 다가왔어요.

"반갑습니다. 위대하신 작가님." 그는 허리를 숙여 인사하며 그 말을 했어요.

---

11) Fab. 파브리스의 애칭.

그러니까 그 불편함이란 건 이런 거였어요. 그 남자는 제 또래로 보였는데 훨씬 더 깔끔하고 단정했어요. 면도를 말끔히 했고, 셔츠에는 주름 하나 없었죠.

"책을 수백만 부나 팔면 기분이 어때요?" 그가 물었어요.

저는 사람들이 제게 글쓰기나 영감 같은 주제로 질문을 던지는 것에 익숙해요. 제가 하는 일은 사람들의 호기심, 때로는 환상을 자극하거든요. 사람들은 작가에 대해 굉장히 낭만적인 이미지를 가지고 있어요. 깃털 달린 펜으로 밤늦게까지 글을 쓰고, 시로 말하며, 위스키를 마시는 모습을 상상하죠. 일상의 모든 번잡함에서 벗어난 존재로요. 하지만 제 현실은 훨씬 더 현실적이고, 12음절 시구 같은 건 없어요. 사람들이 제가 잘난 척한다고 생각하지 않도록, 저는 항상 이 점을 강조해야 할 의무감을 느껴요. 저는 처음 만난 사람들에게도 제가 공공임대주택에서 자랐고, 가방끈이 긴 것도 아니라고 말해요. 제 친구들은 여전히 똑같은 사람들이고, 출판계라는 좁은 세계와 파리에서 멀리 떨어져 지낸다고 계속 말하죠(이 말을 할 때 저는 찡그린 표정을 지어요). 이런 말을 하는 게 좀 한심하기도 해요. 한번은 기자에게 매우 진지하게 이렇게 말한 적도 있어요. "저도 신호등이 빨간불일 때는 코를 파요." 그게 결국 기사의 제목이 되어버렸죠.

어쨌든 그 남자가 제 대답을 기다리고 있었어요. 대답을 듣고 싶어 하는 것처럼 보였죠.

"솔직히 숫자는 중요하지 않아요. 매일 아침 '내가 수백만 권을 팔았어.'라고 생각하면서 일어나지는 않거든요. 하지만 제가 쓴 글로 인해 많은 사람들이 감동받았다는 걸 알게 되는 건 정말 놀라운 일이에요. 저는 아주 개인적인 주제에 대해 쓰면서, 그게 저한테만 흥미로운 얘기일 거라고 늘 생각하거든요. 그런데 많은 사람들이 제게 "당신이 내 삶에 대해 이야기하는 것 같아요."라고 말해줄 때, 저는 더 이상 혼자가 아니라는 걸 느껴요. 그건 늘 자신이 동떨어진 존재라 여겼던 아이에게는 정말 소중한 일이죠."

그 남자는 입을 삐죽이며 말했어요.

"네, 네. 그런데 저한테 그런 말은 안 통해요. 분명히 많은 게 바뀌었을 텐데요. 길거리에서 사람들이 알아보고, 여기저기 초대받고. 당신의 통장 잔고는 감히 상상도 안 돼요."

"물론, 이제 제 통장 잔고가 항상 마이너스 상태는 아니고, 카드 결제도 더는 거절되지 않죠. 하지만 정말로 바뀐 건, 제가 열정을 갖고 하는 일로 먹고살게 됐고, 제 자리를 찾았으며, 대장내시경을 받을 때조차 알아보는 사람이 있다는 거예요."

그는 여전히 저를 뚫어지게 쳐다보며 술을 한 모금 마셨어요.

"파브리스가 한 번도 저에 대해 말한 적 없어요?"

"없는 것 같은데요. 당신 이름이 뭐라고 하셨죠?"

"쥘 코나르[12]요."

그의 진짜 이름은 기억나지 않아요.

"코나르 씨라… 들어본 적이 없는데요. 파브의 동료이신가요?"

"전혀요. 저는 그의 사촌 쥘리에트의 남편입니다."

저는 파브의 사촌 쥘리에트에 대해선 잘 기억하고 있었어요. 제가 열여섯 살이던 여름, 그녀가 제 호르몬을 끓어오르게 했었거든요. 하지만 그녀의 남편에 대해서는 한 번도 들어본 적이 없었어요.

---

[12] Jules Connard. '코나르'로 발음되는 프랑스어 conard(connard)는 멍청이, 머저리라는 의미의 속어로도 쓰인다.

그는 한쪽 눈썹을 치켜올리며 말했어요.

"저도 소설가입니다."

"아 그래요? 멋지네요! 언제부터요?"

"몇 년 됐어요. 아마 당신은 모를 겁니다. 제 책은 텍스트에 아주 까다로운 출판사에서 출간됐거든요. 장인들이죠. 그들은 대중적인 출판이라는 유혹에 넘어가지 않습니다. 진정한 문학 애호가들이죠."

저는 고개를 끄덕였고, 그는 계속 말을 이어갔어요.

"당신은 매년 한 권씩 책을 내시죠?"

"네."

그가 웃었는데 그 웃음에서 빈정거림을 느꼈어요. 저는 이 불편한 대화를 끝내려고 다른 사람과 눈이라도 마주치려고 애를 썼지만 헛수고였죠. 쥘 코나르는 멈추지 않았어요.

"저는 10년간 두 권의 소설을 썼습니다. 시간을 충분히 들이죠. 모든 문장을 정교하게 다듬고, 꼭 필요한 단어만 남깁니다. 글쓰기는 고통스러운 작업이에요. 하지만 그 고통은 까다로운 독자들에게만 제 작품이 인정받는다는 사실, 그 만족감으로 상쇄돼죠. 텔레라마[13]는 제 첫 소설에 별 세 개를 줬어요."

"축하드립니다. 저는 텔레7주르[14]에서 7점을 두 번이나 받았는데요."

그의 독백으로 제 고통은 한동안 계속됐고, 그는 저를 깔보고 우월감을 뽐낸 게 만족스럽다는 듯이 굴다가 마침내 떠났어요. 저는 그의 팔을 붙잡았어요. 참을 수가 없었거든요. 꼭 알아야 할 게 있었어요.

"이거 하나만 대답해줘요. 혹시 당신도 신호등이 빨간불일 때 코를

---

13) Télérama. 프랑스의 문화주간지로 영화, 음악, 문학, 연극, 텔레비전 프로그램 등 다양한 문화 콘텐츠를 주제로 발행된다.
14) Télé 7 jours. 프랑스 텔레비전 프로그램 정보와 연예계 뉴스를 제공하는 주간지.

파나요?"

그날 밤, 저는 11시쯤 파티를 떠났어요. 파브리스는 저를 탓하지 않았어요. 제가 힘든 시기를 보내고 있다는 걸 알고 있거든요. 사실, 저를 우울하게 만든 건 창작의 고통에 시달린다는 그 작가 양반이 아니었어요. 다른 사람들의 행복이 저와 너무 멀게 느껴졌기 때문이에요. 돌아오는 내내 마농 생각만 했어요. 마농이 그 자리에 있었다면, 우리는 쥘 코나르를 놀리며 웃고, 한쪽 구석에 숨어서 키스를 나눴을 테고, 최고의 핑거푸드를 독차지했겠죠. 강변을 따라 걸었는데 온통 커플들뿐인 것처럼 느껴졌어요. 어디를 봐도 사랑이 넘쳐났고, 심지어 가론강조차 참을 수 없이 나른하고 낭만적으로 보였어요. 그제야 제가 저지른 큰 실수가 무엇인지 깨달았어요. 마농 같은 여자는 두 번 다시 만날 수 없을 거라는 것, 문제는 저 자신에게 있었다는 것, 제가 저를 사랑하려고 했던, 제게 다가왔던 사람들을 밀어냈다는 것을요. 그때 제가 혼자라는 게 현기증이 날 정도로 실감 났어요. 마치 제3자의 시선으로 저 자신을 바라보는 기분이었어요. 제 주변에는 사람들로 가득했지만, 그들과 저 사이에는 엄청난 간극이 존재했던 거예요.

…

마농에게 전화를 걸었어요.

…

뜻밖에도 마농이 전화를 받더라고요. 그녀에게 만나자고 했어요. 하지만 제가 너무 이기적이었죠. 제 필요를 그녀의 필요보다 우선시한 거니까요. 그녀가 이렇게 답했어요. "갈게."

문을 열고 마농이 들어오는 순간, 제가 실수했다는 걸 깨달았어요. 더 이상 아무 감정도 느껴지지 않았거든요. 그저 그리움으로 인한 순간의 충동이 제가 그녀를 사랑하고 있다는 착각을 불러일으켰던 것뿐이었어요. 마농이 제 앞에 서 있었고 너무나 행복해 보였어요. 마치 그녀를 향한 제 사랑이 드디어 겨울잠에서 깨어났다고 믿는 것 같았어요. 그녀는 제가 가장 좋아하던 향수인 트레조르를 뿌리고 왔고, 미소 짓고 있었어요. 마치 우리의 관계가 끝나갈 때 제가 그녀를 생기 없는 채로 혼자 내버려둔 적이 없다는 듯이요. 저는 울기 시작했어요. 쏟아지는 폭우처럼요.

"난 너를 원망하지 않아." 마농이 저를 끌어안으며 이렇게 말했어요. "네겐 단지 시간이 필요했던 거야. 이제 내가 여기 있어."

마농은 제 후회를 알아차렸지만, 그 후회의 진짜 이유는 오해하고 있었어요. 때로는 희망이 현실의 윤곽을 왜곡시키기도 하니까요.

아시겠지만, 어렸을 때 저는 껍질콩을 정말 싫어했어요. 그런데도 어머니는 일주일에도 몇 번씩 그걸 주셨어요. 제가 채소를 먹길 원하셨고, 그게 어머니가 살 수 있던 유일한 채소이기도 했거든요. 시간이 지나면서 저는 그 맛을 좋아하게 됐어요. 지금도 종종 껍질콩 요리를 하고요. 하지만 아무리 맛있게 양념해도 감정에는 그런 게 통하지 않는 것 같아요.

마농은 결국 모든 걸 이해했어요.

"왜 나를 부른 거야, 응? 네가 나를 원하지 않는 거 다 알아. 내 눈도 안 마주치잖아!"

"미안해. 그게… 당신 때문이 아니야…."

저는 말을 더듬었어요.

"넌 정말 이 세상에서 제일 쓰레기 같은 놈이야! 다른 사람의 감정을 가지고 놀다니, 정말 역겨워. 내가 너를 만난 그날을 저주할 거야."

"이해해."

"그래, 정말 잘났다. 네 그 '이해' 덕분에 퍽이나 위로받겠어. 이 한심한 인간아."

마농은 문을 쾅 닫고 나갔고 저는 그대로 옷을 입은 채 침대에 쓰러졌어요.

오늘 아침 선생님을 만나러 나가려는데 아파트 벽에 이런 낙서가 있더라고요. '뱅상 프리바는 발기부전이다.' 혹시나 해서 말씀드리는 건데, 그런 적은 정말 딱 세 번밖에 없었어요.

15

기차역에서 검표원은 단호하게 말했다. "보르도로 가는 모든 열차가 운행 중단되었습니다. 내일쯤에나 운행이 재개될 예정입니다." 하지만 뱅상에게 그 말은 아무 의미가 없었다. 그가 가야 할 거리를 생각하면 다리가 하나 더 달려 있어도 부족할 판이었다. 검표원이 뱅상에게 매일 보르도로 가는 버스가 있다고 알려주었지만, 이를 어쩌나, 그 버스는 막 지나가버린 참이었다.

뱅상은 택시 기사에게 전화해 보르도까지의 요금을 물어봤다. 아니면 적어도 대중교통이라는 문명이 존재하는 도시까지라도 말이다. 하지만 그는 대답을 듣지 못했다. 그는 파브리스와 자멜에게 문자를 보냈지만, 두 친구 모두 자신들은 '진짜' 직장이 있다고 답했다.

결국 뱅상은 난생처음으로 히치하이킹을 시도했다. 그는 도시를 빠져나와 주요 도로를 따라 걸으며 엄지손가락을 들어 올렸다. 그러면서 팔을 위아래로 흔들어야 하는지, 아니면 그냥 가만히 있어야 하는지, 지나가는 차들을 바라봐야 할지 무시해야 할지, 팻말이라도 만들어야 할지, 아예 옷을 홀딱 벗어버려야 할지 고민했다.

뱅상은 사람들이 자신을 알아보지 않기를 바랐다. 하지만 10분쯤 걷다 보니 그 생각이 바뀌었다. 소나무 그늘에서도 열기가 너무나도 뜨거워서 녹아버릴 것만 같았다. 드문드문 지나가는 차들은 속도를 늦추지도 않고 그를 쌩하니 지나쳤다. 뱅상은 휴대전화를 확인했고, 아무도 그를 불쌍해하지 않는다면, 아홉 시간 뒤에나 집에 도착할 거라는 사실을 깨달았다.

엘사는 쉬르야, 소카, 플라가다와 함께 선풍기의 시원한 바람을 나눠가며 책을 읽고 있었다. 세 마리 모두 그녀에게 꼭 붙어 있었다. 엘사는 올해 공쿠르상 수상작을 집어 들었지만, 끝내 이야기에 깊이 빠져들지는 못했다. 그녀는 문학으로 인해 흔들리고, 압도당하고, 고통받는 것을 좋아했는데, 이 책은 따뜻하기만 하고 거의 유치하게 느껴졌다. 전화벨 소리는 책을 덮을 좋은 핑곗거리가 되어주었다. 트리스탕의 아빠 요아킴의 전화였다.

"걱정하지 말고 들어."라고 요아킴이 대뜸 말했는데 그 말이 엘사에게 오히려 역효과를 불러일으켰다.

"트리스탕에게 무슨 일 생겼어?"

"별일 아니야. 스케이트보드를 타다가 넘어졌어. 아마 팔이 부러진 것 같아. 우리 지금 응급실에 있어."

"트리스탕 바꿔줘."

"너무 아파서 말을 못하겠대."

"지금 갈게."

"그럴 정도는 아냐. 너무 먼 길이잖아. 내가 상황 계속 알려줄게. 약속해."

엘사는 전화를 끊고 황급히 집을 나섰다. 그러나 두고 온 가방을 챙기러 다시 집으로 돌아갔고, 그다음엔 자동차 열쇠를 가져오지 않았다는 걸 깨닫고 또다시 돌아갔다. 마지막으로 안경까지 챙기고 나서야 그녀는 정신을 가다듬고 길을 떠났다.

엘사는 멀리서 그 뒷모습을 보고 뱅상을 알아봤다.

뱅상은 엔진 소리가 들리자 엄지손가락을 들어 올렸다.

엘사는 못 본 척하며 그를 지나쳤다.

하지만 뱅상이 고개를 돌려 엘사를 바라봤고 그녀는 알아보았다. 그의 눈 속에 있는 피로를. 그건 매일 아침 거울 속에서 보던 것이었다.

엘사는 숲속에서 길을 찾아 유턴했다.

"어디 가세요?" 엘사가 물었다.

"아, 당신이었군요? 여기서 뭐 하고 계세요?"

"여기 살아요. 다른 사람을 기다리실 건가요?"

"집에 가는 거라면 어떤 위험도 감수할 준비가 되어 있어요. 보르도로 가려고요."

"타세요. 저도 거기로 가는 길이에요."

뱅상은 조수석에 올라타 안전벨트를 맸다. 엘사는 갑작스럽게 생긴 이 가까움이 당혹스러웠다. 그녀는 시동을 걸었다.

"태워줘서 고마워요." 몇 분간 이어진 침묵을 깨며 뱅상이 말했다. "아무도 멈춰주질 않더군요. 제가 연쇄 살인마처럼 생겼나 봐요."

"그런 걸 스스로 깨닫다니 다행이네요."

"항상 그렇게 친절하신가요?"

"연쇄 살인마한테만요."

엘사는 뱅상이 웃기를 바랐지만 그는 웃지 않았다. 트리스탕은 최고의 관객이었다. 엘사는 자신이 아들에게 농담이나 이중적인 의미를 이해하도록 가르친 것이 자랑스러웠다.

"농담이었어요." 엘사가 덧붙였다.

"알고 있었어요."

"보르도에는 자주 가세요?"

"거기에 살아요." 뱅상이 에어컨 바람 방향을 얼굴 쪽으로 조정하며 대답했다.

"정말요? 그런데 보르도에는 정신과 의사가 없나요?"

"있겠죠. 하지만 사연이 길어요. 쇼메 선생님을 추천받았거든요."

"아, 그렇군요."

엘사는 잠시 침묵을 유지했다.

"그분을 추천받으신 거라니 조금 안심되네요. 정말 능력이 있는 분인 건지 가끔 의심되거든요."

"뭐, 사실 제게 추천해준 사람도 그분을 몰랐대요."

"참 웃기네요. 말을 이렇게 많이 하시는데 정작 의미 있는 말은 없다는 게요." 엘사가 관찰하듯 말했다.

"말도 마세요. 저도 하루에 스무 번은 그렇게 느껴요."

다시 침묵이 찾아왔고, 뱅상이 침묵을 깼다.

"어쩌면, 그 사람 진짜 정신과 의사가 아닐 수도 있어요."

"그럴지도요. 우리가 층을 헷갈린 건지도 몰라요."

"맞아요! 사실 그 사람은 그냥 이웃일 뿐인데, 모르는 사람들이 왜

자기에게 와서 인생 이야기를 늘어놓는지 의아해하면서도 한 번 상담에 60유로씩 벌 수 있으니까 아무 말도 안 하는 거죠."

엘사는 웃음을 참을 수 없었다.

"아니면 그 사람은 위험한 범죄자인데 사실 쇼메 선생님을 죽이고 그의 행세를 하면서 시체를 욕조에서 썩히고 있는 걸지도 모르죠."

뱅상은 얼굴을 찌푸렸다.

"정말 역겹군요."

엘사는 그 말을 칭찬으로 받아들였다.

용기를 얻은 뱅상은 진지한 대화를 시도했다.

"여기서 오래 사셨나요?"

"10년 정도요. 어릴 때는 이 근처에서 자랐어요. 당신은요? 보르도 출신인가요?"

"아니요. 저는 파리에서 태어났고, 여덟 살 때 보르도로 갔어요. 제가 처음 그곳에 갔을 때는 강변이 무법지대였고 벽은 회색이었죠. 많이 변했어요."

"기억나요. 자주 기차를 타고 보르도에 갔었거든요. 빅투아르 광장에서 파티를 하거나, 생트카트린 거리에서 쇼핑을 하곤 했어요. 지금보다는 확실히 덜 매력적이었지만요. 무슨 일 하세요?"

뱅상은 엘사의 질문에 당황했다. 직업을 중심으로 대화가 펼쳐지는 게 전혀 내키지 않았다. 뱅상은 이런 상황에서 늘 사용하는 대답을 꺼냈다.

"출판 쪽에서 일해요. 당신은요?"

"상조 업계에서 일해요."

"농담이시죠?"

그건 엘사가 자신의 직업을 언급할 때면 항상 듣는 반응이었고, 그녀는 이 반응이 싫지 않았다.

뱅상은 엘사의 얼굴을 주의 깊게 바라보았다

"상상도 못 했네요."

"특별한 날이 아니면 검은 망토랑 낫은 안 꺼내둬요."

뱅상이 크게 웃었다. 엘사가 맞았다. 그건 정말 바보 같은 소리였다. 그는 때때로 침묵을 메우기 위해 별 의미 없는 진부한 말을 늘어놓곤 했다. 당연히 사람의 직업을 겉모습으로만 판단할 수는 없다. 그렇지 않으면 어떻겠는가? 정육점 주인들은 피로 얼룩진 앞치마를 두르고, 개발자들은 삼중 초점 안경을 쓰고, 광고인들은 코에 코카인 가루를 잔뜩 묻히고 있고, 미용사들은 한쪽 머리를 짧게 잘라 그 사이 빨간 브릿지를 넣고, 비서는 매니큐어를 바르고 있고, 우체부는 과도하게 발달한 종아리를 가지고 있으며, 정신과 의사는 수염을 기르고, 벌목꾼은 체크무늬 셔츠를 입고, 그리고 포르노 배우들은 한 손에 자기의 그걸 들고 다녀야 한다는 말인가?

"그러니까, 죽은 사람들과 일하신다는 거네요." 뱅상이 적절히 대화를 이어갔다.

"차라리 그랬으면 좋겠어요. 죽은 사람들과 소통하는 게 더 쉬울 것 같거든요. 사실 저는 주로 유가족들과 함께 있어요."

전화벨 소리가 그들의 대화를 끊었다. 엘사가 전화를 받자, 자동차 스피커에서 남자의 목소리가 들려왔다.

"트리스탕이 방금 엑스레이 검사를 마쳤는데, 손목이 부러지기는 했지만 탈구는 아니래. 운이 좋았대. 수술은 피했어."

"깁스를 한다는 거야?" 엘사가 걱정스레 물었다.

"지금 하고 있어."

"많이 아파해?"

"진통제를 받았어. 효과가 있나 봐. 근데 여름에 해변을 못 가게 됐다고 속상해하고 있어."

"그 정도인 게 다행이지. 20분 안에 도착해. 펠르그랭 병원 맞지?"

"응, 소아 응급실에 있어. 곧 보자."

뱅상은 지나치게 참견하는 것처럼 보이고 싶지 않았지만, 그렇다고 무심한 사람처럼 보이고 싶지도 않았다.

"아드님이 다친 건가요?"

"네, 스케이트보드를 타다 넘어졌대요. 저는 그놈의 스케이트보드가 정말 싫어요."

"몇 살인데요?"

"막 열다섯 살 됐어요. 완전히 갓난아기죠."

"저희 어머니도 저한테 똑같이 말씀하시던데요." 뱅상이 미소를 지으며 대답했다.

"아이가 있으세요?"

"네, 딸 둘이에요. 일곱 살, 열 살이요."

엘사는 조용히 고개를 끄덕였다. 그들은 이미 평범한 질문들을 다 주고받았고, 더 묻는 것은 사생활의 문을 여는 일이 될 터였다. 엘사가 라디오를 켰고, 라디오는 그들에게 아무 부담 없는 훌륭한 대화 주제를 제공했다. 음악이었다.

뱅상은 엘사가 멀리 길을 돌아가지 않도록 자신을 대로변에 내려달라고 했다.

"태워주셔서 정말 고맙습니다." 뱅상이 차에서 내리기 직전에 말했다. "같이 가는 길이 정말 놀랄 만큼 즐거웠어요."

"아, 네…. 저도요!" 엘사가 횡설수설하며 대답했다.

"아 참! 이거 돌려드려야 할 것 같아서요."

뱅상은 차가운 물건 하나를 엘사의 손에 쥐어주고는, 기다리지 않고 차에서 내렸다. 엘사는 그가 웃으며 떠나는 모습을 보지 못했다. 뱅상은 자신의 행동에 만족해하는 미소를 띠고 있었다. 엘사는 자신의 손바닥 위에 놓인 2유로짜리 동전 하나를 유심히 바라봤고, 이내 무슨 뜻인지 깨닫고는 경악했다.

16

엘사는 휴대전화를 가방에 넣고 시계를 확인했다. 쇼메 박사는 시간 엄수에 점점 더 소홀해졌고. 이제 곧 대기 시간이 상담 시간보다 길어질 지경이었다.

엘사는 다리를 뻗고 머리를 뒤로 젖혀 벽에 기댔다.

이번 주는 그녀에게 참 힘든 한 주였다. 힘들 때마다 엘사는 마음속으로 자신이 정신과 의사와 어떤 생각을 나누고 싶어 한다는 걸 느꼈다. 트리스탕의 사고는 심각하지 않았지만 그녀를 불안하게 했다. 트리스탕은 한쪽 팔에 깁스를 한 채로 병원을 나왔고, 그럼에도 근처 바다를 어떻게든 즐길 방법을 찾고 싶어 했다. 엘사는 갓 수염이 나기 시작한 이 키 큰 남자애를 껴안으며 생각했다. 도대체 언제쯤이면 자식들을 아기 취급하지 않을 수 있을까? 결혼식 때? 첫 번째 흰머리가 날 때? 아니면 처음으로 보행 보조기를 끌 때? 엘사는 이미 답을 알고 있었다. '그런 날은'으로 시작해서 '안 와'로 끝나는 답. 엘사는 아들에게 함께 '우리 집'으로 돌아가자고 했지만, 트리스탕은 아빠 집에 남겠다고 했다.

결혼 생활은 실패로 끝났지만, 엘사와 요아킴은 이혼만큼은 성공적으로 해냈다. 그들은 친구 정도로는 지냈는데, 단순히 여덟 살이었던 아들을 위해서만은 아니었다. 둘은 아직 서로의 개성이 완전히 뚜렷하지 않던 시절에 만났고, 당시에는 사소해 보였던 성격의 차이가 결국 관계 전체를 지배하게 되었다. 수없이 반복된 오해 끝에, 호텔에서도 서로 등 돌린 채 잠들어야 했던 수많은 밤이 지나고, 그들은 이 명백한 결론을 인정하기로 했다. 헤어지는 것이 더 행복하리라는 것을. 실패의 씁쓸함과 추억을 뒤로 하고, 서로를 너무 미워하지도 않고, 너무 울지도 않으며 헤어졌다. 그들은 서로에 대한 애틋함 정도는 간직하기로 했다.

요아킴은 빠르게(사실 조금 지나치게 빠르게) 쥐스틴이라는 여자를 만났고, 그녀와 함께 보르도에 자리 잡았다. 요아킴은 여전히 아들과 시간을 반씩 나누어 보내길 원했고, 매일 아침 아들을 학교에 데려다주기 위해 길을 나섰다. 엘사는 그동안 강아지 한 마리와 고양이 한 마리, 그리고 애인 하나를 들였다. 이 셋 중 하나가 나머지 둘보다 더 털이 많았다.

진료실 벨이 울리자 엘사는 다리를 오므리고 서둘러 자세를 바로잡으며 뱅상이 들어올 것이라고 기대했다. 하지만 문이 열리고 들어온 것은 한 금발의 여성이었다.

"안녕하세요. 저, 쇼메 선생님과 예약했는데…. 여기가 맞나요?"

"네, 맞아요." 엘사가 대답하며 무의식적으로 가방에서 다시 휴대전화를 꺼냈다.

17. 엘사

지난밤, 엄마가 오래 알고 지내던 옛 이웃 한 분이 돌아가셨다는 소식을 전해주셨어요. 어릴 때부터 늘 봐오던 분이었죠. 제 첫 반응은 아빠께 전화를 걸어 이 소식을 전하는 것이었어요. 연락처 즐겨찾기를 열고, '아빠'를 선택한 뒤 전화를 걸었어요. 그러다가 문득 깨달았죠. 이게 처음이 아니고, 자주 이런 생각을 한다는 것을요. '이거 아빠한테 꼭 얘기해야겠다.'라고 말이에요.

아빠의 전화번호를 지우지 않았어요. 연락처 속 '아빠' 이름 옆에는 입을 가린 원숭이 이모티콘이 있어요. 사실 저는 제 연락처의 모든 이름 옆에 이모티콘을 하나씩 붙여두었거든요. 제 동생 옆에는 돼지 이모티콘이 붙어 있어요. 우리 성이 르포르인데, 어릴 때 학교에서 애들이 우리를 엘사 르코숑, 클레망 르코숑[15]이라고 불렀거든요. 그게 우리끼리의 농담으로 남아 있죠. 엄마 옆에는 꽃 이모티콘이 있어요. 정원 가꾸기를 아주 좋아하시거든요. 제 친구 소니아 옆에는 선인장 이모티콘을 붙여두었는데, 수염이 올라오면 인사할 때 따갑기 때문이에요.

---

15) 두 남매의 성인 Leport는 프랑스어에서 '르포르'로 발음되는데, 돼지를 뜻하는 porc도 같은 '포르'로 발음된다. 이를 이용해 어린 시절 친구들이 장난삼아 그들의 성을 돼지를 뜻하는 속어 cochon '코숑'으로 바꿔 부른 것이다.

은행 담당자 옆에는 가운뎃손가락 이모티콘을 붙였어요. 선생님은 귀 이모티콘이고요.

아빠의 부엌에는 나무로 만든 작은 원숭이 세 마리가 있었어요. 하나는 아무것도 보지 않고, 다른 하나는 아무것도 듣지 않고, 마지막 하나는 아무것도 말하지 않는 원숭이였죠. 사실 그건 병따개, 와인 오프너, 그리고 코르크스크루였어요. 평생 어디에서든 세 마리의 지혜로운 원숭이(이게 그들의 이름이에요)를 볼 때면 아빠가 떠올랐어요.

저는 아빠의 그 병따개 세트를 간직하고 있어요.

…

아빠의 아파트를 비우는 일은 저와 동생이 해야 했어요. 그게 그렇게 힘들 줄은 상상도 못 했어요. 아무것도 건드리고 싶지 않았어요. 아무것도 주고 싶지도, 아무것도 버리고 싶지도 않았어요. 그 모든 게 아빠의 것이었고, 아빠가 직접 고른 물건들이었죠. 아빠는 화려한 티셔츠를 입곤 하셨는데, 여전히 아빠가 그걸 입고 계신 모습이 보이는 것 같았어요. 아빠가 이 접시에 아쉬 파르망티에를 태운 적 있었고, 이 신발장을 직접 칠하셨고, 우리는 이 텔레비전으로 루이 드 퓌네스와 실베스터 스탤론이 나오는 영화를 함께 봤고…. 저는 그 물건들이 사라지는 걸 보고 싶지 않았어요. 누군가가 와서 집을 비워주고, 그 집이 제 기억 속에 그대로 남아 있기를 바랐어요. 아빠의 흔적과 우리의 추억으로 가득 찬 채로요. 그 집이 더 이상 아빠의 집이 아니게 된 이후로는 그 앞을 지나갈 수도 없어요. 저는 아빠의 옷 몇 벌과 향수, 재떨이, 사진 앨범들, 음반들을 간직했어요. 제가 생신 선물로 드렸던 '사랑해요, 우리 아빠'라고 새겨진 지포 라이터도요. 아빠가 풀던 빈칸을 다 채우지 못한 십자말풀이, 연필로 적힌 글씨들. 아빠가 마지막으로 쓰셨던 커피잔은 씻지도 않은 채로 있었어요. 아빠의 침대 옆 서랍에서는 우리가 방학 때마다 놀러간 곳에서 보냈던 엽서들, 저와 동생의 사진들, 스크래블이나 다트 게임을 할 때 적었던 점수판, 기념일마다 우리가 드렸던 시와 그림들, 그리고 아빠가 직접 쓴 노래 한 곡을 발견했어요. 완전히 잊고 있었던 노래였는데, 이혼하시고 나서 바로 쓰신 거였죠. 우리는 아빠한테 "아빠, 이거 장 자크 골드먼한테 보내야 해요. 이 곡을 엄청 좋아할 거예요!"라고 말했고, 아빠는 고개를 끄덕이셨어요. 아마도 사랑하는 두 아이들의 꿈을 지켜주고 싶었기 때문이었을 거예요. 그 노래의 마지막 문장만 기억나요.

고마워, 엘사. 고마워, 클레망. 내 삶에 의미를 찾아줘서.

저는 그 서랍을 눈물로 가득 채웠어요.

마지막으로 물건 하나를 더 가져왔어요. 아빠가 나무로 만들어 벽에 달아두셨던 휴지걸이였죠. 두루마리 휴지를 당길 때마다 그게 벽에 부딪히면서 소리가 났어요. 그러면 아빠가 불평하는 목소리가 들렸죠. "휴지 좀 적당히 쓰렴! 비싼 거야!" 이건 우리 가족의 웃음거리가 되었고, 동생은 일부러 힘껏 당기곤 했죠. 저는 아마 그걸 다시 걸지는 않을 거예요. 그렇지만 이 물건이 제 기억 속에서만 존재하고, 다른 어딘가에서는 사라진다는 걸 받아들일 수가 없었어요. 물건들도 기억을 가지고 있어요. 그래서 제가 그것들을 소중히 여기는 거예요. 그런데 말이 나온 김에… 장례식 날, 끔찍하면서도 웃긴 일이 있었어요.

화장이 끝난 후에 장례지도사가 저와 동생에게 다가왔어요. 제가 아는 사람이었어요. 몇 년 전에 같이 교육을 받았던 적이 있거든요. 그가 굉장히 난처한 표정을 지은 채로 말했어요. 우리가 고른 유골함이 너무 작다고요.

 저는 입을 열어 어떻게 그럴 수 있냐고 묻고 싶었어요. 아빠는 마른 체형이셨고, 스스로도 너무 말랐다고 생각하셔서 그 몸을 받아들인 적이 없으셨거든요. 차라리 웃음거리로 넘기곤 하셨죠. 우편으로 쉽게 보낼 수 있을 정도라면서요. 유골함이 어떻게 작을 수 있나요? 10년 동안 이 일을 해왔는데 이런 경우는 처음 봤어요. 그런데 동생의 얼굴을 보고 생각을 다시 하기로 했어요. 그 애가 웃음을 어떻게든 참으려 애쓰고 있었거든요. 그제야 깨달았죠.

 아빠는 혼자 떠나신 게 아니었어요. 아빠를 관에 안치할 때, 저희가 몇 가지 물건을 넣어드렸거든요. 두세 개⋯ 아니, 열다섯 개 정도? 담배 한 보루, 십자말풀이 책 한 권, 글라디올러스 꽃다발, 모자, 딥 퍼플 음반, 카드놀이 세트, 여러 장의 사진, 아주 많은 사진, 포스트잇 한 묶음, 크고 작은 물건들⋯. 그중 하나는 선생님께 말씀드릴지 말지 고민되는 물건이에요.

 의료 기밀 유지 의무가 있으시죠, 그렇죠?

 좋아요.

 아빠는 엄마가 떠나고 혼자 남게 되자 강아지를 한 마리 입양하셨어요. 강아지의 이름은 쿠키였어요. 한시도 떨어지지 않고 붙어 있고 장난기 많은 복서였죠. 아빠가 딱 원하던 친구였어요. 쿠키는 12년 동안 아빠 곁에 있었어요. 이후에는 에피라는 강아지를 7년간 키우셨죠. 두 번이나 강아지를 떠나보내며 아빠의 마음은 무너졌고, 두 번이나 강아지를 다시는 키우지 않겠다고 다짐하셨죠. 너무 고통스럽다면서요. 언젠가 잃을 행복이라면 차라리 처음부터 누리지 않는 편이 낫다고요.

하지만 아빠는 매번 외로움을 안고 동물 보호소를 찾아가셨고, 차 뒷좌석에 새로운 외로움을 태우고 집으로 돌아오셨어요. 아빠의 마지막 강아지였던 소카는 끔찍한 과거를 가진 로트와일러예요. 아빠가 떠나신 이후로 소카는 제 집에서 살고 있어요. 쿠키, 에피, 그리고 다른 강아지들은 모두 화장했고, 아빠는 그들의 유골을 한 번도 떠나보내지 못하셨어요. 그래서 저와 클레망은 그 유골들을 작은 봉투에 조금씩 담아 아빠의 관에 함께 넣기로 했죠. 그게 불법이라는 건 알았지만 아무도 모를 거라고 생각했어요. 작은 봉투 하나쯤은 눈에 띄지 않을 테니까요. 문제는 저희가 그 유골함들을 열 수가 없었다는 거였어요. 완전히 밀봉되어 있었거든요. 결국 유골함째로 넣을 수밖에 없었죠.

아무튼 저희는 유골함이 왜 작았는지 시치미 떼며 모르는 척했어요. 그리고 더 큰 유골함을 골랐어요. 훨씬 더 큰 유골함으로요.

저희는 아직도 아빠의 유골을 뿌릴 용기를 내지 못했어요. 아마 영영 그렇게 못 할지도 모르죠. 그럼 결국엔 제 관 안에 아빠의 거대한 유골함이 들어가겠네요.

...

저 역시 화장되고 싶어요. 이미 제 주변 사람들 모두에게 그렇게 말했고요.

문제는 우리가 스스로의 죽음을 진지하게 상상하지 않는다는 거예요. 마지막 날을 마음 한구석 먼 곳으로 밀어두고 마치 먼 나라처럼 여길 뿐이죠. 가끔 그 피할 수 없는 운명을 스칠 때면 불안해하지만, 이내 다시 덮어두고 말아요. 죽는다는 생각조차도 받아들이기 어려우니까요. 어떻게 받아들일 수 있을까요? 우리가 더 이상 존재하지 않는다는 것, 어디에도 없게 되며 점차 기억 속에서 사라진다는 것을요. 세상이라는 왈츠가 우리 없이도 계속될 것이라는 사실은 또 어떻고요. 우리가 지금 여기 살아 있고, 의식이 있는데도 말이에요. 언젠가 우리의 생각이 멈추고, 침묵만이 남으리라는 것은 또 어떻게 받아들일 수 있을까요?

  우리는 죽음에 대해 충분히 준비되어 있지 않아요. 죽음은 금기시되죠. 우리는 아이들에게 죽음을 말하지 않고, 살아 있는 사람들에게서 죽음을 멀리 떨어뜨려 놓아요. 저는 그게 잘못된 거라고 생각해요. 언젠가 우리가 죽는다는 걸 피타고라스의 정리를 배우는 것처럼 가르쳐야 해요. 미리 준비해야 해요. 슬픔에 충격까지 더해지지 않도록요. 우리가 살아갈 날이 제한되어 있고, 아무리 애써도 삶은 끝날 것이며, 유일한 미지수는 언제 죽느냐일 뿐이고, 시간을 늦출 수도, 되돌릴 수도, 멈출 수도 없다는 것을 알려줘야 해요. 그러면 우리는 죽음을 더 쉽게 받아들일 수 있을지도 몰라요. 어쩌면 더 열심히 살 수도 있겠죠.

  저는 할머니 장례식에 갈 수 없었어요. 그때 열 살이었는데, 부모님은 제가 너무 어리다고 판단하셨죠. 그런데 트리스탕이 안치실에 계신 아빠를 보고 싶어 했을 때 비로소 부모님의 마음을 이해할 수 있었어요. 트리스탕이 아빠를 마주하는 장면을 생각만 해도 견디기가 힘들었거든요. 그 장면이 아빠와 트리스탕이 함께 나눴던 모든 것을 지워버릴까 봐 두려웠어요. 아들의 슬픔이 두려웠고, 지켜주고 싶었어요. 무슨 일이 일어났는지를 숨길 수 있었다면 아마 그렇게 했을 거예요.

  하지만 결국 저는 허락했어요.

  울음을 참는다고 위로받는 것이 아니니까요.

  그게 제가 여기 오는 이유이기도 하겠죠, 그렇죠?

  …

죄송해요. 저만 계속 말하고 또 말하다 보니 벌써 시간이 지났네요. 저 같은 환자들 때문에 선생님 일이 늦게 끝나겠어요. 이제 제 자리를 다음 차례인 그 여자분께 넘길게요.

참, 말이 나온 김에… 늘 오던 그 남자분은 시간을 바꾸셨나요?

18

엘사는 대기실에 앉아 책을 펼쳤다. 직사각형 모양의 책갈피를 끼워둔 페이지였다. 그동안 SNS와 온라인 게임 덕분에 현실에서 벗어날 수 있었지만, 이마저도 질려버렸다. 예전에 시간을 더 이상 허비하지 않고 되찾는 법을 알려주는 팟캐스트를 들은 적 있었다. 엘사는 호기심에 휴대전화 사용 시간 기록을 확인해보았는데, 무의미한 콘텐츠를 소비하는 데 쓴 시간으로 하루에 한 권씩 책을 읽을 수도 있었다는 사실에 충격을 받았다.

엘사는 정신을 풍요롭게 하는 활동을 더 좋아했다. 아들은 그런 그녀를 종종 잘난 척하는 사람 취급했다. 처음엔 기분이 상했지만, 아들이 말하는 예시를 듣다 보니 완전히 틀린 말은 아니라는 걸 인정할 수밖에 없었다. 엘사는 아들이 문법이 엉망인 가사의 음악을 듣고, 아이큐가 앙고라 카펫과 비슷한 수준으로 바닥을 기는 사람들의 영상을 보는 걸 보면서 절망했다. 그래도 다행인 건 아들이 최근에 기타를 배우기 시작했고, 원래부터 책 읽는 건 좋아했다는 것이다. 당연히 만화책이었지만 언젠가 소설에 빠질 날이 올 거라 믿었다.

엘사에게 언어에 대한 사랑을 일깨워준 것은 엄마였다. 매일 밤, 잠들기 전 엄마는 엘사에게 이야기를 읽어주며 감각을 키워주려 했다. 그들은 고층 아파트의 7층에 살았고, 월말이 되면 식탁은 단출해졌지만, 책장만큼은 언제나 모험으로 가득했다. 엘사의 엄마는 문화야말로 가장 큰 재산이라고 굳게 믿었다. 반면 엘사의 아빠는 책보다는 코미디나 액션 영화를 더 좋아했다. 그래서 어린 시절부터 엘사와 클레망은 루이 드 퓌네스, 실베스터 스탤론, 브루스 리와 친숙했다. 하지만 이런 면에서 엘사는 엄마를 닮았다.

"안녕하세요!" 뱅상이 대기실에 들어서며 인사를 건넸다.

"어머! 안녕하세요. 초인종 소리를 못 들었네요." 엘사가 깜짝 놀라며 인사했다.

"깜짝 놀라게 해드리고 싶었거든요." 뱅상이 한쪽 눈을 찡긋하며 말했다.

엘사는 눈썹을 치켜올렸다.

"농담이에요." 뱅상이 덧붙였다. "초인종이 고장 났더라고요. 아드님은 어떻게 지내나요?"

"잘 지내요." 엘사는 그의 관심이 의외라는 듯 대답했다. "깁스를 하고도 물놀이를 할 수 있도록 직접 장치를 만들어냈어요. 이제 그 애가 인생에서 더 바랄 게 뭐가 있겠어요."

"결국은 그게 맞죠. 그게 전부니까요."

뱅상은 엘사의 맞은편 자리에 앉아 그녀가 손에 꼭 쥐고 있던 책을 턱으로 가리켰다.

"명상 시집이네요. 빅토르 위고를 좋아하시나요?"

"위고의 작품은 전부 여러 번 읽었어요. 그중에서도 이 시집을 무척 좋아하죠. 다시 읽고 싶어졌는데, 혹시 읽어보셨어요?"

"고등학교 때 배우긴 했지만 그 이후로 다시 펼쳐본 적은 없네요. 프랑스어 수업 때문에 고전문학이 싫어졌었거든요. 글을 분석한다는 게 너무 기괴하게 느껴졌어요. 작가가 전혀 의도하지 않았을지도 모를 의미를 우리가 찾아내는 것 같아서요."

"저는 그 과목을 정말 좋아했어요. 당신이 싫어했던 바로 그 이유 때문에요." 엘사가 반박했다. "저는 작가들의 머릿속을 들여다보는 게 너무 흥미로웠어요. 오히려 그거야말로 작가와 작품에 대한 최고의 존경을 표하는 방법이라고 생각해요. 글은 우연히 쓰이는 게 아니잖아요. 작가는 세공사처럼 모든 단어를 고민하고, 무게를 재서 사용하죠."

"당신이 그렇다면 그런가 보죠. 이 시집에서 가장 좋아하는 시가 있나요?"

엘사가 잠시 생각에 잠겼다.

"가장 좋아하는 시는 아니에요. 게다가 학교에서 하도 외우게 시켜서 그 매력을 다 잃어버린 시이기도 하죠. 하지만 요즘따라 '내일, 동이 트면'[16]이 특히 와닿아요."

엘사는 마치 책이 꼭 필요하다는 듯 책을 품에 안고 있었다. 뱅상은 그녀의 감정을 눈치챘다.

"읽어주실 수 있나요?"

엘사는 뜻밖의 요청에 놀랐다. 낯선 이와 시를 나눈다는 건 그녀에게 사적인 행위처럼 느껴졌다. 하지만 뱅상의 진지한 관심을 보고, 시를 읽기로 했다.

---

16) 원제는 'Demain, dès l'aube'다.

내일, 동이 트면, 들판이 희미한 빛으로 물드는 그 시간에,
나는 떠나리라. 너는 아는가. 나를 기다리는 너를 알고 있음을.
숲을 지나, 산을 넘어가리라.
너에게서 더 이상 멀리 떨어져 있을 수 없으니

내 시선을 내 생각에만 고정해놓은 채
어떤 것도 보지 않고, 어떤 소리도 듣지 않은 채
홀로, 아무도 모르게, 허리를 굽힌 채, 손을 모은 채
슬픔 속에서, 내게 낮은 밤과 다름없으리라.

저녁노을의 황금빛도,
저 멀리 아르플뢰르로 향하는 돛단배들도 보지 않으리라.
그리고 마침내 도착하면, 너의 무덤 위에 두리라.
푸른 호랑가시나무와 꽃이 핀 히스 한 다발을.

뱅상은 엘사가 마지막 구절을 읽을 때 목소리가 달라지는 걸 느꼈다. 마치 목이 메어 삼키지 못하는 듯했다. 그녀는 몇 초간 기다렸다가 고개를 들었다.

"위고는 이 시를 딸이 죽은 후에 썼어요." 엘가가 말했다. "딸은 열아홉 살이었어요. 센강에서 익사했죠. 위고는 끝내 그 슬픔에서 벗어나지 못했어요."

"알아요." 뱅상이 대답했다.

그는 자리에서 일어나 창가로 다가갔다.

"당신 말이 맞아요. 정말 아름다운 시네요."

뱅상은 순간 대기실이 숨 막힐 듯 갑갑해지는 것을 느꼈다. 그는 숨 막히는 기분이 들 때마다 그가 가장 잘하던 일을 했다.

"몇 시쯤 죽어버리면 될까요?"

엘사는 목구멍까지 차오른 눈물을 삼켰다. 그의 냉소적인 태도에 뺨을 맞은 듯했다. 엘사는 뱅상을 바라보았다. 모든 것에 무관심한 듯한 그 눈빛, 대충 걸친 옷차림. 분노가 치밀어 올랐다.

"먼저 가세요. 제가 따라갈게요."

"기분 상하셨나요?"

"전혀요."

"목소리는 정반대로 말하고 있는데요." 뱅상이 말했다.

"당신 목소리를 들으면 다정한 사람 같아요. 하지만 목소리도 거짓말을 할 때가 있는 법이죠."

엘사는 다시 책에 집중하는 척했다.

"미안해요." 뱅상이 자리로 돌아오며 말했다. "바보같이 분위기를 풀어보려 했어요. 저는 감정이 북받치면 늘 이런 식으로 굴어요. 방금 그 시는 정말…."

"조용히 책 좀 읽게 해줄래요?" 그녀가 말을 끊었다.

"알겠어요."

뱅상은 얼마나 우스꽝스럽게 보일지 잘 알면서도 입을 꿰매는 시늉을 했다. 그는 탁자 위에 놓인 잡지를 집어 들고, 얼굴을 가릴 정도로 높이 펼쳐 들었다. 붉게 얼굴이 달아오르는 걸 숨기기 위해서였다.

복도에서 들려오는 목소리가 쇼메 박사의 상담이 끝났음을 알렸다. 엘사는 책을 집어넣었고, 시니어 매거진을 맞닥뜨렸다.

"전 얼마 전에 누군가를 잃었어요." 엘사가 일어서며 말했다.

뱅상이 잡지를 내렸다.

"죄송해요…."

"그러길 바라요."

"겉으론 티가 안 날 수도 있지만 사실 전 꽤나 멍청한 사람이에요."

"걱정하지 마세요. 너무 티 나던데요."

엘사는 대기실을 나갔고, 뱅상은 미소를 지었다.

19. 엘사

제겐 ADHD가 있어요. 마흔이 되어서야 진단을 받았죠. 너무나 명백한 증상들이 있었는데도 그전까지 한 번도 제가 ADHD일 거라고 생각해본 적이 없어요. 아들이 심각한 집중력 문제로 검사를 받을 때였어요. 결과를 들으며 문득 '어라, 나랑 너무 비슷한데?'라는 생각이 들었어요. 진단을 받고 나서야 늘 견디기 힘들어했던 제 성격의 많은 부분이 설명되기 시작했어요. 끊임없이 늦는 습관, 늘어지는 상황 속에서 참을성이 바닥나는 순간들, 한 번에 두 가지 일을 처리하지 못하는 것, 감정의 혼란, 미루기, 그리고 무엇보다도 엉망진창인 기억력까지요. 주의력 결핍은 늘 문제였어요. 아무리 주의 깊게 들어도, 들은 걸 기억하지 못했거든요. 책을 반쯤 읽고 나서야 이미 읽었던 책이라는 걸 깨달은 적도 있죠. 영화를 볼 때도 마찬가지예요. 같은 농담을 다섯 번 들어도 매번 처음 들은 것처럼 웃을 수 있거든요. 중요한 사건들은 까맣게 잊으면서, 사소한 것들은 기가 막히게 기억해요. 문자 답장은 중요한 일이든 아니든 놓치고요. 문자를 읽고 '이따 답장해야지.' 다짐하지만, 그 다짐은 이내 머릿속에서 사라져버려요. 그런 일의 목록은 끝없이 늘어놓을 수 있을 만큼 길고요. 하지만 본론으로 돌아가자면, 최근에야 아빠도 같은 문제를 겪으셨단 걸 알게 되었어요.

아빠는 모든 걸 포스트잇에 적으셨어요. 사야 할 것, 비밀번호, 생일, 해야 할 일, 말할 것들. 그게 아빠의 습관이었어요. 아빠가 저를 보러 오시거나 제가 전화를 걸면, 늘 메모해둔 리스트를 꺼내서 읽으셨어요. 이웃이 저지른 황당한 짓, 어떤 방송에서 본 이야기, 정원에 새로 핀 꽃, 강아지가 말썽 피운 일, 직장 동료에 대한 험담 같은 것들이요. 사실 그런 걸 들을 때면 짜증이 났어요. 기계적인 나열 같았거든요. 한 주제에서 다른 주제로 넘어갈 때 아무런 연결고리도 없었는데, 차라리 장보기 목록이 더 논리적으로 보일 정도였어요. 저는 아빠가 허공에 대고 말하는 듯한 그 방식을 오랫동안 싫어했어요. 아빠가 노란색 포스트잇에 시간을 들여 적어둔 주제들 속에서, 사실 아빠가 간직하려고 했던 건 우리의 관계뿐이었다는 걸 알아보지 못했어요.

뭐든 다 바칠 수 있을 것 같아요. 다시 돌아갈 수만 있다면요. 라모스 아저씨가 또 취해서 집에 들어왔다는 얘기나, 누군가가 담배 가게에서 긁은 복권으로 1,000유로에 당첨됐다는 말이나, 고모가 좌골 신경통이 생겼다고 전화했다는 그런 얘기를 다시 들을 수만 있다면요. 그냥 아빠가 저를 짜증 나게 했으면 좋겠어요. 이런 순간들이 언젠가 그리워지는 때가 올 거란 걸 진작 알았더라면, 그 지루한 대화 속에 사실은 사랑이 숨어 있었단 걸 미리 알았더라면….

너무 늦게 알아버렸어요.

…

아빠가 삶의 마지막 순간을 보내고 있단 걸 알게 된 지 열하루째 되는 날이었어요. 뇌졸중으로 아빠는 완전히 망가져버렸죠. 말을 제대로 하지 못하셨고, 왼쪽 몸은 마비되었고, 인지 기능에 문제가 생겼고, 제대로 삼키지도 못하셨어요. 그러다 뭔가를 잘못 삼키시는 바람에 폐렴도 생겼고요. 마지막 3일간 항생제를 쓰고 산소 치료도 했지만, 산소포화도는 오르지 않았고, 열도 떨어지지 않았어요. 장기들은 혹독한 시련을 겪고 있었죠. 의료진은 우리에게 상황이 좋지 않다고 말했어요.

아빠는 점점 더 약해졌고, 더 이상 움직이지도 못했어요. 욕창이 생기지 않도록 아빠의 몸을 주기적으로 돌려줘야 했죠. 아빠의 눈은 텅 비어 있었어요. 그런데도 가끔 저희의 눈을 깊이 들여다보셨죠. 그 눈빛을 읽을 때면 제 속이 뒤틀리는 것 같았어요.

우린 하루 종일 아빠 곁을 지켰어요. 동생과 제가요. 엄마도 자주 오셨고요. 엄마와 아빠는 오랫동안 서로 말도 섞지 않으셨는데, 세월이 흐르면서 원망은 옅어졌고, 두 분은 다시 가까워지셨죠. 엄마는 가끔씩 공동 정원에 들러 아빠를 만났고, 아빠는 엄마 집에 고장 난 걸 수리하러 가시곤 했어요. 이상하기도 하고, 어떤 감정이 일기도 해요. 그렇게 서로를 미워했던 두 분이 이토록 끈끈해진 모습을 볼 때면요. 두 분의 다정한 몸짓 속에서, 따뜻한 시선 속에서, 저는 두 분이 사랑에 빠졌던 젊은 연인이었던 시절의 모습을 엿볼 수 있었어요.

우리는 아빠에게 노래를 들려드렸어요. 아빠가 좋아하는 노래들로 직접 플레이리스트를 만들었죠. 저는 소설 몇 단락을 읽어드렸고, 클레망은 매일의 뉴스를 전해드렸어요. 엄마는 젖은 수건으로 아빠의 이마를 닦아주셨죠. 저는 마지막 순간까지 희망을 놓지 않았어요. 이해하시죠? 이성적으로 말이 안 된다는 걸 알면서도요. 사랑하는 사람이 서서히 스러져가는 걸 지켜보는 일은 형용할 수 없을 만큼 잔인해요. 여전히 아빠의 손을 잡을 수 있고, 피부를 어루만질 수 있고, 목소리를 들을 수 있고, 가슴이 오르락내리락하는 걸 볼 수 있고, 숨결을 느낄 수 있고, 시선을 느낄 수 있는데도 말이에요. 그 사실을 온전히 누리고 그 순간을 최대한 담아두려고 하면서도, 곧 모든 것이 끝날 것이고, 그 '곧'이 우리 손에 달려 있지 않다는 걸 알고 있으니까요. 아빠는 기억 속으로 사라질 거예요. 부재하는 사람들의 세계로 가겠죠. 죽음과 약속을 한다는 것, 죽음이 다가오고 있다는 것, 죽음을 기다려야 한다는 것. 그건 정말 말로 표현할 수 없을 만큼 잔인한 일이에요.

아빠의 팔뚝을 쓰다듬는 제 손을 찍어두었어요. 제 손가락 아래에서 느껴지는, 아빠의 피부에 닿는 감각을 붙잡아두고 싶어서요. 아빠의 목소리는 음성 메시지 속에 남아 있고, 아빠의 얼굴은 사진 속에 있고, 아빠의 향기는 남겨진 향수병에 남아 있지만, 피부의 감촉이나 온기, 제 볼에 스치는 까끌까끌한 수염, 제 어깨를 감싸던 팔, 아빠 손 위에 놓인 제 손… 그 모든 것들은 이제 아무것도 남아 있지 않아요. 촬영하면서도 제가 붙잡을 수 있는 건 단지 영상 속 이미지뿐이란 걸 알고 있었어요. 그런데도 절망은 사람을 비이성적인 행동으로 내몰아요.

마지막 며칠 동안 의료진은 면회 시간을 연장해줬어요. 저는 병실에서 잘 수 있는지 물었어요. 의자라도 상관없었거든요. 병원에서는 아직 급박한 상황은 아니니 차라리 가서 쉬는 게 낫겠다고 했어요. 다크서클은 날이 갈수록 깊어졌고, 저는 병원에서 가장 가까운 호텔에서 잤어요.

아침 9시 25분, 병원에서 전화가 왔어요. 병원에 가려고 준비하던 참이었어요.

"최대한 빨리 오세요."

바로 동생에게 연락했고, 그 애가 도착하기까지 20분이 걸렸어요. 저는 신발을 대충 욱여 신고, 계단을 뛰어 내려가 입구를 가로질러 주차장까지 달려갔어요. 그런데 차 키를 깜빡한 거예요. 다시 올라가서 몇 분 동안 차 키를 찾아 헤맸지만 헛수고였어요. 차 키가 차 안에 그대로 있었거든요.

의사가 문 앞에서 저를 기다리고 있었어요.

"돌아가셨습니다."

…

4분 늦었어요.

아빠는 혼자 떠나셨어요.

이 빌어먹을 ADHD 때문에요.

20. 뱅상

제가 보고 싶으셨나요, 선생님?

휴가가 참 좋았어요. 열흘 동안 딸들과 함께 떠났죠. 애들은 캠핑을 가고 싶어 했어요. 사촌들이 캠핑을 다녀와서 워터슬라이드, 무제한 아이스크림, 음악 공연을 신나게 자랑했거든요.

제가 어렸을 때, 우리 가족은 매해 8월의 첫 두 주는 랑드 중심에 있던 작은 공영 캠핑장에서 시간을 보냈어요. 수영장은 없었고, 바다는 차로 30분 거리였어요. 그저 페탕크 경기장 하나, 작은 식료품점 하나,

침낭에 들어가 잤던 작은 삼각 텐트 하나뿐이었어요. 소나무 냄새가 짙었고, 걸어서 10분 거리에 마을이 하나 있었죠. 부모님은 더 나은 곳을 갈 형편이 안 됐지만, 저는 그곳에서 최고의 추억을 쌓았어요. 캠핑을 갈 때면 부모님은 평소와는 다른 사람이 됐어요. 출발하는 날, 짐을 차에 싣는 순간부터 아버지는 완전히 풀어졌어요. 말이 느려졌고, 걸음걸이가 덜 뻣뻣해졌고, 담배도 덜 세게 빨아들였어요. 늘 하시던 허리나 관절에 대한 불평도 줄었죠. 마치 자신의 모든 통증을 공사 현장에 두고 떠났다가, 돌아올 때 다시 찾아오기로 약속한 사람처럼요. 어머니는 일상에서 빠져나오는 데 시간이 좀 더 필요했어요. 청소기 돌아가는 소리를 잊는 데, 락스 냄새를 떨쳐내는 데, 병원 화장실을 닦으면서 느꼈던 환자들의 시선을 지워내는 데 말이에요. 그리고 매년 부모님은 그곳에서 같은 친구들을 다시 만났어요. 마르틴과 크리스티앙, 프랑수아즈와 프랑수아, 제 또래의 아이들을 둔 두 커플이었죠. 그들은 여름의 친구들이었어요. 여름이면 함께하고, 가을이 되면 우리 삶에서 사라졌다가, 1년 뒤에 다시 나타났거든요. 우리는 조금 더 자랐고, 부모님들은 조금 더 나이 들었죠.

　부모님은 마르틴과 크리스티앙에게서 접이식 카라반을 샀어요. 오래 고민하셨죠. 아주 큰 돈이 들었으니까요. 마르틴과 크리스티앙은 그 돈을 열 번에 나눠서 내는 건 어떤지 제안했어요. 그 카라반은 아주 작았고 새것도 아니었어요. 제가 10대의 혈기로 문을 여닫고 안에 들어갈 때마다 아버지는 이렇게 말씀하셨어요. "살살 해라. 그거 그냥 폼으로 달려 있는 거니까." 이 표현이 무슨 뜻인지는 끝내 이해 못 했지만 분위기는 느꼈죠. 부모님은 크리스티앙과 다퉜어요. 12월에 돈을 못 내셨거든요. 결국 부모님은 제 크리스마스 선물을 사느냐, 카라반

할부금을 내느냐 둘 중 하나를 선택해야 했어요. 다른 사람들은 마르틴과 크리스티앙의 편을 들었고, 어머니는 다시는 캠핑장에 발도 들이기 싫어하셨어요. 어머니가 말씀하셨죠.

"나는 똥 냄새도, 손에 물집이 잡히는 것도 참을 수 있어. 걸레를 짜려고 몸을 숙일 때마다 사람들이 나한테 하는 추잡한 말도 참을 수 있다고. 피로도, 가난도 다. 하지만 창피한 건 절대 못 참아!"

도대체 아버지가 어머니를 어떻게 설득했는지는 모르겠어요. 어쨌든 다음 해 여름에 우리는 다시 그 캠핑장에 갔어요. 제겐 달라진 건 없었어요. 친구들과 계속 즐겁게 어울려 다녔고, 완전한 자유를 만끽하고, 자전거를 타고, 테니스를 쳤어요. 어른들의 문제는 아이들의 무구함을 건드리지 못했죠. 저는 바로 그런 추억을 제 딸들에게 만들어주고 싶었어요.

우리는 아르젤레쉬르메르로 떠났어요. 그곳이 캠핑의 성지라는 건 몰랐죠. 곳곳에 캠핑장이 가득했어요. 그늘진 작은 공터, 나무 사이에 지어진 친환경 캠핑장, 도로가 있는 대형 캠핑 리조트, 클럽, 360도 회전 워터슬라이드가 있는 곳까지…. 지나가는 캠핑장마다 루가 여기인지 계속 물어봤어요. 인터넷에서 후기를 보고 골랐는데, 음, 확실히 캠핑장 주인이 친구가 많았던 것 같아요. 우리가 묵을 방갈로는 햇볕이 내리쬐는 한가운데 있었어요. 겨드랑이 사이에 있는 것 같은 더위였어요. 샤워장의 물은 뜨겁거나 차갑거나 둘 중 하나였고, 절대 적당한 온도가 아니었어요. 그리고 화장실 창문을 열어 손만 뻗으면 옆 방갈로가 닿을 정도였죠. 첫날 밤, 조제핀이 천둥소리에 깜짝 놀라 깼어요. 그 아이는 심각한 천둥 공포증이 있어요. 이해해요. 저도 똑같거든요. 저 역시 완전히 넋이 나간 상태였지만, 그 와중에 천둥소리가 너무 규

칙적이라는 생각이 들었어요. 밖으로 나와 보니 그건 천둥소리가 아니라 옆 방갈로에서 나는 코 고는 소리였어요.

저는 집에 돌아갈 계획을 세우며 밤을 보냈어요. 실망할 딸들을 위로하기 위해 휴대전화로 갈 만한 곳들을 찾았죠. 아이들은 아침 7시에 제 침대 위에서 뛰면서 저를 깨웠어요. 침대 프레임이 그걸 버티지 못해서 우리는 바닥으로 떨어졌죠. 너무 웃겨서 한동안 일어나지도 못했어요. 조제핀이 결국 외쳤죠.

"수영장 가고 싶어!"

"아냐, 바닷가에 갈래!" 루가 말했어요.

아이들은 그렇게 티격태격하더니 결국 합의했어요. 오전에는 수영장, 오후에는 바닷가. 그 사이엔 젤라또를 먹기로요. 제 의견은 당연히 중요하지 않았죠. 그리고 저는 집에 가려던 마음을 접었고요.

우리는 정말 멋진 한 주를 보냈어요. 수영장에서는 물이 너무 많이 튀었고, 바닷물은 너무 짰고, 발가락 사이엔 모래가 잔뜩 끼었고, 음식 하나 사 먹으려면 너무 오래 기다려야 했고, 소음은 너무 컸고, 선크림도 너무 많이 발랐죠. 그런데도 정말 좋았어요. 아이들은 기어이 저를 저녁 파티에 끌고 갔고, 심지어 수영장에서는 가장 큰 워터슬라이드까지 타게 했어요. 저는 엉덩이골이 보이는 채로, 손발은 허공에 떠 있는 상태가 되었죠. 그리고 바로 그 순간, 한 독자가 저를 알아봤어요.

"뱅상 프리바씨? 세상에, 전 당신 책을 정말 좋아해요!"

저도 왜 그랬는지 모르겠어요. 명백한 상황인데도 이렇게 대답했죠. "Sorry, I don't speak French."

그리고 남은 휴가 동안, 저는 모자와 선글라스를 벗지 않았어요.

...

우리 없이도 계속되고

어제 아이들은 애들 엄마 집으로 돌아갔어요. 그날 저녁 아나이스가 문자를 보냈어요. 딸들이 얼마나 설탕을 많이 먹었는지, 제가 언제 아이들을 재웠는지 꼭 알아야겠다는 듯이 얘기했어요. 어쨌건 아나이스는 진짜 중요한 이야기는 단 한마디도 하지 않았어요. 어떻게 사람이 한때 영원히 사랑할 거라고 확신했던 누군가를 이토록 경멸하게 될 수 있을까요? 저는 아나이스의 모든 면을 다 안다고 생각했는데 우리가 헤어진 후로는 그녀가 완전히 다른 사람이 된 것 같아요.

결국 이렇게 만든 건 저예요. 제가 사랑을 증오로 바꿔버린 거죠. 저는 사랑의 대상에서 후회의 대상으로 전락해버린 거예요.

…

제가 모든 관계를 망치는 걸 멈추려면 이제 그 베일을 걷어내야만 할 거예요. 이제 본론으로 들어가야 할 때죠, 선생님. 하지만 저는 아직 몇 번 더 돌아가야 할 것 같아요.

21

엘사는 이번 토요일을 평소와 다름없이 보낼 계획이었다. 책을 읽고, 잠을 자고, 밥을 먹고, 거실과 침실, 해먹을 오가면서 시간 보내기. 트리스탕이 아빠 집에서 돌아왔지만, 대부분의 시간을 친구들과 보내고 있었다. 엘사는 아들이 엄마를 필요로 했던 시절이 그리웠다.

하지만 소니아는 전혀 다른 계획을 세웠다. 엘사가 점점 고립되는 모습을 더 이상 지켜볼 수 없었던 그녀는, 엘사가 보르도에서 하루를 보내도록 어쩔 수 없이라도 자신을 따라나서게 만들었다. 소꿉친구인 소니아는 설득력 있는 이유까지 준비해두었다.

"네가 안 가고 싶어도 상관없어. 어차피 샤를렌은 기꺼이 나랑 같이 가줄 거거든."

엘사는 샤를렌을 아주 좋아했다. 단, 그녀가 죽었다고 생각할 때에만 말이다. 결국 엘사는 준비를 마쳤고, 둘은 휴가를 떠나는 사람들과 반대 방향으로 길을 나섰다.

무더위가 도시를 짓누르고 있었다. 포르트 디조 거리에서는, 사람들은 건물 그림자를 따라 벽 쪽으로 바짝 붙어 걸었고, 다른 사람들은 카페 테라스의 파라솔 아래에서 시원한 음료를 들이켜고 있었다. 상점들은 시원한 피난처였다. 엘사와 소니아는 옷, 액세서리, 신발, 휴대전화, 약국, 인테리어 소품 가게까지 가리지 않고 이 가게 저 가게를 들락거렸다.

"나 이제 읽을 책이 거의 없어." 소니아가 서점에 들어서며 말했다.

둘은 미술, 여행, 심리학 코너를 지나며 몇 권의 책을 들춰보다가, 일반 문학 코너로 향했다. 수십 명의 사람들이 서점 한쪽 복도에 빽빽하게 몰려 있었다.

"이 많은 사람들은 다 뭐야?" 엘사가 한숨 쉬며 말했다.

소니아는 대기 줄을 따라 올라가보더니 기쁘면서도 불길한 표정을 하고 돌아왔다.

"뱅상 프리바 사인회야!"

"죽여주네." 엘사는 빈정대며 손가락을 입안 깊숙이 찔러 넣어 토하는 시늉을 했다.

"그러지 마. 너 저 사람 소설 펼쳐본 적도 없잖아. 우리 줄 설까?"

"차라리 가론강에 뛰어들겠냐고 물어봐."

소니아는 어깨를 으쓱였다.

"샤를렌이었으면 훨씬 착하게 굴었을 텐데."

"그래. 하지만 걔는 입 냄새가 심하잖아. 모든 걸 다 가질 순 없지."

소니아는 기어이 줄을 섰고, 결국 엘사도 마지못해 소니아 옆에 섰다. 물론 틈만 나면 독설을 던지면서. 한 시간이나 서서 기다린 끝에 엘사는 친구를 버리고 떠나기로 했다.

"너도 알지? 그 사람, 네 얼굴 한 번 쓱 보고 뻔한 문장 하나 써줄 거라는 거." 엘사가 마지막으로 설득을 시도했다.

"알아. 상관없어. 나는 그냥 내가 얼마나 그 사람 책을 좋아하는지 말하고 싶어."

"그 사람이 그걸 퍽이나 모르겠다. "당신 책 구려요."라고 말하러 오는 사람은 없을 거 아니야. 그런 말을 할 사람이 있는 거라면 나도 옆에 같이 있고."

"너 진짜 못됐어."

"심리학 코너에서 기다릴게. 우울증의 ㅇ 앞에서 말이야."

엘사는 그렇게 사람들에게서 멀어졌다. 그녀에게 이런 류의 문학 열풍은, 과연 문학이라고 부를 수 있을지 모르겠지만, 이해할 수 없는 일이었다. 누군가는 말한다. 이런 쉽고 감성적인 이야기들은 대중들이 독서에 입문하게 한다고. 하지만 그건 엘사의 눈에는 그저 문화의 수준을 낮추는 일에 불과했다.

서점을 돌아다니다 엘사는 특별한 행사를 알리는 커다란 포스터 앞을 지났다. '뱅상 프리바와의 만남 - 8월 7일(토) 오전 11시'. 포스터 속 커다랗게 인쇄된 얼굴, 대기실에서 보던 그 남자가 미소 짓고 있었다.

그녀가 알고 있던 주름도 하나 없이 말이다.

"세상에, 맙소사."

엘사는 발걸음을 돌려, 줄을 따라 올라가 그를 멀리서 지켜보았다.

뱅상은 탈진 상태였다. 사실 그는 오늘 사인회를 취소할 뻔했다. 낯선 사람들에게 웃어 보여야 한다는 생각만으로도 숨이 막혔다. 최근 쇼메 박사와의 상담 이후, 그는 더욱 공허하고 무기력하고 비겁해진 기분이었다. 그게 새삼스러운 감정은 아니었다. 오래전부터 이미 그런 자신과 공존하고 있었으니까. 하지만 이렇게까지 심하게 느꼈던 적은 없었다. 아침에 면도를 하다가 그는 거울 속에서 거짓말 하나를 보았다. 다크서클이 짙고 초라한 낯짝을 한 거짓말을.

뱅상이 서점에 도착했을 때, 이미 많은 독자들이 그를 기다리고 있었고, 그들은 뱅상을 큰 박수로 맞이했다. 이런 따뜻함이 그를 무장해제 시켰다. 하지만 뱅상은 땅속으로 사라지고 싶었다. 자신에게 관심이 쏠릴 때마다 그러했듯 말이다.

사인회는 원래 한 시간 동안 진행될 예정이었다. 하지만 아직도 줄 서 있는 사람들을 보니, 그 시간 안에 끝날 리 없어 보였다. 뱅상의 사인회에서는 종종 줄을 끊어야 했다. 서점이 문 닫는 시간을 넘기지 않기 위해 인원을 제한해야 했던 것이다. 뱅상은 한 사람 한 사람에게 시간을 들였다.

대부분의 독자들은 그에게 할 말이 있었고, 나눌 이야기가 있었으며, 전하고 싶은 감정이 있었다. 뱅상은 들려오는 모든 칭찬을 마치 처음 듣는 것처럼 받아들였다. 몇 마디의 말, 눈빛, 미소, 두 사람이 만나 이뤄진 한 번의 만남. 그는 바로 이런 순간들을 위해 스스로를 억누르며 견뎠다. 자신의 결핍을 메워주고 점점 커져가는 인간 본성에 대한 회의감을 잠재워주는 이 작은 삶의 조각들을 위해서 말이다.

뱅상의 마음이 가장 흔들리는 순간은 주저하는 독자들 앞에서였다. 말을 꺼내지 못하고 입술만 달싹이며 눈물이 고인 그런 독자들 말이다. 뱅상은 경험상 그들이 자신이 하고 싶었던 말을 다 하지 못한 걸 후회하며 돌아갈 것을 알고 있었다. 그래서 먼저 말을 걸었다. 미용실에서 머리를 감겨주는 미용사처럼. 뱅상은 독자들에게 집이 먼지, 책을 많이 읽는지, 어떤 작가를 좋아하는지 물었다. 종종 날씨나 그를 맞아준 보르도 이야기를 하기도 했다.

한 근사한 노부인과 대화를 나눈 후에 뱅상이 잠시 정신을 가다듬고 있던 그때, 한 남자가 그의 앞에 섰다. 손에는 책이 없었다.

"감사 인사를 전하고 싶어서 왔습니다." 그가 말하기 시작했다.

"감사합니다." 뱅상이 대답했다.

"제 아내가 당신 책을 읽었어요. 그리고 무척이나 좋아했죠."

"아, 그렇습니까? 어떤 책을 읽으셨나요?"

"제목은 기억이 안 나는데, 한 여자가 20년간 함께한 남편을 떠나는 이야기였어요." 그 남자가 설명했다.

"그렇군요. 가장 최근작이네요. 아내분께 사인을 해드릴까요?" 뱅상이 물었다.

"그럴 수 없어요. 아내가 책을 가지고 떠났거든요. 그 책이 저를 떠날 용기를 주었다고 하더군요. 그래서 왔어요. 감사 인사를 드리러요. 당신 덕분에 제 인생이 박살 났거든요, 뱅상 씨."

계속 뱅상 뒤에 서 있던 편집자 마틸드가 게처럼 옆으로 조심스럽게 다가섰다.

"괜찮아?"

"응." 뱅상이 마틸드를 안심시키며 대답했다. "이 신사 분은 단지 내 소설의 결말이 마음에 안 들었다고 전하러 오신 거야." 뱅상이 그 남자를 바라보며 말했다. "진심으로 유감입니다."

남자는 아무 말도 없이 떠났다.

"바보 아냐…." 그들의 대화를 한 마디도 놓치지 않고 듣고 있던 마틸드가 중얼거렸다. "그 사람은 다 네 탓이라고 믿는 것 같은데, 아내가 떠난 건 다 그럴 만한 이유가 있었겠지."

"그 사람을 탓하진 않아. 슬퍼지는 것보다 비겁해지는 게 훨씬 견딜 만 하다는 걸 잘 아니까."

멀리서 지켜보던 엘사는 자리를 벗어나 후텁지근한 밖으로 나가 소니아를 기다렸다.

22

엘사는 쇼메 박사를 20분째 기다리고 있었는데, 그때 뱅상이 들어왔다. 그의 머리카락에서 이마로 물이 흘러 떨어졌다. 사흘 내내 비가 내리고 있었다. 메마른 땅을 촉촉이 적시던 단비였다.

"비가 오네요." 뱅상이 엘사를 보며 말했다.

"아, 그래요? 몰랐어요."

"내일이면 맑아질 거래요. 그리고 주말엔 다시 더워질 거고요."

"고마워요, 에블린 델리아[17] 씨. 교통 상황도 알려주시나요?"

---

17) Évelyne Dhéliat. 프랑스 유명 기상캐스터.

뱅상은 자리에 앉아, 청바지 뒷주머니에서 소설 한 권을 꺼냈다. 포켓북 크기의 책이었는데, 책이 세로로 반 접혀있었다. 엘사는 책이 조금이라도 손상되는 걸 견디지 못하는 사람이었기에 신경질적인 반응을 누르려 애썼다.

"당신 덕분에 고전문학이 다시 읽고 싶어졌어요." 뱅상이 엘사를 향해 책 표지를 살짝 기울이며 말했다.

"플로베르네요. 아주 탁월한 선택이에요.『세 가지 이야기』를 추천할게요. 제가 보기엔 그게 그의 최고작이에요. 출판업계에서 일하신다고 그러셨죠?"

뱅상은 고개를 끄덕였다.

"정확히 무슨 일을 하세요? 너무 실례가 되는 질문이 아니라면요." 엘사가 물었다.

뱅상은 이따금 가짜 직업을 만들어내야겠다고 생각했다. 그저 평범한 익명의 사람으로 남고 싶은 이런 상황을 대비해서 말이다. 그는 사람들이 자신을 향한 태도를 바꾸는 걸 여러 번 목격했다. 딸 루의 반친구 엄마처럼 말이다. 원래는 인사를 해도 받아주지 않던 사람이 텔레비전에 나온 뱅상을 알아보고는, 어느 날 아침 갑자기 다정하게 포옹까지 하며 사인을 부탁했다. 차갑기 그지없던 호텔 직원이, 자신의 동료가 뱅상을 알아보자 객실을 업그레이드해준 적도 있었다. 이런 태도는 그를 불편하게 만들었다. 예전 장인 장모도 그를 마지못해 받아들였다. 뱅상은 그들의 세계와 어울리지 않았고, 그들은 뱅상을 하수구에서 나온 해충처럼 여겼다. 초반 몇 년 동안, 장인 장모는 아나이스가 뱅상과 진지한 관계를 맺지 못하도록 온갖 방법을 다 썼다. 뱅상은 순진하게도 자신의 성격이 그들의 반감을 누그러뜨릴 수 있으리라고 기대했다. 하지만 그들의 태도를 변화시킨 건 다른 것이었다. 첫 소설, 첫 성공. 그리고 나서야 장모에게 처음으로 문자를 받았다.

서점에서 자네의 소설 광고 포스터를 봤네. 직원한테 내 사위라고 했더니, 자네 책이 불티나게 팔린다고 하더라고. 우린 자네가 자랑스러워. 정말 놀라운 발전이지. 누가 이런 날이 올 줄 알았겠나?

뱅상은 차라리 그들이 자신을 계속 무시했으면 좋았겠다고 생각했다. 여전히 '함께할 만하지 않은 사람'으로 봐줬다면. 그랬다면 최소한 인간이 아니라 자랑하려고 내세우는 트로피가 된 기분은 들지 않았을 것이다. 뱅상은 아직도 적당한 가짜 직업을 만들어내지 못했기 때문에 이렇게 대답했다.
"글을 씁니다."
"어떤 글이요?"
"아, 그냥 책이요."
"아, 그냥 책이요." 엘사가 똑같은 말투로 따라 했다. '아, 시금치네. 아, 또 너야? 아, 고양이가 바닥에 똥을 쌌네.'라고 하는 듯한 말투로.
뱅상은 엘사의 얼굴을 살피며 어떤 반응이라도 찾으려 했지만 아무것도 찾지 못했다. 엘사는 어떻게든 웃음을 참으려 애쓰고 있었다.
"어떤 종류의 책을 쓰시는데요?"
"현대 소설이요. 뭐, 빅토르 위고 같은 건 아니지만요."
아무도 이 작가 선생께서 자신의 글을 열정적으로 들여다본다고 생각하지 않기를. 적어도 이 부분에 대해 그는 거짓말하지 않았다. 뱅상은 자신의 작업에 대해 전혀 관대하지 않았다. 그가 글쓰기보다 더 좋아하는 것은 없었다. 아이디어가 싹트는 소리를 듣고, 인물들이 그에게 말을 걸어오고, 미친 듯이 키보드를 두드릴수록 서서히 머릿속 안개가 걷히고, 정확한 단어를 찾고, 문장의 리듬을 맞추고, 예상치 못한 방향으로 이야기가 흘러가는 것에 놀라고, 상상력의 톱니바퀴가 돌아가기 시작하는 순간을 느끼고, 그렇게 한 페이지 한 페이지가 검은 글씨로 채워지고, 이 모든 글자들이 끝에서 끝으로 이어져 마침내 하나의 이야기가 탄생하는 그 순간. 뱅상은 그런 순간을 사랑했다.

하지만 자신이 쓴 글을 다시 읽는 일은 고문이었다. 포스터 속 자신의 얼굴을 마주할 때처럼, 라디오에서 자신의 목소리를 들을 때처럼 말이다.

뱅상은 어떻게 그렇게 많은 시간을 쏟아부어 이런 쓰레기를 만들어 낸 건지 자문하곤 했다. 캐릭터들은 갑자기 우스꽝스러워 보이고, 이야기는 쓸모없으며, 문체는 시시하게 느껴졌다. 그는 긍정적인 리뷰는 별것 아닌듯 받아들이면서 부정적인 리뷰는 뼛속까지 새겼다. 뱅상에겐 그 비판들에 동의하는 고통스러운 버릇이 있었기 때문이다.

엘사는 뱅상의 불편한 기색을 느꼈다. 그가 화제를 바꾸고 싶어 하는 것이 분명했다.

"위고도 결점이 없는 건 아니었어요." 엘사가 말했다.

"맞아요. 위고도 인스타그램 사진을 전부 보정했다고 하더군요."

"뱅상 프리바 씨도 그렇다고 하던데요?" 엘사가 받아쳤다.

뱅상은 순간 멍해졌다가 이내 큰 소리로 웃음을 터뜨렸다.

"잔인하시네요!"

"미안해요. 그냥 넘길 수 없었어요." 엘사가 눈을 가리며 대답했다.

"처음부터 저를 알아보셨나요?"

"아뇨. 토요일에 우연히 서점에 갔는데 당신이 사인회를 하고 있더라고요. 제 친구 소니아가 당신 책을 정말 열렬히 좋아해요. 그걸 직접 말하려고 한 시간 반이나 줄 서 있었어요."

"친구분 정말 대단하시네요. 같이 기다리진 않으셨나요?"

"거의 영겁의 시간처럼 느껴졌죠. 조금만 더 서 있었으면 정말 성질을 부렸을 거예요."

"이미 저한테는 익숙한 모습인데요."

"이 정도는 아무것도 아니에요." 엘사가 웃으며 답했다.

"친구분께 짧은 메시지라도 써드릴까요?"

"이미 하나 받았는걸요."

"네, 하지만 별로인 책에 쓰여 있잖아요."

"그래도 소니아는 충분히 그 책을 좋아할 거예요."

뱅상은 허벅지 위에 플로베르의 책을 올려놓고, 펜을 꺼내 사인을 남겼다. 뱅상이 막 사인을 마쳤을 때, 쇼메 박사가 엘사를 불렀다.

23. 엘사

아름답기도 하고 슬프기도 한 한 가지 사실을 깨달았어요. 아빠의 사진들을 뒤적이다가요.

사진들은 뒤죽박죽으로 커다란 나무 상자 속에 담겨 있었고, 사진이 너무 많아서 상자 뚜껑조차 제대로 닫히지 않았어요. 몇 장은 아빠가 첫 영성체 때 형제 자매들과 찍은 흑백 사진이었어요. 반 친구들과 찍은 사진도 있었죠. 저는 사진에서 아빠를 찾아내는 재미에 빠졌어요. 첫 영성체 사진 속에서도 아빠를 찾았지만 확신은 없었어요. 젊은 시절 아빠의 사진들도 있었어요. 긴 머리에 나팔바지를 입고 계셨죠. 엄마, 이모, 우리 가족을 담은 사진들이 많았어요. 콧수염이 난 아빠의 품속에 안겨 있는 갓난아기였던 저, 고무보트 안에서 훌떡 벗고 있는 제 동생, 크리스마스트리 앞에서 잔뜩 토라진 표정을 짓고 있는 저. 왜냐하면 선물이 제가 원했던 포플즈 인형이 아니었거든요. 엄마는 마치 모든 사진에서 눈을 절반쯤 감고 있어야 한다는 사명이라도 가진 사람처럼 나왔어요.

학교 바자회 사진들, 그리고 엄마가 없는 사진들. 놀라운 건, 엄마가 떠난 후의 사진들 속에서 엄마가 가장 선명하게 존재한다는 거예요. 우리는 다트 던지기를 하고, 카드 게임을 하고, 강아지를 수르드강에서 씻기고, 생일마다 점점 더 늘어나는 촛불을 불었죠. 반짝이는 인화지 위로 시간은 그렇게 묵묵히 흘러가고 있었어요.

어떤 사진들은 추억을 불러일으켰고, 어떤 사진들은 제 것이 아닌 전혀 다른 삶에서 온 것 같았어요. 수줍게 웃고 있는 작은 소녀, 잘 갖춰 입은 이 아이가 낯설었어요. 그 순간, 불현듯 깨달았어요.

일전에 선생님께 제 유머 감각을 아빠에게서 물려받았다고 말씀드린 적 있죠. 그런데 그게 꼭 사실이 아닐지도 모르겠어요.

저는 항상 제가 웃고 또 웃기고 싶어 하는 본능을 타고났다고 생각해왔어요. 어떤 일이든 가볍게 웃어넘기는 이 재능 말이에요. 저는 그게 단순한 행동이 아니라, 늘 제 성격의 일부라고 믿어왔어요. 그런데 착각이었던 것 같아요. 저는 특별히 웃긴 것에 끌리는 아이가 아니었어요. 배꼽 잡고 웃었던 기억도 별로 없는걸요. 초등학교 5학년까지 저는 반에서 항상 1등이었고, 누군가 제 답을 베낄까 봐 팔로 시험지를 가렸던 모범생이었죠. 하지만 바로 다음 해, 중학교 1학년[18] 때 모든 게 달라졌어요. 제 성적이 곤두박질쳤거든요. 엄마는 매주 교장실에 불려 가셨고, 저는 벌을 섰고, 심지어 잠깐 정학까지 당했어요. 하지만 저는 전혀 신경 쓰지 않았어요. 새로운 과목에서 뛰어난 실력을 발휘하고 있었거든요. 사람들을 웃기는 것 말이에요. 교실은 저만의 무대였고, 친구들은 저의 관객이었죠.

"나는 너무 불행해." 그해, 아빠는 퇴근하고 돌아와서 온 힘을 다해 저를 꼭 껴안고 이렇게 말했어요. 아빠는 술을 마시기 시작했고, 직장에서 해고당했으며, 가구는 압류되었고, 매주 금요일 밤이면 식량 지원 센터를 찾아가야 했어요. 그리고 부모님은 이혼하셨죠.

선생님, 저는 원래부터 웃기는 아이가 아니었어요. 그렇게 될 수밖에 없던 거예요. 아빠를 다시 웃게 만들고 싶었거든요. 아빠의 슬픔이 모든 것을 잠식해버렸으니까요. 저는 이 환경에 적응하기 위해 제 안에 새로운 신체 기관을 만들어냈어요.

유머는 단순히 아빠에게서 물려받은 유산만은 아니었어요. 시간이 흐르면서 그것은 우리만의 언어가 되었죠. 짓궂은 농담, 장난, 익살스러운 말, 유머러스한 이야기, 말장난 같은 것들이요. 아빠는 제 최고의 관객이자 가장 중요한 사람이었어요. 마지막 순간까지도 말이에요. 아빠가 뇌졸중으로 쓰러지고 마지막 11일 동안은 제가 병실에 들어가거나 입을 맞춰도 거의 반응하지 않으셨어요. 아빠는 마치 다른 세상에 떠 있는 듯했어요. 제가 아들 얘기를 해도, 동생에 대해 떠들어도, 아빠의 집과 강아지에 대해 말할 때도요. 그런데 제가 진짜 유치하고 무

---

18) 프랑스의 학제는 초등학교 5년, 중학교 4년, 고등학교 3년을 따른다.

식한 농담을 하고, 거기에 욕 한두 마디를 섞으면, 아빠의 눈빛이 순간 살아났어요. 그리고 아빠의 입술 오른쪽 끝이, 그나마 움직일 수 있던 그 한쪽이 살짝 올라갔어요.

24

　엘사는 대기실을 한번 둘러보다가, 뱅상과 눈이 마주쳤다. 두 사람은 서로에게 좋은 하루를 보내라고 인사했다. 엘사는 문이 완전히 닫힌 후에야 책을 열어 그가 남긴 글을 확인했다.

　　　　소니아 님께,
　　제가 쓴 책을 즐겨 읽어주신다니 기쁩니다.
　　다만, 조금 이상한 사람과 어울리시는 것 같군요.

　　　　우정을 담아,
　　　　　뱅상

25. 뱅상

　저는 아직 모든 걸 헤집어볼 준비가 되지 않았어요. 금이 간 곳들을 메우는 데 오랜 시간이 걸렸지만, 저라는 건물은 여전히 불안정해요. 지금은 벽지를 살짝 들춰보는 정도지만, 언젠가는 주춧돌에까지 다다를 수 있을지도 모르겠어요.

우선 제 편집자가 왜 선생님과의 상담을 잡아줬는지부터 이야기해볼까요. 이게 핵심은 아니더라도 첫걸음은 될 테니까요. 제가 한바탕 사고를 친 뒤의 일이라고 말씀드렸죠. 1월 초 어느 문학 도서전에서 벌어진 일이었습니다. 저는 연휴를 딸들과 함께 보내지 못했어요. 아이들은 엄마와 그녀의 남편과 함께 산에서 보냈고, 제 우울함의 고도도 높아졌어요.

저는 문학 도서전을 정말 좋아합니다. 통로마다 책을 사랑하는 사람들로 붐비고, 서점 관계자들과 자원봉사자들은 열정에 들떠 있고, 작가들 사이에는 여름 캠프 같은 분위기가 흐르죠. 사인회가 끝난 뒤에는 저녁 식사 자리가 자주 마련되는데, 제가 감이 좋은지 늘 가장 유쾌한 테이블에 앉게 되더라고요.

작가라는 직업은 외로운 일이잖아요. 저의 유일한 동료는 노트북이고, 집필에 몰두할 때면 며칠 동안 아무와도 말하지 않고 지낼 때도 있어요. 그게 사실 사치스러운 일이긴 합니다. 멍청한 동료들이나 그들과 별반 다를 바 없는 상사들도 겪어봤으니까요. 하지만 가끔은 커피 머신 앞에서 나누던 시시한 대화가 그리워요. 그런 분위기를 문학 도서전에서 다시 느끼곤 합니다. 저는 그곳에서 좋은 인연들을 많이 만났고, 몇몇 작가와는 진짜 친구가 되었죠.

어쨌든 1월의 그 문학 도서전 때로 돌아가보면요. 토요일 저녁이었어요. 호텔에서 샤워할 시간도 거의 없었는데 곧바로 저녁 행사에 가야 했죠. 저는 지쳐 있었습니다. 하지만 그게 단순히 하루가 끝나가고 있기 때문만은 아니란 걸 알고 있었어요. 몇 주, 어쩌면 몇 달 전부터 저는 깊은 무력감에 빠져 있었어요. 제 주변의 모든 것이 뿌옇게 흐려지는 것 같은 우울감도 있었고요.

그곳은 둥근 테이블이 놓인 넓은 연회장이었고, 사람들로 가득차 있었습니다. 아마 300명쯤 되었을 거예요. 저는 제 편집자 마틸드와, 같은 출판사에서 책을 낸 소설가 안 마리 사이에 앉아 있었어요. 제가 어렸을 때 안 마리의 인생 스토리는 저를 꿈꾸게 했어요. 그녀는 실직한 전직 비서였는데, 큰 기대도 없이 자신의 원고를 우편으로 보냈고, 몇 달 후에 책으로 출간되어 엄청난 성공을 거두었어요. 전 세계 여러 언어로 번역되고 영화로도 만들어졌죠. 그 후로 20년이 넘는 세월 동안 안 마리는 연달아 베스트셀러를 냈고, 사람들은 그녀를 만나기 위해 몇 시간씩 줄을 섰고, 그녀의 얼굴을 텔레비전에서, 버스에서, 기차역에서, 어디에서나 찾아 볼 수 있었습니다. 안 마리는 출판사의 간판 작가였어요. 불과 몇 년 전까지만 해도 사람들이 그녀를 어떻게 대했는지 기억나요. 다른 사람과 전화를 하다가도 그녀의 전화를 받기 위해 그 전화를 끊어버릴 정도였죠. 쏟아졌던 찬사와 특별한 행사들을 기억하고 있어요. 이런 순간도 기억나요. 앞에서는 그녀의 글에 극찬을 늘어놓던 사람들이 돌아서서는 비웃던 모습이요. 그때 다짐했습니다. 절대 이런 걸 잊지 않겠다고요.

처음 안 마리를 만났을 때, 저는 매우 감명받았어요. 제게 항상 친절했거든요. 저는 안 마리를 진심으로 존경합니다.

디저트가 나올 무렵에 안 마리가 제게 알고 있냐고 물었어요.

와인이 괜찮았던 것 같아요. 그래서 여러 번 더 따라 마셨어요. 진짜 맛있는 와인인지 확인해보려고요.

"무엇을 말씀하시는 거죠?"

"저, 떠납니다."

안 마리는 자신의 책이 예전처럼 팔리지 않는다고 말했어요. 마지막 작품은 '산업재해급 참사'라고 불렸을 정도였다고요.

"이제 제 전화를 받는 사람도 없어요. 메일을 보내봐도 답장조차 없고요. 간신히 리샤르와 약속을 잡았는데, 제게 하는 말이 이해해달라더군요. 출판 시장의 위기를 운운하면서요. 코로나니 뭐니 어려운 결정이라고 하더니 마지막엔 "고맙습니다. 안녕히 가세요."라고 하더군요. 말도 안 되지 않나요? 27년을 함께 일했는데 이렇게 쓰레기처럼 버려지다니요."

저는 안 마리에게 유감이라고 말했지만, 실제로는 화가 나 있었어요 (술에 취하면 이 두 감정이 종종 헷갈리거든요). 사실 저는 애초부터 리샤르가 마스카레 출판사의 대표로 취임한 걸 의심스럽게 생각했어요. 이전 대표는 불분명한 정치적 이유로 강제로 해임되었고, 뜻밖에도 그 자리에 리샤르가 임명되었습니다. 리샤르는 원래 이 출판사의 편집국장이었지만 동료들에게 인기가 전혀 없었거든요. 그의 분노 발작과 폭력성은 물론, 진실을 왜곡하고 심지어 날조까지 한다는 것까지 이미 잘 알려진 사실이었습니다. 리샤르의 유일한 장점이라 할 만한 것은 윗선에서 다루기 쉽다는 것뿐이었어요. 그 윗선 역시 막강한 권력을 가진 전직 정치인의 손아귀에 있었고요. 출판사 내에서 어떤 반대 의견이라도 내비친다는 건 단두대에서 목이 날아가는 신세가 된다는 뜻이었죠. 리샤르가 대표로 취임한 이후, 그는 끊임없이 선을 넘었고, 그의 추태는 파리에서 가장 많이 회자되는 우스운 이야기가 되었어요. 어떤 자리에 초대받든 리샤르는 절대 실망시키지 않았어요. 여러 사람들이 회사를 떠났어요. 그중에는 저와 단순한 직장 동료 이상의 관계를 쌓았던 사람들도 있었죠. 제가 그 출판사에 여전히 남아 있던 유일한 이유는 제 편집자 마틸드였어요. 마틸드는 아직 퇴사를 고민하고 있었고, 저는 끝까지 의리를 지키고 싶었어요. 안 마리는 자신의 이야기를 들려주며 제 와인 잔을 다시 채워주었고, 제 안에 무언가 불이 붙었습니다.

리샤르가 바로 옆 테이블에 다른 출판사 대표들과 함께 앉아 있었습니다.

리샤르는 저를 아주 좋아합니다. 그렇고 말고요. 그가 대표로 임명되었을 때, 제게 가장 먼저 직접 연락하기도 했어요. 심지어 그의 직원들보다도 먼저요. 우리는 그동안 딱 한 번, 그것도 문 앞에서 스쳐 지나간 적밖에 없는데 말입니다. 리샤르는 저에게 존경심을 표하고, 저를 스타 작가로 키우겠다는 야망을 전하고 싶었다고 했어요. 하지만 그게 제가 회사를 떠나지 않도록 붙잡아두려는 의도는 절대로 아니라고 여러 차례 강조하면서요. 저는 그의 수가 뻔히 보였습니다. 리샤르 역시 늘 저를 무식한 촌놈 취급하는 부류의 사람이었죠. 저는 그런 사람들의 오해를 굳이 바로잡으려 하지 않았습니다. 제 강한 억양과 세련되지 않은 모습만으로도 그들은 쉽게 방심했거든요. 덕분에 저는 그들보다 한발 앞설 수 있었습니다.

커피가 서빙되자 곧이어 끝없는 연설 퍼레이드가 시작되었습니다. 시장, 행사 운영 위원장, 후원자, 수상자들, 심사위원들이 연설을 했어요. 리샤르도 그중 하나였고요. 그는 작품들에 대한 짧은 찬사를 마치고, 곧바로 자신이 가장 즐기는 주제로 넘어갔습니다. '자신이 최고라는 것을 증명하기'로요.

"제가 처음 마스카레 출판사의 운영을 맡았을 때, 이 일이 얼마나 막

중한 과제인지 미처 깨닫지 못했습니다. 과거 위대한 작가들의 책을 출판했던 이 유서 깊은 출판사는 거의 죽어가고 있었습니다. 무모한 출판 결정과 너무나 허술한 경영으로 인해 거의 파산 직전이었죠. 그러나 저는 이 임무를 영광스럽게, 희망을 갖고 받아들였고, 6개월 후에는 우리의 목표가 성공적으로 달성되었음을 인정할 수밖에 없게 되었습니다. 우리는 올해를 눈에 띄는 성과 속에서 특별한 프로젝트들로 시작하고 있습니다. 그 프로젝트들의 구체적인 내용을 이 자리에서 밝힐 순 없지만, 확실히 앞으로 10년간의 베스트셀러 목록에 오를 것입니다. 또한 마스카레 출판사는 오늘날 문학계를 대표하는 위대한 작가의 신뢰를 받고 있습니다. 다른 작가들이 우리를 떠나는 와중에 그는 우리를 다시 믿기로 결정했죠. 뱅상 프리바 작가님께 감사드립니다. 모두 작가님께 박수를 보내주시길 바랍니다!"

모든 시선이 저를 향했습니다. 하필이면 이에 낀 닭고기 조각을 겨우 빼내려던 참이었어요. 박수갈채가 터져나왔습니다. 저는 테이블 밑으로 숨고 싶었어요.

"뱅상 작가님, 나와서 한말씀 해주시죠!" 리샤르가 마이크를 잡고 소리쳤습니다.

저는 고개를 저었지만 그는 좀처럼 물러서는 법이 없는 인간이었죠.

"작가님이 사람들 앞에서 말하는 걸 별로 좋아하지 않아요. 그러니 우리가 응원을 좀 해줍시다! 뱅상! 뱅상! 뱅상!"

마틸드가 저를 안쓰럽게 바라보았습니다. 홀 안에 있던 사람들이 제 이름을 연호하기 시작했고, 저는 한 손에 술잔을 든 채 자리에서 일어나 테이블 사이를 헤치고 앞으로 갔어요. 리샤르는 두 팔을 활짝 벌리며 저를 껴안았고, 정작 그 순간 저는 그 마이크를 그의 엉덩이에 쑤셔

우리 없이도 계속되고

넣고 소리가 울려 퍼지는지 확인해보고 싶다는 생각이 들었습니다.

"안녕하세요, 여러분. 음… 제가 연설을 할 계획은 없었습니다만… 여러분을 기나긴 연설의 고통에서 구해드리고 싶었지만, 이왕 마이크를 잡은 김에 오늘 수상하신 분들께 축하 인사를 전하고 싶습니다. 브라보, 로랭! 브라보, 로돌프! 여러분의 재능이 이렇게 인정받는 걸 보니 정말 좋네요. 그리고, 리샤르 씨, 이런 기회를 주신 김에 저도 진심을 담아 감사 인사를 드리고 싶네요. 당신의 깊은 진심을 모르는 사람이 없고, 작가들을 진정으로 있는 그대로 봐주는 대표 아래 있다는 사실에 기쁨을 느낍니다. 작가들은 온 마음을 쏟아 글을 쓰는 예술가지, 서로 바꿔 끼울 수 있는 세제 통 같은 게 아닙니다. 이 업계에서는 매출이 절대적인 권력을 갖고, 판매량이 관계를 결정하지만, 그런 환경 속에서 오직 퀄리티만을 신경 쓰는 사람의 지지를 받는다는 것은 정말 소중한 일입니다. 작품의 퀄리티, 인간관계의 퀄리티, 팀의 근무 환경 퀄리티까지 말이에요."

리샤르는 기쁨을 감추지 못했습니다. 제 덕에 모두가 그가 최고라는 걸 알게 됐으니까요. 저는 잔을 비우고 말을 이었습니다.

"좀 길어졌네요. 마무리하겠습니다. 리샤르 씨, 방금 한 말은 전부 농담입니다. 당신은 쓰레기예요. 저는 마스카레 출판사를 떠납니다. 그럼 모두 좋은 저녁 보내세요!"

저는 무거운 침묵 속에서 자리로 돌아갔습니다. 리샤르의 얼굴은 새빨개졌고, 마틸드의 눈은 휘둥그레졌으며, 안 마리는 키득거렸습니다. 나중에 들은 이야기지만 안 마리는 사실 출판사에서 쫓겨난 게 아니었더군요. 다만 그녀가 받은 다음 작품 계약금이 이전보다 훨씬 낮았고, 그게 마음에 들지 않았던 것뿐이었어요.

작가는 대중의 관심을 끄는 사람은 아닙니다. 이 작은 소동은 문학 전문지 두어 곳에서 다뤄졌을 뿐이었죠. 하지만 문학계 내부적으로는 큰 파장을 일으켰습니다.

전화가 쏟아졌고, 마스카레 출판사가 속한 그룹의 경영진들은 저를 붙잡기 위해 온갖 방법을 동원했습니다. 제게 제시된 금액에서 0이 몇 개인지 몇 번이나 세어봐야 했을 정도였으니까요. 경쟁 출판사들은 저를 만나고 싶다고 요청해왔습니다. 결국 마틸드가 책임을 떠안게 되었고 (누군가는 희생양이 되어야 했으니까요) 그녀는 끝까지 압박을 받다가 결국 회사를 떠났습니다. 저희는 함께 새로운 출판사로 옮겼어요.

마틸드는 제가 상담을 받는다는 걸 약속하는 조건으로만 저와 계속 일하겠다고 했습니다.

"너, 너무 오랫동안 괜찮은 척해왔어, 뱅상. 네가 또 한 번 이런 짓을 하면 나 진짜 죽어버릴 거야."

제겐 마틸드가 너무 소중하기에, 그녀가 허세를 부리는 건지 확인할 엄두조차 나지 않았습니다.

…

마틸드가 틀리지 않았다는 걸 인정하는 데 6개월의 치료가 필요했어요. 이제 저는 더 이상 괜찮은 척하고 싶지 않습니다.

26

엘사는 같은 문장을 서른 번째 읽고 있었다. 그녀는 다시 한번 시계를 확인했다. 쇼메 박사는 이전 환자를 여전히 붙잡고 있었고, 짜증이 치밀어 올랐다. 간밤에 정말 많은 일이 있었고, 그녀는 속마음을 털어놓을 곳이 필요했다.

그때 뱅상이 평온한 분위기를 풍기며 등장했다.

"잘 지내고 계신가요?" 그가 순진한 얼굴로 물었다.

"네, 잘 지내요. 고맙네요." 엘사가 딱딱하게 대답했다.

뱅상은 폭소를 터뜨렸다.

"그래 보이세요. 화났을 때는 얼마나 무서울지 상상도 안 돼요."

뱅상이 엘사에게 책 한 권을 건넸다.

"이게 뭐죠?"

"책처럼 보이는데요?" 뱅상이 받아쳤다.

엘사는 책을 받아 들었다.

"정말 성가시게 구시네요."

"제 신작이에요. 한 달 내로 출간될 예정이죠." 뱅상이 설명을 덧붙이며 말했다. "당신 친구를 위해 사인을 했어요. 이 책을 누구보다 먼저 받게 되는 겁니다."

"친구를 대신해서 감사드려요."

엘사는 책장을 가볍게 넘기고 표지를 쓰다듬은 후에 책을 뒤집어 줄거리를 확인했다.

"친구에게 주기 전에 제가 먼저 읽어도 될까요?"

"물론이죠. 하지만 당신 취향에 맞을지는 모르겠네요."

"읽고 나서 말씀드릴게요."

"굳이 그러실 필요는 없어요. 솔직히 당신이 제 책을 읽는다고 생각하니 조금 긴장되네요. 저도 제 글이 포크너 수준이 아니라는 걸 잘 알고 있고, 충분히 이해해요. 그러니까…."

"읽고 마음에 들면 말씀드리고 아니면 그냥 넘어갈게요." 뱅상의 변명에 마음이 누그러진 엘사가 그의 말을 부드럽게 멈추며 말했다.

"좋습니다! 그렇게 하죠!"

그때 쇼메 박사의 목소리가 그들의 대화를 끊었다. 엘사는 짐을 챙기고 자리를 정리했다.

"아, 맞다. 오늘 오후에 보르도로 가요." 엘사가 대기실을 나서기 전에 덧붙였다. "태워드릴까요?"

27. 엘사

어젯밤, 저는 아들이 친구 장 피에르의 집에서 자는 걸 허락했어요. 그 아이의 이름이 옛날 사람 같긴 했지만요. 저는 그 아이의 부모님에 대해 거의 아는 것이 없어요. 그저 중학교 학부모 회의에서 한 번 스쳐 지나갔을 뿐이죠. 하지만 아들을 뽁뽁이로 영영 감싸둘 수 없다는 걸 잘 알고 있어요. 개학하면 트리스탕은 요리사가 되기 위해 실습을 하러 가는데, 아들 친구들은 전부 고등학교에 가요. 아들은 계속 친구들을 만날 수 있어야 하고, 저도 마음을 다잡아야 하겠죠.

새벽 1시에 전화 소리에 잠이 깼어요. 저는 소파에서 잠들어 있었고, 리모컨 자국이 뺨에 선명하게 남아 있었죠. 장 피에르의 엄마가 다급한 목소리로 제게 빨리 와달라고 했어요. 트리스탕이 아프다고요.

가는 동안 정말 온갖 상상을 다 했어요. 하지만 제가 실제로 본 건 전혀 예상 밖의 것이었어요.

키 175센티미터짜리 제 아들은 말을 세 마디도 제대로 못했고, 방을 온통 토로 물들여두었더군요. 장 피에르도 마찬가지였어요. 그 애가 말이라고 뱉은 소리를 하나도 알아들을 수 없었거든요. 마치 크게 우는 고라니 같았어요. 협탁 위에 반쯤 비워진 위스키 병이 하나 놓여 있었고요.

저는 술에 잔뜩 취한 아이를 집으로 데려왔어요. 침대 옆에 대야를 두고 방에 있던 의자를 끌고 와 옆에 함께 있었어요. 트리스탕은 숙취로 잠에서 깼고, 그 애의 입 냄새는 냉장고에 낀 성에까지 녹일 정도였답니다.

저는 아들에게 왜 그런 짓을 했냐고 물었어요.

"엄마, 지금 말고 나중에요. 나 지금 머리 아파."

"두고 봐. 내가 잔소리를 엄청 해줄 테니까. 아마 열흘간 머리가 터질 것 같을 거야."

"하… 좀. 짜증 나. 또 시작이네."

트리스탕은 이불 속으로 숨어들었고, 저는 이불을 걷어냈어요.

"엄마한테 그런 식으로 말하지 마. 나는 네 엄마야. 여자친구가 아니라고. 내가 너만 했을 때 할머니도 나한테 똑같이 말했었어. 너 이게 얼마나 심각한 일이 될 뻔했는지 알고는 있어?"

"엄마, 제발…."

"아니, 들어. 내가 예전부터 술 위험하다고 경고했지. 나도 알아. 네가 술을 못 마시게 할 순 없다는 걸. 그건 피할 수 없는 일이지. 하지만 너처럼 그렇게 만취하는 건 정말 위험하다고. 그건 알고 있어야지. 너 급성 알코올중독에 빠질 수도 있었어. 심하면 죽을 수도 있었다고!"

화가 머리끝까지 났어요. 필요 이상으로요. 말하면서 몸짓이 더 커졌고, 목소리도 점점 커졌어요.

"이거 완전 무책임한 행동이야, 트리스탕! 벌이야. 너 당분간 밤에 외출 금지고 친구 집에서 자는 것도 안 돼."

트리스탕은 침대에서 몸을 일으켰고, 눈에는 눈물이 고여 있었어요.

"엄마만 슬픈 줄 알아?"

그 말을 듣는 순간 화가 누그러졌어요.

저는 아들을 꼭 끌어안았고, 우리 둘 다 울었어요.

…

저는 술이 정말 무서워요, 선생님. 그게 얼마나 힘이 센지 알고 있거든요. 어떤 날엔 술 한잔 마셔야 할 것 같은 기분이 들어요. 그럴 때면 이성을 찾으려고 노력하고 다른 생각을 하려고 하지만, 일단 한번 술 마시고 싶다는 생각이 들면 그걸 몰아내는 유일한 길은 그 욕구를 충족시키는 것밖엔 없어요. 저는 술이 두려워요. 왜냐하면 술이 목을 타고 흐르는 그 액체의 느낌이 너무 좋거든요. 제 몸을 덥혀주고, 제 근육의 긴장을 풀어주죠. 저는 술이 두려워요. 너무 자주 해결책이 되어버리니까요. 불안, 걱정, 슬픔에 대한 너무나도 간단한 답이 되어버리잖아요. 저는 술이 정말로 두려워요. 그 파괴력을 잘 알고 있거든요.

아빠는 10대 때부터 술을 마시기 시작하셨어요. 아빠의 아버지는 폭력적이었고 알코올중독자였는데, 설상가상이었죠. 폭력, 아빠는 그걸 우리에게서 멀리 두는 법을 알고 있었어요. 아빠는 모기 한 마리도 죽이지 못하는 사람이었거든요. 그런데 술은 더 깊이 뿌리내리고 있었죠. 아빠는 엄마를 만나고 술을 덜 마시게 되었어요. 제 남동생이 태어났을 땐 술을 완전히 끊기까지 했고요. 두 분 결혼 생활 내내 아빠는 절대 평일에는 술을 마시지 않았어요. 술은 아빠에게 주말 활동 같은 것이었어요. 마치 단 한 번도 훈련을 빼먹지 않는 스포츠처럼요. 전 아무것도 눈치채지 못했어요. 엄마가 저희의 순수함을 지켜주셨거든요.

부모님이 이혼한 후에야 저는 모든 걸 깨닫게 되었어요. 2주에 한 번 주말과, 방학의 절반 동안 저와 동생은 아빠의 알코올중독과 함께 살았거든요. 식탁에도 찬장에도 술병은 없었어요. 저는 아빠가 물과 커피를 마시는 것만 봤거든요. 싸구려 와인은 아빠의 공구함에, 빨래 바구니에, 화장실 찬장에 숨겨져 있었고, 심지어 다른 것에 술을 타서 마시기도 하셨죠. 오후 2시쯤이면 아빠는 만취해서 고개를 떨군 채로 있었어요. 그러면 그날의 모든 계획은 물거품이 되었고요.

가끔 아빠는 저희를 술집에 데려간 적이 있는데, 항상 같은 곳이었어요. 술꾼들의 아지트 같은 곳이었죠. 우리는 거기서 하루의 일부를 보내기도 했어요. 디스펜서에서 땅콩을 꺼내먹고, 할 게 아무것도 없는 다른 아이들과 놀면서요. 그리고 아빠가 한 잔이라도 덜 마시길 바랐어요. 다른 날 밤이면, 특히 금요일에, 아빠의 술친구들이 우리 집에 나타났어요. 아직도 비닐봉지 속에서 술병들이 부딪히는 소리와 그들의 거친 웃음소리가 귓가에 맴돌아요.

한두 번이 아니라 여러 번 바닥에 쓰러진 아빠를 일으켜 세웠어요. 다음 날이면 아빠는 모든 걸 잊어버렸고요.

아빠를 원망하고 싶지 않아요. 저는 오로지 엄마에게 책임이 있다고 생각했어요. 엄마가 떠난 게 이 모든 상황의 원인이라고 확신했거든요. 부모님이 헤어진 지 1년 반이 지나 제가 중학교 3학년이 되었을 때, 아빠는 실직 상태였고 매일 술을 마셨어요. 아빠는 제게 외로움을 견딜 수 없다고 했어요. 그래서 아빠와 약속을 하나 했죠. 아빠는 술을 끊고, 저는 한 달의 반을 아빠 집에서 보내기로요.

그 약속을 지킨 사람은 저뿐이었어요.

이 생활을 2년 동안, 중학교를 졸업할 때까지 이어갔어요. 2년 동안 계속 힘들었죠. 격주로 아빠 집에 갈 때만 그랬던 게 아니라 매주요. 아빠 집에 가는 주에는 아빠 집에서 그의 괴로움을, 숨겨진 술병들을, 급성 알코올중독에 빠진 모습을, 그리고 제 두려움을 마주해야 해서 힘들었어요. 집으로 돌아온 주에는 아빠가 혼자 있다는 사실에 괴로웠고, 그럼에도 다시 아빠 집으로 가야 할 날이 다가오고 있다는 것이 불안했어요.

몇 개월이 지나고, 또 몇 년이 흐르면서 저는 아빠의 슬픈 웃음, 생기 없는 눈빛, 불분명한 발음을 더 이상 견딜 수 없었어요. 아빠는 마치 입안에 뜨거운 감자를 물고 있는 사람처럼 말했어요. 아빠가 복도를 비틀거리며 걷거나, 벽에 어깨를 부딪히거나, 스위치를 찾지 못할 때나, 변기 바깥에 소변을 볼 때면 차라리 아빠에게 욕이라도 퍼붓고 싶었어요. 아빠가 담배에 불을 붙이려고, 라이터를 담배와 20센티미터나 떨어트린 채로 10분 동안이나 애쓰는 모습을 볼 땐 정말 죽여버리고 싶을 정도였어요.

불과 몇 달 전, 제가 성인이 된 후 처음으로 우리는 이 문제에 대해 얘기했어요. 아빠는 그 시기에는 너무 심하게 중독되어 있어서 차라리 우리가 집을 떠나기만을 기다렸다고 고백했어요. 그러면 술을 몰래 마시지 않아도 되니까요.

아빠는 쉰여덟이 되어서야 겨우 술을 끊는 데 성공했어요. 처음에는 몇 번째인지도 모를 시도였기 때문에 너무 많이 기대하지 않으려 했어요. 아빠에게 실망하는 데 익숙해질 수는 없으니까요. 아빠의 모든 실패는 제게 깊은 상처였어요. 하지만 이번엔 진짜였어요.

   술은 아빠에게서 모든 걸 앗아갔어요. 아내, 아이들, 직장, 인생의 대부분과 존엄성까지요. 무엇보다도 술은 우리에게서 많은 좋은 추억을 앗아갔죠. 트리스탕에게 이 이야기를 해줬어야 했던 걸지도 모르겠어요. 제 절망보다 더 크게 소리치는 게 아니라요.

28. 뱅상

   새 책이 나온 걸 확인하러 이틀 동안 파리에 다녀왔어요. 드디어 인쇄가 완료되었고, 막 인쇄된 책을 직접 손에 쥐는 순간은 항상 벅차요.

   가장 감격한 사람은 마틸드였어요. 눈물을 글썽이며 사무실에서 저를 맞아주었거든요.

   늘 그래왔듯이 저는 가장 먼저 두 권의 책에 딸들을 위한 사인을 했어요. 아직 아이들이 제 책을 읽을 나이가 아니지만, 언젠가 '아빠'라는 사람을 더 깊이 알고 싶다면 이 책 속에서 저를 만날 수 있겠죠. 종종 이 책들이 제가 딸들에게 남길 하나의 유산이 될 거라고 생각해요.

   그다음으로 기자들에게 책을 보낼 차례였어요. 출간 전에 기자들별로 각기 다른 메시지를 적어 책과 함께 보내는 게 관례죠. 저는 항상 재미있거나 의미 있는 말을 적으려고 노력해요. 제가 신경 썼다는 걸 보여주기 위해서죠. 그들이 매일 받는 엄청난 양의 책 속에서도 제 책을 한번 펼쳐보고 싶게 만들고 싶거든요.

   이런 과정은 저를 불편하게 만들어요. 마치 자기소개서를 쓰는 기분이거든요.

그날 저는 300권에 사인을 했고, 하루 종일이 걸렸으며, 머리가 지끈거렸고, 손목 건초염도 다시 도졌어요.

사실 그날 밤은 그냥 호텔 방에서 태국식 팟타이를 시켜 먹고, 영국 드라마나 보면서 푹 쉬고 싶었지만 제 친구 자멜의 생각은 달랐죠. 자멜은 파리를 사랑하는 사람이어서 저는 기회가 될 때마다 그를 데려와요. 그날 밤에도 자멜은 나가고 싶어서 안달 난 상태였고요. 저도 사실 대도시를 좋아합니다. 소음, 인파, 긴장감, 활기찬 분위기, 층층이 쌓인 아파트들, 경적 소리, 온갖 가게들, 화려한 불빛과 끊임없이 이어지는 움직임 같은 것들이요. 몇 번이나 파리로 이사할까 고민했지만, 그러면 루와 조제핀을 덜 만나게 됐겠죠. 저는 아이들을 적게 만날 바에야 차라리 제 욕심을 줄이는 게 낫다고 생각했죠. 저와 자멜은 레스토랑에서 식사를 하고, 그다음엔 바에 갔어요. 우리는 와인을 아낌없이 마셨어요. 그때, 한 갈색 머리의 여성이 제게 다가와 인사했어요. 저는 그녀가 어디선가 본 적 있는 얼굴이란 걸 깨달았고 그녀에 대한 좋은 기억을 갖고 있었지만, 아무리 생각해도 어디서 만났는지 떠오르지 않는 거예요. 그녀의 말을 들으며 단서를 찾으려 했고, 그러다가 기억이 났어요. 몇 달 전, 브리브 도서전의 카르디날 클럽 플로어에서 본 사람이었어요. 도서전에서는 언제나 저녁 식사 후에 작가, 편집자, 서점 관계자들이 근처 클럽에서 만나곤 했거든요. 저는 원래 클럽 가는 걸 좋아하는 사람이 아닙니다. 매년 누군가가 저를 억지로 끌고 갔는데, 결국 가면 꽤 즐거운 시간을 보내긴 했어요.

그녀의 이름은 루시예요. 제 친구의 책을 출간한 출판사에서 서점 관리 업무를 담당하고 있었어요. 우리는 같은 테이블에서 다시 만났고, 음악 소리를 뚫기 위해 큰 소리로 이야기했어요. 저는 루시가 재미있고 흥미로운 사람이라고 생각했고, 우리는 호텔 로비의 소파로 자리를 옮겨 밤을 더 길게 보냈어요. 넷이 함께 있었고, 웃고 떠들었습니다. 다음 날 아침엔 숙취로 힘들었고요. 루시를 다시 만나서 기뻤어요. 이렇게 많은 사람들이 오가는 도시에서 다시 마주친다는 건 정말 희박한 확률이니까요. 저는 이것을 하나의 신호로, 일종의 감동적인 우연으로 받아들였어요. 루시는 친구 두 명과 함께 있었고, 자멜과 저는 그들과 소개를 나눴습니다. 그러고 나서는 다 같이 문을 연 레스토랑을 찾아 나섰어요. 루시 무리가 아직 저녁을 먹지 않은 상태였거든요. 자멜과 저는 이미 둘이서 10인분쯤의 식사를 한 상태였지만 아무렇지 않은 척했습니다. 그리고 저는 결국 그날 밤을 루시의 집에서 보냈어요. 저는 정말로 진심으로 하고 싶었어요. 우리는 저녁 내내 서로를 탐하듯 바라보았고, 더 나아가 몸을 섞었고, 기대했던 바가 이뤄졌습니다. 다음 날 아침, 저는 루시보다 먼저 깨어나서 오랫동안 그녀를 바라보았습니다. 제게 늘 절대 오지 않는 무언가를 기다리고 있었어요. 어떤 욕망, 감동, 떨림, 감각 같은 거요. 심장이 세게 뛰고 속이 울렁거리는 그런 느낌 말이에요. 하지만 아무것도 오지 않았어요.

정말 아무 느낌도요.

29

뱅상은 건물을 나서며 엘사를 찾아 두리번거렸다. 빵, 하는 경적소리가 인도 옆에 주차된 엘사의 차 위치를 알렸다.

"되게 오래 걸리셨네요." 엘사가 빈정거리듯 말했다.

"가는 길이 참 즐겁겠어요."

엘사는 뱅상이 안전벨트를 매는 걸 확인한 후 출발했다.

"항상 그 사람에게 할 이야기가 있나 봐요?"

"누구한테요?"

"당연히 정신과 의사죠. 당신 어머니겠어요?"

"저희 어머니는 돌아가셨어요." 뱅상이 대답했다.

"아… 미안해요. 정말 그런 의도는 아니었어요."

"아뇨, 농담한 거예요."

"하나도 안 웃기거든요."

"맞아요, 안 웃기네요"

"전 아빠가 돌아가셨어요."

"그것도 안 웃겨요."

"정말이에요."

뱅상은 어쩐지 바보 같은 기분이 들었다.

"제 유머 감각은 정말 최악이네요." 뱅상이 말했다.

"저도 만만치 않아요."

"아버님 일은 안타까워요."

"고마워요."

"하지만 무엇보다도 당신이 안타까워요, 엘사."

차 안에는 정적이 감돌았다. 엘사는 와이퍼를 작동시켰지만, 밖에 비가 내리고 있지는 않았다. 그녀는 딴생각을 하려 애썼다. 이제는 생각을 딴 데로 돌리는 기술에 능숙해져 있었다. 엘사의 머릿속에는 수

많은 우회로, 비상구, 도피처가 항상 마련되어 있었다. 책. 이야기를 바꾸기 좋은 주제였다.

"책이 출간되는 게 기대되세요?"

"잘 모르겠어요. 저는 기다리는 시간이 좋아요. 뭐든 가능할 것 같은 순간이니까요. 항상 그랬어요. 어릴 때는 크리스마스까지 며칠 남았는지 세곤 했어요. 하지만 친구들과는 달리 저는 그 기다림이 오래 지속되길 바랐어요. 제일 좋았던 순간은 크리스마스 어드벤트 캘린더의 첫 번째 칸을 열 때였어요. 그러고 나면 모든 게 순식간에 지나가고 결국 남는 건 숙취 같은 허전함뿐이죠."

"재미있네요. 저는 기다리는 걸 정말 싫어해요. 저는 크리스마스까지 며칠 남았는지 세고, 크리스마스가 지나면 다음 크리스마스까지 또 며칠 남았는지 세곤 했거든요.

"저는 기다림이 주는 설렘을 좋아해요. 조심하세요. 이제부터 좀 꼰대 같은 소리를 할 건데요. 사실 저는 새로운 드라마 에피소드를 보기 위해 몇 주씩 기다리던 시절이 그리워요. 편지를 받을까 기대하며 우체부를 기다리고, 완벽한 운동화를 찾으려 며칠씩 돌아다녀야 했던 그 시절 말이에요. 지금은 뭐든지 즉각적으로 가질 수 있는 시대잖아요. 물론 요즘 시대가 가진 장점들도 많다는 건 알아요. SNS도 단점만 있는 것도 아니라고 생각해요. 하지만 이 즉각성이 우리를 상실에 대한 인내심이 없는 사람으로 만들고 있는 것 같아서 그게 좀 무서워요."

"걱정 마세요. 저도 꼰대예요. 최신 유행을 따라가려고 노력하는데, 이미 '최신 유행을 따라간다'는 그 표현조차 구식이네요. 제 아들은 맨날 저보고 답답하대요. 이런 배은망덕한 녀석 같으니."

"말도 마세요. 내년이면 중학교에 들어가는 큰딸도 요즘 제 옷차림을 지적하기 시작했어요. 저는 아직 유행을 따라가고 있다고 생각했는데 (이 표현도 '꼰대' 같지만요) 그 말을 듣고 나니 정신 차리게 되더군요."

"아들이 저한테 처음 꼰대라고 했을 때 그게 뭔지 구글에서 찾아봤어요."

"우리도 우리 부모님께 그렇게 심했을까요?" 뱅상이 물었다.

"저는 엄마 차 색깔이 너무 튀어서, 학교에서 두 블록 떨어진 곳에 내려달라고 했었어요."

"저도 가끔 부모님과 거리를 두고 멀찍이 떨어져 걸은 적이 있어요. 두 분이 길에서 손을 잡고 다니셨거든요. 그게 너무 창피했어요."

"그럼, 우리도 당해 마땅한 거네요." 엘사가 웃으며 말했다.

"그렇고 말고요."

차가 고속도로에 진입했다. 도로에는 차들이 빼곡했고, 여름이 끝나면서 사람들은 휴가에서 일상으로 돌아오고 있었다. 뱅상은 창문을 살짝 내렸다.

"보르도엔 무슨 일로 가시나요? 실례가 안 된다면요."

"아들 만나러 가요. 유니폼도 사고, 조리 도구도 사고, 학교 갈 준비를 같이 하려고요. 다음 주부터 직업교육 과정을 시작하거든요. 지금은 아이 아빠 집에 있지만 이런 건 저랑 같이 하고 싶대요."

뱅상은 예전에 들은 적 있던 엘사와 트리스탕의 아빠가 나눈 대화를 떠올렸다. 그들이 이미 헤어진 사이라는 사실이 놀라웠는데, 그들의 대화에는 아직 부부 같은 느낌이 남아 있었기 때문이다.

"그럼 나중엔 아드님이 맛있는 요리를 많이 해주겠네요."

"그러길 바라야죠. 지금은 연습 중이에요. 지난번엔 감자 퓌레를 만들어줬는데 너무나도 실용적이었어요. 치과에서 치아를 본뜰 때 쓸 수 있을 정도였죠."

"혹시 감자는 껍질을 벗겨야 한다고 알려주셨나요?" 뱅상이 물었다.

"그건 문제도 아니에요. 차라리 익히기라도 했으면 좋았을 텐데…."

두 사람은 박장대소를 터트렸고 웃음이 멈출 줄 몰랐다. 엘사는 이렇게 아들을 놀리면서 웃고 있다는 게 조금 부끄럽긴 했지만, 그 생각이 들수록 오히려 더 웃음이 터졌다.

이번엔 뱅상이 이야기를 이어갔다.

"아버지의 날에요. 일곱 살 난 딸 조제핀이 학교에서 찰흙으로 직접 동물을 만들어서 선물해줬어요. 선생님이 아이들에게 동물 하나를 골라 만들라고 했죠."

뱅상은 신호등이 빨간불로 바뀌어 차가 멈추길 기다렸다가, 휴대전화를 꺼내 그 예술 작품의 사진을 보여주었다.

"짜잔!"

"세상에. 이거 제가 생각하는 그거 맞나요?"

"저도 처음엔 그렇게 생각했어요. 하지만 코끼리래요."

"아니, 아무리 봐도 코끼리라고 할 만한 게… 코밖에 없잖아요!" 엘사는 웃음을 터뜨렸다.

"네, 알아요. 그래도 저희 집 거실에 전시해뒀어요."

웃음이 두 배로 커졌다.

엘사는 갑자기 웃음을 멈췄다. 아버지가 돌아가신 후 이렇게 크게 웃어본 적이 없었다. 그 죄책감은 목적지에 도착할 때까지 계속 따라붙었다.

엘사는 뱅상을 그의 아파트 앞에 내려주었다.

"금요일 저녁에 시간 괜찮으세요?" 뱅상이 내리기 전에 물었다.

엘사는 핸들을 꼭 쥐면서 미소를 지었다. 그녀는 이다음에 나올 말이 두려웠다.

"아마 괜찮을 거예요. 왜요?"

"제 출판사에서 신작 출간 기념 파티를 열어요. 마침 소설 배경이 보르도라서 이곳에서 행사를 하기로 했고요. 혹시 괜찮으시면 뛰어난 취향을 가진 그 친구분이랑 같이 오실래요?

30

엘사는 알람 소리를 듣지 못했다. 항상 깊은 잠에 빠져들었기 때문이다. 어릴 적 아침마다 엘사를 깨우는 건 아빠의 몫이었다. 엄마는 이미 포기한 지 오래였으니까. 매일 아침, 항상 같은 의식이 반복되었다.

1단계, 부드러운 속삭임. "우리 엘사, 이제 일어나야지."

2단계, 창문을 열며 큰 소리로. "우리 엘사, 아침 준비됐어."

3단계, 이불을 걷어내며 더 큰 목소리로. "엘사, 너 늦겠다니까! 일어나! 제발 좀. 매일 아침 똑같잖아."

엘사는 이런 식으로 자라왔고, 강제로 깨워질 때마다 매번 고통스러웠다. 아빠가 돌아가신 후로는 한 단계 더 나아갔다. 침대는 요새가 되었고, 잠은 피난처가 되었다. 엘사는 푹신한 메모리폼 토퍼, 부드러운 라이오셀 침대 시트, 포근한 베개와 두툼한 이불을 마련했다. 그리고 책과 귀마개를 챙겨 침대 속으로 파고들어 깊은 잠에 빠지는 순간을 가장 좋아했다. 오직 그곳에서만, 과거의 기억들이 엘사를 괴롭히지 않았다. 그녀의 밤은 낮보다 더 길어졌고, 그런 생활 패턴이 잘 맞았다. 하지만 곧 다시 일을 시작해야 했다.

엘사는 결국 알람을 듣지 못했고, 11시 정각에 꽃처럼, 정확히는 침 흘리는 꽃처럼 일어났다. 휴대전화 화면에는 두 개의 문자가 떠 있었다. 하나는 엄마에게서, 다른 하나는 소니아에게서 온 것이었다. 그리고 알람을 열일곱 번 놓쳤다는 알림과, 쇼메 박사와의 예약 알림이 떠 있었다. 정확히 11시에 그와 상담이 예정되어 있었다.

뱅상에게 잠이란 전혀 다른 의미를 지니고 있었다. 그의 밤은 어두운 생각들이 펼쳐지는 무대였고, 그 속에는 후회, 죄책감, 우울이 섞여 있었다. 그는 잠을 두려워했고, 피할 수 있을 만큼 피하려 했다. 수많은 밤을 뜬눈으로 지새운 끝에 결국, 잠을 완전히 잃어버리고야 말았다. 몇 년 동안 뱅상은 평온히 잠든 적이 없었다. 여기저기서 간신히 몇 시간씩 잠을 쪼개 자야 했다. 잠을 되찾기 위해 온갖 노력을 다했음에도 불구하고, 피로는 끝도 없이 그의 몸에 깊이 새겨져만 갔다. 자멜의 추천으로 발레리안 추출물과 캐모마일 차를 시도해봤지만 효과라고는 오직 방광을 깨우는 것뿐이었다. 파브리스의 조언을 듣고 수면제를 먹어봤는데, 그 결과 뱅상은 이틀 동안 침대에서 빠져나오지 못했다. 결국 쇼메 박사는 뱅상에게 항우울제를 처방했다. 뱅상은 일주일째 약을 복용 중이었지만 기분이 나아지는 기미는 전혀 보이지 않았다. 정신과 의사는 효과가 나타나려면 최소 3주가 걸린다고 미리 알려주었다. 그러나 그는 다소 난감한 부작용을 발견했고, 약상자의 설명을 보니 확실히 약과 관련 있는 증상이었다. 그것은 방귀였다. 항상, 어디서든, 뱅상은 방귀를 참을 수가 없었다. 어떤 날은 방귀가 너무 자주 나와서 마치 그의 엉덩이가 모스부호로 말을 하는 것만 같았다.

뱅상은 이런 상태로 매주 상담을 받으러 기차에 올랐다.

뱅상이 도착했을 때 대기실은 텅 비어 있었다. 한 번도 이런 적이 없었기에 그는 엘사가 오지 않은 이유가 궁금해졌다. 엘사는 숨을 헐떡이며 건물 앞에 도착했고 급히 계단을 올라 문을 열었다. 마침 쇼메 박사가 이전 환자를 배웅하던 참이었다.

뱅상은 엘사가 대기실 앞을 지나는 것을 보았고, 쇼메 박사에게 인사하는 것을 들었다. 그리고 문이 닫혔다. 그 순간, 뱅상은 방귀를 뀌었다.

31. 엘사

얼마나 더 이런 시간이 이어질까요? 언제까지 하루하루를 넘어야 할 장애물처럼 여겨야 할까요?

저는 모든 감정을 받아들이겠다고 했어요. 더 이상 슬픔을 회피하지 않겠다고요. 그래서 감정에게 문을 열어주었는데, 이제는 그 감정이 저를 놓아주지 않네요. 거의 눈에 보일 지경이에요. 형체도 없는 검은 덩어리가 제 발목을 휘감고 가슴을 짓누른 채, 날카로운 발톱을 제 살갖에 파묻고 있는 게 말이에요. 그 검은 덩어리는 어디든 따라와요. 문틈으로 스며들고, 벽을 통과하고, 가끔은 잘 따돌렸다고 생각하지만, 결국엔 어딘가에 숨어 있다가 긴 팔을 뻗어 저를 짓뭉개려 하죠.

…

선생님께 비밀 하나를 말씀드려야겠어요. 어릴 때 저는 울고 있는 제 모습을 거울로 보곤 했어요. 일그러진 제 얼굴을 유심히 관찰했죠. 저는 울 이유를 어디서든 찾았어요. 학교 가는 길에 잃어버린 터키석 팔찌, 사브리나가 저보다 더 높은 점수를 받은 것, 급식 아주머니가 저에게 시금치를 다 먹으라고 했던 것까지도 울 일이었죠. 제가 만들어내는 바비와 켄의 이야기는 배신과 고통으로 가득했고요. 그때 저는 고통을 낭만적인 것으로 여겼던 것 같아요.

고등학생 때는 책을 읽겠다고 하면서 일찍 잠자리에 들곤 했어요. 사실은 눈을 감고 상상의 나래를 펼쳤지만요. 그중에서도 가장 오랫동안 이어진 이야기는 로익에 관한 것이었어요. 그 애를 2년 동안 몰래 짝사랑했거든요. 제 방이라는 작은 극장에서, 저는 생과 사의 경계에 놓인 사고 희생자가 되었어요. 의사들은 살 희망이 거의 없다며 비관적으로 말했죠. 그러면 로익이, 그동안 저를 한 번도 바라본 적 없는 그 애가 급히 병상으로 달려왔어요. 저를 잃을 수도 있다는 생각이 로익의 눈을 가리고 있던 장막을 걷어냈고, 마침내 진실을 깨닫게 한 거죠. 로익도 저를 열렬히 사랑하고 있었다는 것을요. 그 애는 눈물로 병상을 적시고, 하늘에 애원하며, 제 목숨을 구할 수만 있다면 자신의 목숨을 내놓겠다고 했고, 제게 영원한 사랑을 맹세했어요. 그리고 이 모든 일은 학교 친구들이 감동에 젖은 채로 지켜보는 가운데 벌어졌어요. 모든 사람의 관심이 제게 집중되었고, 저는 그들의 존재 이유가 되었죠. 기분에 따라 결말은 매번 달라지곤 했어요. 때로는 며칠간의 치열한 사투 끝에, 결국 제 몸은 항복했고, 심전도 측정기 화면엔 일직선이 그어졌어요. 로익은 무력하게 의사들이 심폐소생술을 시도하는 모습을 지켜보았죠. 하지만 결국 의사는 사망 시간을 선고했어요. 화면이 검게 변하고 시간이 흘러요. 30년 후, 로익은 여전히 저를 잊지 못한 채, 하루 종일 제 무덤에서 시간을 보냈어요. 그리고 폭우가 쏟아지던 어느 날 밤, 마치 카브렐의 노래 〈겨울이었다〉[19]의 가사처럼 로익의 눈빛 속에 남은 불꽃마저 사그라들었어요. 공교롭게도, 우연히 그 노래 가사가 제 방 벽에 붙어 있었죠. 하지만 대부분의 경우 저는 한쪽 눈을 뜨고, 다른 쪽 눈도 떴어요. 물론 제 눈 화장은 완벽한 상태였죠. 저는 미소를 지으며, 모든 걸 들은 채로 의식을 되찾았어요. 친구들은 박수를 쳤고, 로익은 눈물을 흘리며 저를 껴안고 마지막 숨을 거두는 그 순간까지 저를 사랑하겠다고 맹세했어요.

하지만 이번에는 진짜예요. 현실인 거죠. 고통은 전혀 낭만적이지 않아요. 저는 예전처럼 가벼워지고 싶고, 저를 둘러싼 안개를 걷어내고 싶어요. 이제 더 이상 아빠의 얼굴을 떠올리며 잠들고 싶지 않고, 그의 목소리를 들으며 깨어나고 싶지도 않아요.

...

애도에 관한 팟캐스트를 들었어요. 선생님 같은 정신과 의사 한 명이 피할 수 없는 애도의 과정을 설명하더군요. 시간이 필요하다는 건 저도 잘 알아요. 심지어 애도 과정에서 열 달쯤 지나면, 한 번은 다시 무너지는 경우가 많다는 걸 알게 되었어요. 이미 잘 떠나보냈다고 생각하는 순간에 말이죠. 하지만 저는 아직 거기까지 가지도 못했어요. 지금은 오히려 매일 더 고통스러워지는 것 같아요. 이 모든 게 그저 악몽일 뿐이라는 희망은 점점 사라져가고 있어요. 현실을 받아들이는 것 말고는 다른 선택지가 없으니까요. 인생에서 결국 돌이킬 수 없는 건 별로 없지만, 죽음만큼은 예외죠. 아빠가 다시 돌아오지 않는다는 사실을 받아들이려면 시간이 필요해요. 온몸으로 완전히 받아들이려면

---

19) 원제는 〈C'était l'hiver〉다.

요. 아직도 납득하는 데 시간이 필요해요. 흑백 사진 속 아이, 말썽꾸러기였던 아들, 친구들의 받아쓰기를 고쳐주던 학생, 애교 많던 동생, 엄마 집 창문 아래서 오토바이를 요란하게 울리던 청년, 딸을 품에 안아주고 매일같이 전화하던 아빠, 자전거를 타고 출근하던 남자, 빵집에서 바게트 반쪽을 살 때마다 늘 농담을 던지던 손님, 비가 오든 폭풍이 몰아치든 하루에 세 번씩 강아지를 산책시키던 이웃, 세상 그 누구보다 간지럼을 잘 태워주던 할아버지…. 바로 그 사람이 이제 이 세상에 없다는 걸 받아들이려면 시간이 필요하다고요.

…

어젯밤에는 정말 이상한 일이 있었어요. 엄마랑 통화를 하면서 아빠 얘기를 나누고 있었죠. 엄마도 예상보다 훨씬 더 깊이 슬퍼하고 계시거든요. 그런데 갑자기 아무 소리도 들리지 않았고, 엄마의 볼이 또 사고를 쳤다는 걸 알아챘는데, 엄마한테는 실수로 음소거 버튼을 누르거나 전화를 대기 상태로 만드는 버릇이 있거든요. 다시 통화가 연결됐을 때, 엄마 목소리가 떨리고 있었어요. 엄마가 아빠에게 전화를 걸었던 거예요. 정확히 말하자면 엄마의 뺨이 전화를 건 거죠. 말이 안 되는 상황이었어요. 아빠는 엄마의 즐겨찾기 번호로 등록되어 있지도 않았고, 지난 몇 달간 두 분이 통화한 적도 없으니까요. 그런데 하필 우리가 아빠 이야기를 하고 있던 바로 그 순간, 아빠의 얼굴이 엄마 휴대전화 화면에 뜬 거예요.

…

이건 분명히 어떤 신호 같아요.

…

아빠의 부재를 믿느니 차라리 다른 모든 걸 믿고 싶어요.

32. 뱅상

 제 딸 루에게는 초등학교 1학년 때부터 사귄 남자친구가 있어요. 시몽이죠. 루는 둘의 연애에 대해 굉장히 진지하게 이야기하는데, 그게 너무 웃겨요. 둘이 벌써 미래의 모든 것을 계획해두었더군요. 아이는 둘 낳을 거래요. 아들 하나, 딸 하나요. 아이들은 한 살 터울에, 이름은 에바 아니면 알바, 레오 아니면 호날두가 될 것이고요. 분명히 이름을 정하는 과정에서 합의를 보지 못했던 모양이에요. 검은색 강아지와 주황색 고양이를 키울 거고, 수영장과 암벽 등반장, 집라인, 트램펄린, 360도 회전 미끄럼틀, 솜사탕 기계가 있는 집에 살 거래요. 부모님들을 위한 방도 있겠지만, 한꺼번에 휴가를 보내러 오지 않도록 번갈아 오라고 했고요. 시몽은 비디오 게임 테스터가, 루는 추로스 제조업자가 될 거래요. 둘은 밸런타인데이에 서로에게 그림을 선물하고, 방학 동안에는 편지를 주고받았어요. 가끔 화상 통화를 하긴 했지만 별다른 말을 나누지는 않았어요. 그야말로 진짜 어린 커플이었던 거예요. 개학 첫날 저녁에 루는 완전히 망연자실한 얼굴로 학교에서 나왔어요.
 "시몽이 나를 차버렸어."
 저는 루가 사용한 그 표현을 속으로만 곱씹었습니다. 제 딸이 벌써 '차였다'라는 표현을 알 만큼 컸다니. 다음에는 또 어떤 표현을 알게 될지 궁금해졌어요. 그 생각을 하다가 머릿속에 끔찍한 장면들이 스쳐 지나갔고, 차라리 딸의 속내를 듣는 데 집중하기로 했어요.
 그날 아침, 시몽은 평소와 다름없는 모습으로 등교했지만 전혀 다른 계획을 품고 있었어요. 정작 당사자인 루에게는 아무 말도 없이, 루를 루이즈로 대체해버린 겁니다. 게다가 루이즈는 모두가 '루루'라고 부르는 아이였고, 덕분에 그는 상황을 쉽게 정리할 수 있었어요. 이름을 그대로 둔 채 여자친구만 바꾼 셈인 거예요.

"시몽이 나한테 그랬어. 내가 못생겼고, 날 한 번도 사랑한 적 없다고."

루는 울고 있었어요. 저는 순간 걷잡을 수 없는 충동을 느꼈어요. 시몽을 찾아가 단단히 대화를 나누고, 그 아이의 이름을 피몽으로 바꿔버리고 싶었어요. 하지만 간신히 생각을 고쳐먹었죠. 제 딸들에게 상처를 입히는 일이라면, 상대가 겨우 열 살짜리 아이여도 이성을 잃기 마련이에요. 이제 겨우 일곱 살인 둘째 딸 조제핀이 저보다 훨씬 더 침착했어요.

"시몽은 언니한테 어울리지 않았어. 언니는 훨씬 더 좋은 사람을 만나게 될 거야."

"그래, 맞아!" 저는 조제핀의 말에 힘을 실어주며, 시몽이 처음으로 집에 놀러 왔던 날을 떠올렸습니다. 루는 시몽이 오기를 설레며 기다렸어요. 사소한 일에도 웃음을 터뜨리고, 계속 손가락에 머리카락을 감아 돌렸죠. 그건 루가 긴장을 풀기 위해 늘 하던 습관이었어요. 루는 시몽을 자기 방으로 데려갔고, 저는 조용히 귀 기울이고 있었는데, 시몽이 루의 인형들을 비웃는 소리가 들렸습니다. 그 말에 가슴이 철렁 내려앉더군요. 루는 어릴 때부터 인형들을 살아 있는 존재처럼 아꼈어요. 각각의 인형들에겐 정해진 자기만의 자리가 있었고, 루는 인형들과 번갈아가며 잠을 잤습니다.

간식을 줄 시간에 저는 귤과 페피토 과자를 꺼냈어요. 시몽은 과자 봉지를 보더니 역겹다는 표정을 지으며 말했어요.

"뉴트리스코어[20]가 E등급이잖아요! 절 죽이시려는 거예요?"

저는 그냥 대답하지 않기로 했어요.

"언니, 한 명이 가고 나면 열 명을 얻을 수 있어." 조제핀이 말했어요.

"열 명은 좀 많지 않니? 네겐 평생의 사랑을 찾을 시간이 많단다." 제가 덧붙였어요.

"하지만 내 평생의 사랑은 시몽이라고! 엄마 말이 맞았어. 아빠는 사랑에 대해선 아무것도 몰라." 루가 울면서 말했어요.

난데없이 한 방 얻어맞은 저는 어떻게 반응해야 할지 몰랐고 조제핀이 살며시 제 손을 잡았습니다. 우리는 루가 가장 좋아하는 아몬드 크루아상을 사러 빵집에 들렀어요.

루는 손가락을 쪽쪽 빨고 나더니 이렇게 말했어요. "이제 훨씬 나아졌어."

그날 저녁, 아이들 엄마에게 전화가 왔어요. 개학 첫날이 어땠는지 묻기 위해서였죠. 아이들이 엄마와의 통화를 끝내자, 양치하라고 보낸 뒤 제가 전화를 넘겨 받았어요.

"여보세요? 아나이스."

"응, 뱅상."

"루가 첫 이별의 아픔을 겪고 있어."

"응, 그런 것 같더라. 그 얘기하려고 전화 받은 거야? 나 지금 밀로 재워야 해. 오늘 어린이집에서 낮잠도 안 잤거든."

"우리 아이들 앞에서는 서로 깎아내리지 않기로 했잖아."

"하고 싶은 말 있으면 똑바로 해, 뱅상."

---

[20] 프랑스 식품 영양 등급 표시 시스템. A부터 E까지 다섯단계로 나뉘며, E로 갈수록 건강에 덜 좋은 식품이다.

아나이스의 목소리에는 짜증이 묻어 있었어요. 마치 100번이나 전화를 걸어 구독권을 팔려고 하는 전화상담원을 대하는 말투였어요.

"당신이 루한테 내가 사랑을 전혀 모른다고 말했더라."

"잘 기억이 안 나는데. 그랬을 수도 있지."

"참 고맙네."

"그냥 사실을 말한 거야. 나쁜 뜻은 없었어. 당신한테 사랑은 외국어 같은 거잖아. 그럼, 내가 우리 딸들에게 거짓말이라도 하길 바라?"

"과연 당신이 정말로 아이들에게 모든 진실을 들려주길 바라는 건지 모르겠네."

"거 봐, 또 협박이야. 마음대로 해. 어차피 아이들도 언젠가는 다 알게 될 테니까."

"상황을 아주 기막히게 뒤집어버리네."

"좋은 밤 보내, 뱅상. 나를 기다리는 아기가 있거든."

아나이스는 그렇게 말하고 전화를 끊었어요.

아나이스는 우리 관계가 실패로 끝난 책임이 제게 있다고 생각합니다. 부분적으로는 맞는 말이에요. 같은 이야기라도 누구에게는 전혀 다르게 읽힐 수 있는 법이니까요. 아나이스는 늘 제가 주도적이지 않으며, 그저 상황에 몸을 맡길 뿐이라고 비난했어요. 더 이상 "당신이 하고 싶은 대로 해."라는 말을 견디지 못하겠대요. 아나이스는 제가 퇴근길에 나타나 노을이 보이는 곳에서 저녁 식사를 하러 데려가주길 바랐어요. 하지만 막상 그런 생각이 떠올라도, 저는 수많은 현실적인 변수들에 포기해버리곤 했죠. 이동 시간, 변덕스러운 날씨, 미지근한 샴페인, 그리고 혹시 이미 다른 계획이 있었다면요? 저는 주로 따르는 쪽이에요. 그게 더 편하고, 저는 게으르니까요. 그리고 시간이 지나면서 그게 습관이 되어버린 거죠. 저는 사소한 일에도 쉽게 압도당했고, 작은 언덕도 산처럼 느껴져서 그 산을 오르려는 시도조차 하지 않았어요. 아나이스가 이런 제 성향을 오히려 좋아한다고 생각했어요. 그녀는 엑셀 표를 정리하는 걸 좋아했으니까요. 저는 우리가 서로를 보완한다고 믿었죠. 각자의 장점과 각자의 단점이 퍼즐 조각처럼 잘 맞춰지는 관계라고요. 그런데 아나이스가 저를 떠나면서 이런 말을 남기더군요. "내가 당신을 위해 떠나주는 거야. 당신이 행복하지 않으니까." 하지만 저는 인생에서 가장 행복한 순간을 보내고 있었는걸요. 대체 어디서부터 문제가 생긴 걸까요? 제 마음과 표정 사이에 이렇게 큰 괴리가 있다니요. 저는 내성적인 사람입니다. 제 안의 세계는 넓고 가득 차 있어요. 저는 몇 시간이고 가만히 있을 수 있습니다. 겉으로 보기엔 아무것도 하지 않는 것처럼 보여도, 제 내면은 아주 치열하게 사는 중이거든요. 저 자신에게 갇히지 않으려고 다른 사람들을 만나는 노력을 하기도 합니다. 적어도 제가 사랑하는 사람들에게 만큼은요. 감정을 표현하는 것이 어색하지만 그래도 노력하고 있어요.

저는 제가 잘 가고 있다고 믿었습니다. 하지만 아나이스가 파스칼과 바람났다는 사실이 제 믿음이 완전히 틀렸다는 걸 알려주었죠.

파스칼은 우리의 이웃 '파스칼과 마르타' 커플의 한쪽이었어요. 둘은 바로 옆 건물에 살았고, 아들이 루와 같은 반이었어요. 우리는 번갈아가며 아이들을 데리러 가서 서로가 퇴근할 때까지 돌봐주곤 했고, 가끔은 그게 저녁 식사로 이어지기도 했어요.

파스칼은 저와는 정반대인 사람입니다. 그는 바닥부터 천장까지 직접 아파트를 수리했어요. 타일, 석고보드, 페인트 칠, 배관 공사까지 다요. 매주 일요일 아침마다 40킬로미터씩 자전거를 타고, 최근에는 가라테 갈색 띠를 땄더군요. 그뿐만 아니라 오랫동안 프랑스 프로 럭비 2부 리그에서 선수로 뛰었고, 지금은 학교 팀을 지도하고 있죠. 지난 선거 때는 시장 후보 명단에 이름을 올렸고, 회사에서는 팀원이 스무 명이나 되는 팀을 이끄는데, 저는 그 회사가 뭘 하는 곳인지도 잘 모르겠어요. 그런데 파스칼은 그 모든 걸 하면서도 가족을 위한 완벽한 휴가까지 계획합니다. 가장 놀라운 건 그의 하루가 저와 똑같이 24시간이라는 점이에요. 종종 제가 잃어버린 시간들이 어디로 간 건지 궁금해요. 파스칼은 어떻게 하면 사랑을 나누면서 양치질을 할 수 있을지 고민하겠죠.

아무것도 눈치채지 못했습니다. 정말 아무것도요. 제가 너무 제 안에 갇혀 있었던 건지, 아니면 아나이스가 너무 잘 감춘 건지 모르겠어요. 그녀가 떠나겠다고 했을 때는 이미 모든 것이 실행되고 있었거든요. 나중에서야 그들이 8개월 전부터 만나고 있었다는 걸 알게 되었죠. 아나이스는 저를 떠나기 전까지는 둘이 절대 잠자리를 갖지 않았다고 맹세했어요. 그게 저를 가장 아프게 했어요. 아나이스가 저를 이렇게까지 몰랐다는 사실이요. 제가 그녀의 마음보다 몸을 더 중요하게 여겼다고 생각하는 게요.

분노가 치밀어 올랐지만 그 분노가 아나이스가 아니라 저 자신을 향하는 게 더 싫었어요.

파스칼이 저보다 나은 점이 무엇인지 생각해봤는데, 그 답이 전혀 마음에 들지는 않아요. 파스칼은 분명히 경찰이 검문할 때, 아무 잘못도 없는데 식은땀을 흘리는 그런 사람은 아니었을 거예요. 공이 날아오면 손으로 얼굴을 가리는 중학생도 아니었겠죠. 말끝마다 "당신이 하고 싶은 대로 해."라고 하지도 않았을 거예요. 일이 너무너무 힘들어진다고 포기하는 종류의 사람도 아니었겠죠. 판매원의 말을 거절하지 못해서 억지로 물건을 사는 그런 사람도 아니었을 거예요. 꿈을 꾸다가 소스라치게 놀라 울면서 깬 적도 없겠죠.

둘은 아들을 낳았어요. 이사를 갔고, 매주 일요일마다 파스칼이 자전거 타는 모습을 마주칠 일도 더 이상 없어요. 저도 아몬드 크루아상을 먹어봤지만 효과는 없었어요.

33

뱅상 프리바는 저녁 8시에 자신의 신작 출간 기념 파티가 열리는 서점으로 가라는 안내를 받았다. "일찍 오지 마." 마틸드가 강조했다. "네가 제일 먼저 도착하면 안 돼." 뱅상에게 주의를 주던 마틸드의 말은 일리가 있었다. 그 말이 없었더라면 뱅상은 분명 남들보다 먼저 도착해 있었을 테니까. 뱅상은 자신이 먼저 다가가기보다는 누군가가 자신에게 먼저 다가와주길 바랐다. 수백 명의 박수를 받으며 그 사이로 입장하는 건 그에게 고역이었다. 하지만 다행히도 그의 손을 꼭 잡은 두 개의 작은 손이 부담을 덜어주었다.

뱅상이 이번 출간 기념 파티를 특별히 보르도에서 열자고 요청한 이유 중 하나가 바로 이것이었다. 딸들이 참석할 수 있었기 때문이다. 아이들 엄마가 행사가 끝나기 전에 데리러 오기로 했지만, 뱅상은 딸들에게 이 특별한 분위기를 경험하게 해주고 싶었고(이건 공식적인 이유다), 아이들이 자신을 자랑스러워하는 모습을 확인하고 싶었다(이게 진짜 이유다).

엘사는 주차할 곳을 찾느라 20분째 빙빙 돌고 있었다. 이럴 때마다 이 도시는 그녀가 이곳을 싫어하는 이유를 다시금 상기시켜주었다.

"좀 서둘러줄래? 우리 다 놓치겠어!" 소니아가 몇 번째인지도 모를 재촉을 했다.

"그렇게 계속 닦달하면 네 남은 인생 자체를 놓치게 될 거야."

"안 되면 나 먼저 내려주고, 너는 주차하고 나중에 와. 어차피 너 뱅상 작가님의 글을 좋아하는 것도 아니잖아."

"장난이지?"

"당연하지. 네 표정을 안 찍어둔 게 한이네."

결국 그들은 주차장이라고 하기엔 애매하고 그렇다고 불법주차도 아닌 그런 자리를 찾아 주차한 뒤에 서점 안으로 들어섰다. 마침 뱅상이 강연을 막 시작한 참이었다.

뱅상에겐 이런 순간이 늘 고역이었다. 첫 출간 기념 파티 때는 아예 원고를 준비해서, 마치 학생이 칠판 앞에서 시를 외우듯 읽어내려갔다. 그 후로는 즉흥적으로 말하기는 했지만 그게 더 나은 선택이었는지는 여전히 확신이 서지 않았다.

"오늘 저녁, 가까운 분들과 이 자리를 함께할 수 있어서 정말 기쁩니다." 날카로운 휘파람 소리가 엘사의 고막을 찔렀다. 그녀는 소리 낸 사람을 째려보았다.

자멜이 사과했다.

"제 모든 소설 중에서 이번 작품이 아마 가장 내밀한 이야기일 것입니다. 음… 몇 달간 저와 함께했던 인물들을 여러분께 털어놓는 것이 참 감개무량합니다. 음… 더불어 저와 함께 이 말도 안 되는 모험을 계속해주고 있는 편집자 마틸드에게도 감사의 말을 전하고 싶습니다. 또 저를 따뜻하게 맞아주었을 뿐 아니라, 제 글이 더욱 빛나도록 멋지게 작업해주신 새로운 출판사에도 감사드려요. 그리고 또, 음… 오늘 이 자리에 함께해주신 모든 분들께도 감사드립니다. 자, 더 이상 무슨 말을 해야 할지 모르겠네요. 그냥 오늘 밤을 즐기시길 바라며, 여러분께 러브!"

모두가 박수 쳤고, 아무도 뱅상의 속타는 심정을 눈치채지 못했다.

여러분께 러브.

뱅상은 정말로 이렇게 말했다. 여러분께 러브.

뱅상은 그 말이 어디서 튀어나온 건지조차 몰랐다. 한 번도 써본 적도, 들어본 적도 없는 말이었다. 그는 자신을 향한 수많은 휴대전화 카메라들을 보며, 이 장면이 여기 있는 기자와 블로거들이 촬영한 수많은 영상으로 SNS에 퍼질 것을 직감했다. 윌리엄 셰익스피어는 "죽느냐 사느냐, 그것이 문제로다."라고 했다. 그리고 뱅상 프리바, 그는 "여러분께 러브."라고 했다.

"멋진 강연이었어요." 출판사 부편집장인 장 폴이 뱅상에게 칭찬을 건넸다.

뱅상은 차라리 네 번째 '음…'이 나왔을지, 그 끔찍한 마무리가 나왔을지 고민했다. 마틸드가 귀에 대고 속삭였다.

"너에게 러브, 뱅상."

"창피해 죽겠어."

"신경 쓰지 마. 다들 네 바지 지퍼 열린 거 보느라 여념이 없었어."

뱅상이 고개를 내리자 마틸드가 박장대소했다.

"너 진짜 너무해."

"그래도 사랑하는 거 알지? 오늘 밤 즐기고."

딸들은 겨우 아빠에게 포옹 한 번 해줄 시간밖에 갖지 못했다. 한 독자가 그에게 다가왔고, 곧이어 두 번째 독자가 이어서 찾아왔으며, 이내 50여 명의 독자들이 사인을 받기 위해 일렬로 줄을 섰기 때문이다. 그 사이사이 블로거와 기자 들이 끼어들어 오늘의 주인공인 저자에게 질문을 던졌다.

여러 그룹이 끊임없이 생겨났다가 섞이기를 반복했다. 서버들은 손님들의 잔과 접시가 비지 않도록 분주히 움직였다. 엘사와 소니아는 어린이 그림책 코너 한가운데 놓인 의자에 자리를 잡았다.

엘사는 서점에 발을 들여놓은 순간부터 단 하나만을 바라고 있었다. 집에 가는 것. 뱅상이 자신들을 초대했을 때, 엘사는 처음에 소니아에게 이 사실을 알리지 않으려 했다. 그것이 자신이 되고 싶은 좋은 친구의 모습이 아니란 걸 깨닫기 전까지만 말이다. 엘사는 자신 역시 이 자리를 통해 뭔가 얻을 게 있을 거라고 생각했다. 이불을 배신하고 나오는 것만으로도 좋은 선택일 것이었다. 계속 그렇게 좋은 쪽으로 생각하다 보니 엘사는 오늘 밤이 즐거운 시간이 될 거라고 스스로를 설득하기까지 했다. 그녀의 세상이 요동치기 전까지만 해도 즐겨 다녔던 것처럼. 하지만 엘사는 이 모든 기쁨과 웃음, 이 활기찬 분위기에 공격받는 것 같은 기분이 들었다. 자신이 다른 사람들과는 너무 다르다고 느꼈다. 좋은 척하려고 애써봤다. 어차피 여기 왔으니 억지로라도 기분 좋게 있는 게 나을 테니까. 엘사는 그럴듯한 억지웃음을 짓고 있었고, 문이 열릴 때마다 도망치고 싶은 마음을 눌렀다.

"고마워." 소니아가 나직이 말했다.

"뭐가?"

"날 위해서 그렇게까지 잘 연기해주는 거 말이야."

"당연한 건데, 뭘. 샤를렌이었으면 절대 이렇게 안 했겠지."

소니아가 엘사의 볼에 가볍게 입맞춤했다.

"나가고 싶으면 우리 이제 가도 돼."

"네가 열성적인 팬이 되어 날뛰는 순간을 놓치라고? 어림도 없지."

"난 네가 자랑스러워."

"그만해. 내 마스카라 워터프루프 아니야."

"뱅상의 친구분들이신가요? 저는 마틸드 카레트예요. 뱅상의 편집자입니다."

마틸드가 매니큐어를 칠한 손을 엘사에게 내밀었고, 소니아가 재빨리 그 손을 잡고 악수했다.

"친구들 맞아요. 저는 소니아고 이쪽은 엘사예요."

"그렇군요! 뱅상이 여러분 이야기를 많이 했어요."

뱅상은 마틸드에게 한 번도 그들에 대해 말한 적이 없었다. 하지만 이 약간의 현실 조작 덕분에 소니아는 들떴고 엘사는 놀랐다. 아무도 그걸 티 내지는 않았지만.

"뱅상의 소설은 읽어보셨나요?" 마틸드가 물었다.

"아, 그럼요! 보석 같은 작품이죠. 제가 제일 좋아하는 책이에요." 소니아가 외쳤다.

엘사는 슬쩍 넘어가길 바랐지만 마틸드의 시선이 그녀에게 멈췄다.

"아직 다 읽지는 못했어요."

"지금까지 읽은 부분은 어떠세요?" 마틸드가 끈질기게 물었다.

"일단 다 읽고 나서 제 생각을 말씀드리는 게 좋을 것 같네요."

마틸드가 잔을 들며 말했다.

"전 확신해요. 분명히 좋아하실 거예요."

소니아는 다시 둘만 남을 때까지 기다렸다가 말했다.

"너 완전 위선자야."

"내가 정말로 어떻게 생각하는지를 솔직하게 말할 순 없잖아."

"그건 그렇지. 만약에 작가님이 너한테 물어보면, 내가 이렇게 빌 테니까 제발 거짓말이라도 해줘."

엘사는 그 소설을 싫어하지 않았지만 그렇다고 좋아하지도 않았다. 그녀는 책을 읽으며 자기도 모르게 웃기도 하고 한숨을 쉬기도 했다. 끝까지 읽긴 읽었고, 마음에 드는 몇몇 문학적인 표현도 있었고, 결말이 꽤 예상 밖이었지만, 그렇다고 해서 이 작가의 다른 작품까지 찾아 계속 읽고 싶어질 정도는 아니었다. 생각보다 더 나쁠 것이라 예상하며 책을 펼쳤지만, 책을 덮을 때는 오래 기억에 남을 만한 작품은 아니었음을 알게 되었다.

조제핀이 엘사와 소니아 근처의 책장에서 책 하나를 꺼내들었다.

"짜증 나. 아빠 얼굴도 못 봤잖아." 루가 동생 조제핀 곁으로 가서 말했다.

"맞아. 그래도 괜찮아. 난 아빠가 이럴 때가 좋아." 동생이 대답했다.

"아빠가 어떨 때?"

"계속 웃고 있잖아."

엘사와 소니아는 감동받은 눈빛을 주고받았다.

"그건 오늘 저녁 파티 때문이 아니야." 루가 대꾸했다.

"아 정말로?"

"응, 아니야. 그건 아빠가 약을 먹어서 그런 거야."

"뭐라고? 아빠가 아파?" 조제핀이 소리쳤다.

"아니야, 이 바보야! 그건 행복해지려고 먹는 약이랬어. 아빠가 전화로 그렇게 얘기하는 걸 들었어." 언니 루가 하늘로 눈을 치켜뜨며 대답했다.

조제핀이 갑자기 슬픈 표정을 지었다.

"그럼 아빠는 스스로 행복해질 수 없다는 거야?"

"걱정 마. 아빠가 그 얘기를 하면서 웃었거든! 특히 그 약 때문에 방귀가 나온다고 말할 때 말이야."

엘사와 소니아는 웃음을 겨우 참았다. 두 꼬마는 그들이 몰래 엿듣고 있다는 것을 알아채고 깔깔 웃으며 달아났다.

대기 줄이 점점 줄어들었고 서점도 한산해졌다. 아나이스가 루와 조제핀을 데리러 왔다. 그녀는 서점 안으로 들어오지 않으려고 유리창 너머로 손짓하고 있었다. 엘사는 바깥 공기를 쐬고 싶어졌다. 그래서 마틸드와 열심히 얘기하고 있는 소니아를 두고 밖으로 나왔다.

밤공기가 서늘해지기 시작했다. 엘사는 크게 숨을 들이켜며 인도로 몇 걸음 뗘었다. 건물 옆쪽 문이 열리더니 뱅상이 나타났다.

"좀 혼자 있고 싶어서요." 엘사를 발견한 그가 말했다.

"저도 그래요. 그런데 실패했네요."

"담배 있으세요?"

"저는 담배 안 피워서요."

"저도 거의 안 피워요. 아까는 인사드릴 시간도 없었네요. 와주셔서 감사해요. 지루하진 않으셨나요?"

"그럴 리가요. 덕분에 위위 전집[21]을 다 읽었는걸요."

---

21) 영국 작가 에니드 블라이튼(Enid Blyton)이 1949년 창작한 아동문학 캐릭터로 프랑스에서도 인기를 끈 아동문학, 애니메이션 시리즈.

우리 없이도 계속되고

뱅상이 고개를 끄덕이며 말했다.

"위위가 포티롱에게 선물을 주는 장면은 문학사에서 가장 아름다운 장면이죠."

"당신 관점에도 일리는 있지만 저는 추피를 더 좋아해요."

"아, 추피요! 언젠가 추피가 아카데미 프랑세즈[22]의 회원이 될 거라고 믿어 의심치 않아요."

"휴우, 이제 다시 들어가봐야겠네요."

"마치 탄광이라도 끌려가는 것처럼 말씀하시네요."

뱅상이 웃으며 말했다. "아뇨. 저는 제가 운이 좋다는 걸 잘 알고 있어요. 하지만 제게 관심이 쏠리는 건 늘 싫어했죠. 어릴 적엔 생일 케이크가 나오면 식탁 밑으로 숨어버리곤 했대요."

"저 그 마음 정말 잘 알아요! 학교 다닐 땐 차라리 점수를 못 받는 게 나았어요. 사람들 앞에서 말하는 것보다는요."

"당신이 그랬을 거라고는 한 번도 생각해보지 못했는걸요." 뱅상이 말했다.

"저도 마찬가지예요. 아까 굉장히 편해 보이시던데요."

뱅상이 웃었지만 엘사는 그 모습을 보지 못했다. 둘은 마치 10대처럼 말을 주고받았다. 시선은 다른 곳에 두고, 발끝으로 바닥을 툭툭 치고, 손을 허공에 휘저으면서. 뱅상이 서점으로 돌아가려고 몸을 돌린 순간, 서로의 시선이 마주쳤다. 그는 엘사의 눈빛이 너무나도 슬프다고 느꼈다. 엘사 역시 뱅상의 눈빛에서 깊은 슬픔을 보았다. 뱅상은 자신의 심장 박동이 빨라진 것이 단순히 행사장에 다시 돌아가야 한다는 부담감 때문이라고 생각했다.

---

22) Académie française. 프랑스어의 보호와 발전, 확산을 위한 프랑스 최고권위의 언어규범기관.

34

"출간 기념 파티는 잘 끝났나요?" 뱅상이 진료 대기실에 들어오자 엘사가 물었다.

소니아는 그날 결국 자기가 가장 좋아하는 작가와 특별한 시간을 가졌다. 뱅상의 친구들과 부모님이 함께하는 자리에서 같이 술을 마신 것이다. 소니아는 태연한 척하려 애썼지만, 저녁 내내 엘사에게 계속 자기 좀 꼬집어달라고 졸라댔다. 엘사는 이번엔 좋은 친구답게 소니아의 요구를 들어주었고, 지나칠 정도로 열심히 꼬집어주었다. 뱅상은 새벽 2시까지 영업하는 레스토랑에서 파티를 이어가자고 제안했지만, 소니아는 엘사의 눈빛에서 거기까진 안 된다는 신호를 읽었다.

"결국 케밥집에서 끝이었죠. 자, 이건 제 작은 선물이에요." 뱅상이 대답했다.

뱅상은 푹신한 흰색 봉투를 건넸다. 봉투에는 아무런 표시도 없었지만, 엘사는 손끝에 느껴지는 촉감으로 그 안에 책이 들어 있겠다고 짐작했다.

"주인공이 직접 사인한 책이에요." 뱅상이 설명했다.

엘사는 그 붉은 책등이 그녀가 어렸을 때 읽었던 것과 같다는 걸 알아차렸다. 그녀는 『위위의 장보기』를 펼쳐 그 안에 적힌 메시지를 소리 내어 읽었다.

"내 친구 엘사에게. 당신이 저의 열렬한 독자라고 들었어요! 정말 고마워요. 하지만 제 친구 추피에게는 이 사실을 말하지 않을게요. 괜히 질투할지도 모르니까요. 언제나 동심을 간직하시길 바라요. 변함없는 당신의 친구 위위가."

뱅상은 엘사가 웃을 거라고 기대하며 그녀를 바라보았다. 그러나 엘사가 고개를 들었을 때, 뱅상은 굳어진 얼굴을 보고 놀랐다.

마침 쇼메 박사가 엘사를 불렀고, 엘사는 서둘러 짐을 챙겨 뱅상에게 형식적인 감사 인사를 하고 대기실을 빠져나갔다. 잠시 후, 벽 너머로 엘사의 울음소리가 들려왔다.

35. 엘사

고맙습니다, 선생님. 다음번엔 크리넥스 휴지를 사올게요.

월요일에 일터로 복귀했어요. 마지막 순간까지 회사에 가지 않을 뻔했지만 그래도 선생님 말씀이 맞았어요. 일을 하는 게 저한테 도움이 정말 많이 됐어요. 다른 죽음들로 시선을 돌릴 수 있었거든요.

아시다시피 이 일을 하면서 저는 수백 명의 고인을 만났고, 수천 개의 슬픔을 마주해왔어요. 시간이 흐르면서 이 경험들이 제게는 예방주사 같은 것이 될 거라고 생각했죠. 마치 알레르기 환자에게 알레르기 유발 물질을 노출시켜서 알레르기에 익숙해지고 무뎌질 수 있도록 하는 것처럼요.

진실을 가장 가까이에서 마주하는 것, 사랑하는 사람을 잃는 것은 누구도 피할 수 없다는 사실을 매일같이 확인하는 것, 결국 우리 모두가 이런 일을 겪게 된다는 것을 알고 있으니 이 현실을 좀 더 쉽게 받아들일 수 있을 거라고 생각했어요. 하지만 그건 순전히 다 제 무지였죠.

정말 바보 같은 생각이었어요.

죽음은 누구에게나 찾아오지만, 그 사실이 죽음을 덜 충격적으로 만들어주는 건 아니에요.

아빠는 노인은 아니었어요. 물론, 제 아들에게는 늙은 사람이었는지도 모르지만요. 저도 마흔 살인 엄마를 늙었다고 생각했던 적이 있으니까요. 하지만 아빠가 죽음을 맞이할 만큼 나이 든 사람은 아니었어요. 사람이 어느 정도 나이가 되면 더 이상 너무 일찍 죽었다고 말하지 않잖아요. 아빠는 그 정도로 나이가 든 건 아니었거든요. 하지만 뇌졸중이 남긴 손상은 아빠의 삶을 원하지 않았던 방식으로 이끌어갔죠. 제가 기억하는 한 아빠는 항상 당신이 언젠가 식물인간이 되면, 정신을 놓아버리면 주사를 놔달라고 하셨어요. 아빠는 꼭 이 표현을 쓰셨어요. "주사 놔줘."

아빠는 당신의 어머니처럼 될까 봐 두려워하셨어요. 의자와 대화하고, 가까운 사람을 아무도 알아보지 못하고, 하루 종일 벽만 바라보고, 복도를 헤매고, 자신의 머릿속에 갇혀버리고, 아무런 목적 없이 배회할까 봐서요. 우리는 아빠가 계속 살게 되면, 어떤 삶을 살게 될지 미리 들었어요. 더 이상 걷지도, 운전하지도, 혼자 씻지도 못하고, 액체를 마시지 못해 젤리 같은 것만 먹어야 하고, 말을 제대로 할 수도 없을 거라고요. 간단히 말하자면 도움이나 준비, 제약 없이는 하고 싶은 일을 더 이상 하지 못한다는 소리였죠. 아빠의 삶은 아빠가 잃어버린 것들의 긴 목록이 될 터였어요. 그리고 저는 "알겠어요, 아빠. 내가 주사 놔줄게요."라고 스치듯 말했던 그 약속을 지키지 못하게 될 거예요.

뇌졸중이 찾아오고 며칠 후, 아빠의 눈빛에서 애원하는 기색을 읽은 것 같아요. 저는 의사에게 가서 아빠가 더 이상 연명치료를 원치 않으실 거라고 말했어요. 의사는 아빠가 그걸 어디에 적어둔 적이 있는지, 사전연명의료의향서를 작성했는지 물었어요. 그런 건 없었어요. 저는 이 분야에서 일하면서도 무엇이든 문서로 남겨야 한다는 생각을 하지 못했어요. 마치 제 직업이 우리 가족과는 아무 상관없는 일이라는 듯이요. 가까운 사람들이 죽음과 아무런 관련이 없다는 것처럼요. 의사는 제가 아빠의 삶을 끝내고 싶어 한다고 의심하는 눈치였어요. 제가 마치 아빠의 삶을 단축시키려는 듯한 끔찍한 기분이 들었지만, 사실은 정반대였어요. 아빠가 의존적인 상태가 되든 쇠약해지든, 저는 절대 아빠 없이 살아가고 싶지 않았어요. 병원을 나서자마자 주차장에서 동생이 주저앉아버렸어요. 저는 그 애를 꼭 안아주었죠.

"나 기도했어, 누나. 신을 믿지도 않으면서 기도했어."

"있잖아. 만약 신이 우리에게 아빠를 다시 돌려주실 수 있다면 나도 너랑 같이 기도할 거야."

"난 아빠를 살려달라고 기도한 게 아니야, 누나."

저도 울기 시작했어요. 밤이 내려앉았죠. 우리는 텅 빈 주차장 한가운데에서 서로를 꼭 껴안았어요. 아이처럼 슬픔에 휩싸인 어른 두 명이서요.

아빠가 임종을 맞이하던 11일 동안, 저는 죽음이 아빠에게 해방이 될 거라는 생각에 매달렸어요. 그 생각에 위로받을 수 있기를 간절히 바랐죠. 하지만 그렇게 되지는 않았어요. 사랑하는 사람이 사라진다는 사실을 위로할 수 있는 것은 아무것도 없었죠.

…

월요일 아침에 다시 출근했어요. 제 책상 위에는 동료들의 메시지가 적힌 카드 한 장이 놓여 있었고, 그것이 제가 잠시 일을 쉬었다는 유일한 혼적이었어요. 동료들은 마치 저를 어제도 봤다는 듯이 맞아주었어요. 지나가면서 저를 껴안아준 장례식 담당자 크리스티앙과, 별 뜻 없이 하는 말인 척 굴었지만, 귀에 들릴 만큼 큰 소리로 "난 어머니가 돌아가셨을 때 한 시간 후에 바로 출근했어."라고 말했던 운구 담당자 피에로만 빼면요. 저는 아무 반응도 하지 않았어요. 피에로는 자신과 다르게 행동하는 사람을 이해하지 못하는 부류거든요. 대신 또 다른 운구 담당자인 카데르가 받아쳐주었죠.

"의견이란 똥구멍 같은 거야. 누구나 하나씩은 갖고 있지만 그렇다고 해서 꼭 남들에게 보여줄 필요는 없는 거라고."

복귀 첫날 첫 전화는 고인의 집으로 시신을 수습하러 가야 한다는 전화였어요. 얼마 지나지 않아 고인의 딸이 도착했어요. 제 또래쯤 되어 보였고, 키가 컸으며, 충격에 휩싸인 상태였어요. 저는 그녀를 미소로 맞이했어요. 이곳에선 "안녕하세요."라고 인사하지 않아요, 이 문을 열고 들어오는 날이 결코 좋은 날은 아니거든요. 그녀는 외동딸이었고, 부모님은 이혼하셨으며, 장례 절차를 홀로 감당해야 했어요. 그녀는 선택해야 했습니다. 화장할지, 매장할지, 종교식으로 진행할지, 비종교식으로 할지, 어떤 관을 고를지, 수의는 어떤 것을 입힐지, 안치는 어떻게 할지, 부고를 신문에 낼지 말지를요. 이럴 때 우리는 매번 같은 대답을 들어요. 잘 모르겠다고요. 그녀는 제게 아버지 이야기를 했어요. 암을 세 번이나 이겨낸 건장한 분이셨지만 결국 심장마비로 돌아가셨다고요. 그분은 한 번도 싫은 기색 없이 한 평생 새벽에 일어나 빵을 구운 제빵사셨대요. 어릴 때는 자주 볼 수 없었던 아버지를 어른이 되고 나서야 비로소 이해하게 되었다고요. 그리고 일찍 은퇴한 아버지가 그녀의 아이들과 시간을 보내며 뒤늦게나마 만회하려고 했었다고요. 아이들 이야기를 꺼내며 그녀의 감정의 둑이 무너지고 말았어요.

그녀가 떠난 후, 크리스티앙이 제게 감정적으로 너무 힘들지는 않은지 물어봤어요. "그분에게서 너 자신이 비춰 보였을 거야. 정말 안됐다, 엘사."하며 제 어깨를 토닥여주었죠.

저는 크리스티앙의 친절에 토 달지 않고 그냥 고개를 끄덕였어요.

사실 저는 그녀의 이야기와 저 사이에서 비슷한 점조차 발견하지 못했거든요. 저는 늘 하던 대로 몇 가지 사항을 나열했고, 그녀의 말에 귀 기울였을 뿐인걸요.

...

그래도 참 이상해요.

세상과 저 사이에 벽이 세워진 것 같아요. 다른 이의 슬픔이나 고통에 무감각해졌어요. 이미 제 것만으로도 벅차니까요. 하지만 이슬방울 사이로 스며든 햇살이나, 계산원의 따뜻한 말 한마디에는 여전히 마음이 동해요. 그런데요, 선생님. 제가 상담실에 들어오면서 왜 울었는지 아세요? 제가 거의 모르는 어떤 사람이 단지 제게 웃음을 주려고 일부러 시간을 내어 책을 고르고, 메시지를 고심하고, 그걸 직접 써서 줬기 때문이에요. 그게 저를 완전히 뒤흔들어놓았어요.

36. 뱅상

치료가 효과가 없는 것 같습니다. 적어도 제 위장만 빼면요. 편집자가 전화를 걸어왔어요. 축하 파티를 하고 싶다고요. 제 책이 출간된 지

일주일이 됐는데, 지금까지 낸 책 중에서 가장 시작이 좋다고 했어요. 넘치도록 기뻐하는 것이 마땅했어요. 대단한 성과였으니까요. 마틸드는 수화기 너머 환호하고 있었고, 뒤에서는 모두 박수 치는 소리가 들렸어요. 디자이너, 보조 편집자, 마케팅 담당자, 홍보 담당자까지 다들 한바탕 파티를 벌이는 분위기였죠. 그들은 저 역시 축하 파티에 올 거냐고 물었어요. 저는 "그럼요."라고 답하고, 전화를 끊은 뒤 사과 하나를 먹었어요. 맛은 없었고요.

이 성과가 제게는 아무런 감흥을 주지 않아요. 심지어 오늘이 첫 판매량 실적이 나오는 날이란 것도 잊고 있었죠. 매일이 마치 어제의 완벽한 복사본인 것처럼 똑같아요. 시간에 휩쓸리듯 살아가고 있어요. 제 삶을 구경하는 관객처럼, 한 발 떨어져 걷고 있죠. 감정은 억눌려 있고, 희미해졌어요. 행복하지도 않고, 그렇다고 피폐해진 것도 아니고, 미친 듯이 화가 나지도 않아요. 그럭저럭 만족스럽거나, 우울하거나, 짜증이 날 뿐이에요. 저는 그저 그런, 미적지근하고, 베이지색 같은 밋밋한 사람이에요. 아무리 중요한 일이 있어도, 제 안에서 아무런 감정도 솟아오르지 않아요.

…

딸들은 제 전부예요. 울음소리, 온 집 안에 널린 장난감, 목욕시키기, 숙제 봐주기, 자기 전 들려주는 이야기, 품에 안아 깨우기, 티격태격하기, 숨바꼭질, 웃음소리, "아빠아아아아아!"하고 부르는 소리, 밑도 끝도 없는 질문들, 손톱 깎아주고 신발끈 묶어주기, 아이들이 못알아 듣게 영어로 말하기, 괜히 화장실에 자주 숨어 있기, 악몽, 잼이 묻은 뽀뽀. 아이들이 태어난 순간부터 이 모든 게 제 일상이 되었어요. 솔직히 몇 번이고 쉬고 싶었어요. 아이들 없는 잠깐의 휴식, 숨 쉴 공간, 고요함, 생각할 수 있는 여유를 꿈꾸기도 했죠. 그런데 갑자기 찾아온 정적, 공허함, 아이들이 자라는 모습을 띄엄띄엄 보는 것, 우리가 쌓아갈 추억이 절반으로 줄어드는 것. 이건 정말 상상도 못할 만큼 가혹한 일이에요.

저는 오랫동안 아이를 갖는 걸 먼 미래의 일이라고 생각했어요. 결국은 누구나 거의 반드시 거쳐야 하는 과정인 것처럼, 그게 유일한 선택지인 것처럼 말이에요. 아이를 정말로 갖고 싶었던 적은 없었고, 남의 아이에게도 별 관심이 없었어요. 하지만 아나이스는 늘 아이를 원했어요. 우리의 관계가 시작된 지 얼마 되지 않았을 때부터 아이 이야기를 꺼냈고요. 저는 제 것이 아닌, 그녀의 꿈에 올라타기로 했습니다. 순순히 따라다니는 승객처럼, 별다른 열정 없이 그저 함께하는 동행자처럼요. 제 인생에서 중요한 결정은 대부분 제가 아닌 다른 사람들이 내렸습니다. 그렇지만 저는 초음파 검사를 함께 보고, 출산 준비 교실에도 따라갔으며, 아나이스의 배에 대고 말을 걸었어요. 그녀의 배가 움직이는 걸 바라보면서 그 안에 있는 작은 존재를 상상해보려 했죠. 아나이스가 느끼는 그 강렬한 사랑을 저도 똑같이 느껴보려고요. 그러면서도 불안했어요. 제가 만약 이 아이를 사랑하지 않는다면요? 아이를 가진 걸 후회하게 된다면요? 그러다 루가 태어났습니다. 산부인과 간호사들이 점잖게 '미주신경성실신'이라고 부른(사실은 그냥 보기 좋게 기절한) 상태에서 간신히 정신을 차리고 나니, 아나이스의 꿈은 제 것이 되었습니다.

정말로요. 과장하는 게 아니에요. 제 딸들은 제 전부입니다. 이혼한 후로 저는 격주로 숨을 참고 있다가 아이들이 제게 숨을 다시 불어넣어주길 기다리고 있는 것 같아요.

이번 주 금요일이면 아이들을 다시 만납니다. 그런데, 처음으로, 아무 감정도 들지가 않아요. 이게 이해가 되세요, 선생님? 제 신작이 얼마나 팔리든 그게 제 알 바가 아니게 된 건 그렇다고 쳐도, 제가 세상에서 가장 사랑하는 존재가 옆에 있어도 아무런 감정이 느껴지지 않는다면, 저는 더 이상 버틸 자신이 없어요.

37

뱅상이 건물을 나서자, 엘사의 차가 인도에 반쯤 걸쳐 세워져 있는 것이 보였다. 엘사가 차 옆에 쭈그리고 앉아 있었다. 뱅상은 시계를 확인했다. 기차가 역에 도착하기까지 30분이 남아 있었다.

"도와드릴까요?"

"아, 그러면 정말 고맙죠! 타이어가 펑크 났는데, 제가 교체하는 법을 전혀 몰라서요."

뱅상은 사실 자기도 할 줄 모른다고 대답했어야 했지만, 갑작스레 발동한 자존심 때문에 타이어 교체 정도는 할 수 있겠다고 생각했다.

"스페어 타이어는 있으세요?" 뱅상은 마치 그걸 어떻게 다루는지 안다는 듯이 물었다.

엘사가 트렁크를 열고 바닥판을 들어 올렸다.

"여기 있어요."

뱅상은 타이어를 잠시 바라보며 어디를 잡아야 손이 더러워지지 않을지 고민했다. 그는 어쩔 수 없이 손끝으로 최대한 멀리, 조심스럽게 타이어를 집어 들었다.

무거웠다.

뱅상은 마치 전문가처럼 타이어를 살펴보는 척하며, 고무를 눌러보고, 바닥에 굴려도 본 뒤, 완벽하다고 말했다.

"이제 펑크 난 타이어를 빼야겠군요." 그가 확신에 차서 말했다.

뱅상은 펑크 난 타이어를 유심히 살펴보며 원리를 이해하려 애썼다. 그러다 볼트를 발견하고 나서야 비로소 결론을 내렸다.

"이걸 풀어야겠네요." 그가 외쳤다.

"트렁크에서 타이어 렌치를 봤어요." 엘사가 답했다.

엘사는 트렁크를 뒤적여 렌치를 꺼내 뱅상에게 건넸다. 뱅상은 마치 처음으로 수술용 메스를 쥔 외과의사가 된 것 같았다.

뱅상은 렌치를 볼트에 끼우고 있는 힘껏 돌렸다. 그러나 타이어는 꿈쩍도 하지 않았다. 엘사는 상황을 설명하기 시작했다.

"아마 인도 턱 때문일 거예요. 집에서 차를 뺄 때마다 그 턱을 넘는데, 정말 엉망으로 되어 있거든요. 마치 일부러 집 앞에 장애물을 만들어놓은 것 같다니까요. 오늘은 좀 급해서 평소보다 더 빨리 넘었는데, 넘자마자 뭔가 문제가 생겼다는 게 바로 느껴졌어요. 차가 덜덜 떨리더니 이상한 소리가 나더라고요."

얼굴이 벌겋게 달아오르고, 핏줄이 도드라질 정도로 힘을 주고 있던 뱅상은 엘사의 말을 듣지 못했다. 온 신경이 볼트를 풀어내는 데 집중되어 있었고, 그는 속으로 렌치에 '망할 놈의 렌치'라는 별명을 붙여주었다.

"근데, 먼저 차를 들어 올려야 하는 거 아니에요?" 엘사가 물었다.

"뭐라고요?"

"자동차 리프트 잭이요. 그걸로 먼저 차를 들어 올려야 할 것 같은데요." 엘사가 다시 말했다.

뱅상은 망할 놈의 렌치를 망할 놈의 볼트에서 빼내며 일어섰다.

"한 번도 타이어 갈아본 적 없으시죠?" 엘사가 물었다.

"네, 한 번도요."

"방금 얼굴이 터질 것 같았어요."

"실제로 터질 뻔했죠."

"그러니까 절대 팔씨름 같은 건 하지 마세요."

"할 생각도 없습니다."

엘사는 자동차 리프트 잭을 다시 차에 넣었다.

"제 잘못이에요. 바보같이 남자니까 당연히 타이어 정도는 갈 줄 알 거라고 생각했어요."

"저도 책임이 있죠. 남자니까 당연히 할 줄 알아야 한다고 멍청하게 생각해버렸거든요. 고정관념이란 게 참 질겨요."

"볼트보다는 덜 질길 거예요. 아마도요."

한 남자가 그들에게 다가왔다. 뱅상은 그가 전에 카페 밖에서 커피를 마시지 못하게 했던 카페 겸 담배 가게 주인이라는 걸 그의 모자로 알아봤다.

"엘사, 무슨 문제라도 있는 거야?" 그가 물었다.

"안녕, 르네. 타이어가 펑크 나서…." 엘사가 답했다.

"이 남자가 너 괴롭히는 건 아니고?"

엘사는 뱅상을 꿰뚫어버릴 듯한 그의 눈빛을 보고 웃음을 터뜨렸다.

"아니, 전혀! 오히려 도와주러 온 거야!"

"아, 다행이네. 괜히 나 열받게 하지 말고, 알지?"

뱅상은 한마디 하고 싶었지만 입을 떼기 전에 마음을 바꿨다. 대신 그 새로운 친구에게 미소만 지어 보였다.

"베르나르가 교대하러 오면 내가 타이어 갈아줄게." 르네가 말했다.

"정말 고마워!" 엘사가 시계를 보았다. "베르나르는 곧 근무 시작하는 거야?"

"3시부터. 지금은 마누라랑 낮잠 자러 갔지. 무슨 말인지 알지?"

엘사는 차라리 무슨 뜻인지 몰랐으면 했다.

"한 시간 안에 세스타스에 가야 하는데…." 엘사가 한숨을 쉬며 말했다. 그때, 뱅상이 끼어들었다.

"보르도로 가는 기차가 거기 서. 나도 그걸 타고. 기차가 10분 후에 도착할 거야."

"그럼 둘이 같이 기차 타고 가면 되겠네. 아주 연인 같겠어!" 르네가 이렇게 말하고는 뒤돌아 자신의 가게로 돌아갔다.

"창가 자리 앉을래?" 엘사가 기차 칸에 들어서며 물었다.

엘사는 그가 거절하기를 바랐다. 창밖을 보는 게 더 편했으니까.

"통로 쪽도 괜찮아." 뱅상이 한 걸음 물러서며 엘사를 먼저 지나가게 했다.

뱅상은 근시였지만 정말 필요할 때가 아니면 안경을 쓰지 않았다. 그는 그 흐릿한 풍경, 녹아내린 듯한 윤곽선, 부드럽게 퍼지는 빛을 좋아했다. 세상이 또렷하지 않을수록 온화해 보였기 때문이다.

나란히 앉기로 한 건 아무런 고민도 계산도 없이 자연스럽게 그렇게 되었다. 서로 말을 놓기 시작한 것처럼.

뱅상은 처음으로 좌석 간격이 꽤 좁다는 걸 깨달았다. 그는 엘사의 허벅지를 건드리지 않으려고 몸을 살짝 틀어 다리를 모았다.

"나는 다림질을 할 줄 몰라." 기차가 출발하자 엘사가 갑자기 입을 열었다.

뱅상은 무슨 말인지 이해하지 못한 채로 그녀를 바라보았다.

"넌 남자인데 타이어를 못 갈잖아. 나는 여자인데도 다림질을 못 한다고. 우린 고정관념을 깨고 있는 거야."

"그러게. 우리 완전 반항아네."

뱅상은 잠시 생각에 잠겼다가 자신의 이야기를 털어놓기 시작했다.

"난 용감하지 않아. 한번은 어떤 남자가 나보고 지갑을 내놓으라고 했거든. 무기가 있는 것도 아니고, 키도 내 배꼽 정도밖에 안 됐는데 그냥 지갑을 줬어. 그뿐이게? 묻지도 않았는데 카드 비밀번호까지 알려줬지."

"뭐라고 안 할게. 우리 아들도 그랬을 거야. 몇 살 때 일이야?"

"지난달."

엘사는 웃음을 참으려 볼 안쪽을 깨물었다.

"나 살면서 딱 한 번 싸워본 적이 있어." 뱅상은 옆에 앉은 이 여자가 재밌어하는 기색을 느끼며 이야기를 이어갔다.

"선택의 여지가 없었어. 그때도 피할 수 있었다면 피했을 거야. 술집이었어. 여자 친구랑 있었고, 스무 살 때쯤이었지. 술을 좀 많이 마셨던 것도 같아. 실수로 어떤 남자의 발을 밟았는데, 그 사람이 발 디딜 때 조심 좀 하라더라고. 왜 그랬는지 모르겠는데, 척 노리스 영화의 유명한 대사가 그냥 떠올랐어. 그래서 내가 받아쳤지. "내 발은 내가 원하는 곳에 둔다, 리틀 존. 그리고 그건 대개 상대 얼굴이지." 보아하니 우린 전혀 취향이 달랐던 모양이야. 그 사람이 나를 밀쳤어. 내가 미안하다고 했더니 주먹을 날리더라고. 그래서 "아야!"라고 했더니 박치기가 날아왔어. 나는 잘 자라고 했고."

엘사가 크게 웃었고, 뱅상도 덩달아 웃었다. 사실 뱅상은 엘사를 웃기려고 살짝 과장해서 말했다. 엘사도 그에게 보답하고 싶었다.

"나는 화장할 줄 몰라. 그나마 마스카라랑 립스틱 정도는 대충 바를 줄 아는데, 그마저도 최대한 티 나지 않게 연한 색으로 골라. 한때는 메이크업 영상 같은 걸 찾아보기도 하고 거울 앞에서 연습도 했었어. 그러다 어느 날, 진짜로 도전해봤지. 새해맞이 파티였는데, 두 시간이나 들여서 화장했어. 스모키 아이 메이크업에, 코랄색 볼터치, 누드톤 립까지 완벽하게 발랐지. 결과가 꽤 만족스러워서 그대로 파티에 갈 용기가 생길 정도였어. 파티 장소에 도착했는데 몇몇이 나를 계속 빤히 보더라고. 나는 사람들이 감탄하는 줄 알았어. 진짜 으쓱할 뻔했지. 그러다가 소니아가 나를 보고 묻더라. 이거 누가 한 거냐고."

"소니아는 네가 메이크업 아티스트한테 받았다고 생각한 거야?"

"아니, 내가 맞고 온 줄 알았대."

기차가 세스타스 역에 도착했다. 엘사는 너무 웃느라 제대로 일어나지도 못했다. 그녀는 "다음 주에 봐."라고 말했고, 뱅상도 똑같이 대답했다. 엘사는 기차에서 내렸고, 뱅상은 엘사가 앉았던 창가 자리에 앉아 보르도에 도착할 때까지 계속 웃었다.

38

태풍이 다가오고 있었다. 지롱드 지역에는 태풍 경보가 발령됐지만 뱅상은 쇼메 박사와의 진료 예약을 바꾸지 않기로 했다.

바람이 낙엽과 버려진 종이들을 휩쓸고 다녔고, 빗줄기가 뱅상의 얼굴을 세차게 때렸다. 그는 후드티의 끈을 당겨 단단히 묶었다.

엘사는 대기실 창가에 바짝 붙어 있었다. 소나무 꼭대기가 심하게 흔들렸고, 관목들은 춤추듯 요동쳤다. 빗방울이 창문을 두드리는 소리는 의외로 평온했다. 그녀는 뱅상이 허리를 굽히고 고개를 숙인 채 성큼성큼 걸어오는 모습을 보았다. 엘사는 뱅상이 문 앞에서 초인종을 누를 때까지 눈길을 떼지 않았고, 그제야 자리에 앉아 책을 펼쳤다.

"그래도 왔네?" 뱅상이 들어서자 엘사가 말했다.

"세상이 어떻게 되든 내 주간 침묵 시간을 놓칠 수는 없잖아."

불이 깜빡이더니 이내 대기실이 어둠에 휩싸였다. 뱅상이 스위치를 눌렀지만 천장 조명은 켜지지 않았다.

"망힐." 뱅상이 말했다.

"걱정 마. 아무도 네가 전기를 다시 연결하길 바라진 않을 거야." 엘사가 대꾸했다.

"놀리는 거 진짜 못됐다."

"그래도 재밌잖아."

"그건 맞지. 근데 너 볼에 토마토소스 묻었어."

"미안하지만 이거 립스틱이야."

쇼메 박사가 엘사의 이름을 불렀다. 그녀는 갑자기 진지한 얼굴이 되어 짐을 챙겨 대기실을 나섰다.

39. 엘사

아들이 전화를 받지 않아요. 저한테 화를 내고서는 아이 아빠 집으로 가버렸죠. 이번 주는 아들이 직업학교에 가기 때문에 아이 아빠와 제가 일정을 조정해야 했어요. 아이가 일주일은 학교 바로 근처에 사는 아빠 집에서 지내고, 나머지 3주는 제 집에서 지내도록요. 아들이 일하는 레스토랑이 제 출근길에 있거든요.

지난주가 아들의 첫 출근이었어요. 아들을 레스토랑 앞에 내려주고, 조리복을 입은 덩치 큰 청년을 바라보며, 나무로 된 장난감 부엌에서 요리를 해주던 어릴 적 아이의 모습이 떠올랐어요. 커가는 모습을 보는 건 큰 기쁨이었지만, 조금만 더 천천히 자랐으면 좋았을 텐데요.

퇴근하고 저녁에 집에 돌아온 아들에게 질문 세례를 퍼부었어요. 거기 사람들은 너한테 잘해주니? 오늘은 무슨 일을 했니? 음식 맛은 봤어? 칼 다룰 때 조심했지? 아들은 짧게 대답하고 눈길을 피했어요. 그 모습을 보니 예전의 아픈 기억이 떠오르면서 불안해졌어요.

아들이 중학교 3학년 때 전학을 가야 했어요. 친구라는 녀석들이 아들한테 여자 같다고 해버렸거든요. 걔네들이 먼저 아들을 따돌리기 시작했어요. "미안, 여기 자리 없어.", "조원 다 찼어.", "이건 우리끼리 얘기야."라는 말로요. 아들이 누구와도 이야기 하지 못하게 만들었어요. 그 애들이 아들에 대해 퍼트린 소문이 무엇인지 아들은 저한테 절대 자세히 말하고 싶어 하지 않았지만, 소문은 치명적이었어요. 저는 교장 선생님과의 면담을 요청했지만 그는 별일 아닌 아이들끼리의 장난이라고 치부했어요. 대신 저는 사춘기 아이들에 대한 일장 연설을 들었어요. 부모가 지나치게 개입하면 안 되고, 아이들이 스스로 성장할 수 있도록 적당히 풀어줘야 한다는 식의 이야기요. 결국 부모 노릇을 제대로 못하고 있다는 죄책감을 느끼게 만드는 헛소리였죠. 그 교장은 트리스탕이 다른 학생들과 잘 지내고 있다고 확신했어요. 그날 저녁 식사자리에서 트리스탕도 저한테 똑같이 말했어요. 별일 아니라고, 선생님들 말이 맞다고, 제가 걱정할 필요 없다고요.

…

그 말을 믿었던 저 자신이 너무 원망스러워요. 어쩌면 그렇게 믿는 게 더 견딜 만했던 걸지도 몰라요. 그래서 그 애들이 제 아들을 욕하기 시작했을 때도 아들은 제게 아무 말도 하지 않았어요. 호모, 나약한 계집애, 여자 같은 놈, 게이 새끼라는 말을 들었을 때도요. 눈썹 위가 찢어졌을 때도 혼자 계단에서 넘어졌다고만 했고요.

늘 밝게 웃던 아이가 어두워졌어요. 배가 아프다며 몸을 웅크리곤 했죠. 아이는 방학 동안에만 생기를 되찾았어요. 저는 그제야 정신을 차렸어요. 결국 1월 새 학기에 학교를 옮겼죠. 그래도 모든 문제가 해결된 건 아니었어요. 다름을 배척하는 사람들은 어디에나 있으니까요. 하지만 새 학교의 선생님들은 아이에게 더 신경 써주었고, 그 덕분에 아들은 조금 더 평온하게 중학교를 마칠 수 있었어요.

선생님, 저는 모르고 지나칠 뻔했어요. 아들은 제 삶의 중심인데도 말이에요. 그래서 지난주에 아이가 다시 어두워지는 걸 보자마자 피가 거꾸로 솟았어요. 금요일 점심시간, 잠깐 짬을 내어 아이가 일하는 식당 맞은편에 차를 세웠어요. 테라스는 손님들로 꽉 차 있었고, 웨이터들은 테이블 사이를 분주하게 오가고 있었어요. 저는 그들을 유심히 지켜보며 저들 중에 누가 우리 아들을 어둡게 만든 장본인일까 하고 생각했어요. 당연히 그 장면에서 저는 어떤 단서도 찾지 못했어요. 제가 뭘 기대했던 건지도 모르겠어요. 그냥 되돌아가려던 찰나에 트리스탕이 한 젊은 남자와 함께 쓰레기통을 들고 식당 뒷문으로 나오는 게 보였어요. 둘은 잘 지내는 것처럼 보였고, 웃고 있었어요. 그 모습을 보니 안심이 되었죠. 그래서 차 시동을 걸었는데, 그 순간 트리스탕이 저를 발견했어요. 그대로 굳어서는 저를 빤히 쳐다보았죠. 제가 한 일이라고는 핸들 밑으로 고개를 숙이는 거였어요. 아들이 제 차를 모를 거라는 듯이요. 그 이후로 아들을 다시 보지 못했어요. 그날 저녁에 곧바로 아빠 집으로 가버렸거든요. 그리고 애 아빠한테 들었어요. 아들이 자기 말을 믿어주지 않는 것에 화가 많이 났다고요. 아직도 자기를 애 취급한다고 느끼는 거죠.

저희 엄마에게 외부의 모든 것은 위험한 것이었어요. 엄마도 그런 불안을 가진 엄마에게서 자랐고, 그 불안은 어쩌면 할머니의 엄마로부터 이어졌는지도 몰라요. 이런 불안의 고리를 끊어내는 건 쉽지 않잖아요. 하지만 저는 노력하고 있어요. "조심해.", "다칠라." 같은 말을 꾹 참으려고요. 저는 아들의 휴대전화를 보지 않아요. 하지만 사실은 도청 장치라도 설치해서 모든 메시지를 읽고 싶은 마음이에요. 엄마는 제가 학교 소풍을 가는 것도 허락한 적이 없어요. 하물며 캠프에 가는 건 꿈도 못 꿨죠. 친구 생일 파티에 겨우 가게 되더라도 엄마가 어떻게든 거기 같이 있으려고 했어요. 저는 엄마와 똑같은 사람이 되지 않으려고 엄청 애를 썼어요. 트리스탕이 처음으로 수련회를 가던 날, 저는 진지하게 근처 호텔을 잡을까 고민도 했지만 참았죠. 아들이 10분이라도 늦거나, 전화를 한 번에 받지 않거나, 사이렌 소리라도 들리면, 저는 늘 최악의 상황을 상상해요. 돌이킬 수 없을 정도로요. 아들에 관한 것이라면 뭐든 두려워요. 아들이 슬퍼하는 게, 아픈 게, 따돌림 당하거나 불안해하는 게, 사라지는 게 두려워요. 저는 그 애가 겪는 매 순간마다 그 애를 보호하고 싶어요. 하지만 아들이 성장할 수 있는 최선의 방법은 스스로 경험하게 두는 것이라는 사실도 알아요. 언젠가 어떤 심리학자의 팟캐스트에서 이런 말을 들었어요. "우리가 아이에게 생명을 준 순간, 동시에 죽음도 함께 준 것이다." 그 말을 듣고 너무 충격 받았어요. 그래서 그게 사실이라는 걸 받아들이기까지 시간이 걸렸죠. 언젠가 우리 아들도 죽게 되겠죠. 빠르든 늦든. 그게 삶의 법칙이니까요.
…

제발 트리스탕이 너무 오래 화나 있지 않았으면 좋겠어요. 이렇게 화내고 있는 시간 자체가 아까우니까요. 저는 아빠가 돌아가신 이후로, 엄마와 지난 넉 달 동안 단 한 번도 다투지 않았어요. 엄마가 저를 짜증 나게 할 때면 아빠한테 짜증 났던 모든 순간들이 떠올라요. 아빠가 다시 저를 짜증 나게만 해줄 수 있다면 뭐든 다 바칠 텐데요.

40

엘사는 벽에 달린 조명의 강한 빛 아래로 계단을 내려갔다. 다행히 전기가 돌아왔다. 운이 좋았다. 지난 태풍 때는 무려 사흘간 정전이었으니 말이다.

41. 뱅상

오래 걸리지도 않았어요. 첫 번째 부정적인 리뷰를 받기까지요.

> 무미건조한 책. 깊이도 없고, 심리 묘사도 없음. 별점 0점을 줄 수 있었다면 줬을 것. 어차피 종이를 낭비할 거라면 차라리 세 겹짜리 화장지를 쓰길 추천함.

간결하고, 박자도 딱딱 맞았어요. 마농은 가명조차 쓸 생각도 안 했더라고요.

그 리뷰를 보고 웃음이 나왔어요. 마농이 (아주 가끔 있는) 제 발기부전 문제는 언급하지 않은 것에 감사해야겠네요. 어차피 익숙해요. 제 어머니조차도 제 책을 좋아하시지 않는걸요. 물론 그렇게 대놓고 말씀하진 않으시지만 좀 더 은근하게 표현하시죠. 문자로는 짧게 "잘 읽었어."라고 하신 뒤, 이내 끝이 보이지 않는 긴 이메일을 보내세요. 거기엔 어머니가 다시 써야 한다고 생각하는 문장, 이해하지 못한 부분, 삭제해야 할 문단들이 빼곡히 적혀 있죠. 반대로 다른 작가들의 책에 대해서는 종종 극찬을 아끼지 않으세요. 새로운 작품을 시작할 때마다 이번 작품은 어머니께 "정말 좋았다."는 말씀을 들을 수 있길 바라요.

어릴 때, 어머니는 종종 수요일이면 저를 병원에 데려가셨어요. 방과 후 보육센터는 너무 비쌌거든요. 저는 창문도 없는 아주 작은 방에서 하루를 보내곤 했어요. 거긴 마치 눈에 보이지 않는 사람들을 위한 탈의실 같은 곳이었죠. 형광등 불빛 아래서 저는 책을 한 무더기씩 읽어치웠어요. 아마도 그곳, 그 하얀 벽들 사이에서 제 상상력이 자라났고, 거기서 이야기를 만들어내기 시작했을 거예요. 가끔 어머니는 충격받을 일이 없을 병동으로 저를 데려가주셨고, 운이 좋은 날에는 어머니를 도울 수도 있었어요. 제일 신났던 건 바닥을 청소하는 커다란 기계를 사용할 때였어요. 그때만 해도 청소란 게 저한테는 신기한 놀이 같았거든요. 안타깝게도 그 기분이 오래가지는 않았지만요.

몇 달 전 어머니가 은퇴하시기 직전에, 꽃다발을 들고 어머니 퇴근 시간에 맞춰 병원 앞에서 기다린 적이 있어요. 그날은 어머니의 생신이었고, 깜짝 이벤트를 정말 좋아하시거든요.

어머니는 제가 한 번도 뵌 적 없는 두 분의 동료들과 함께 계셨어요. 기뻐하셨지만 내색하진 않으셨고요. 하지만 저는 이미 어머니의 무표정을 읽는 법을 터득했죠. 어머니의 동료분들은 저를 아주 다정하고 따뜻하게 맞아주셨고, 거의 제 머리를 헝클어뜨릴 기세였어요. 순간 제가 다섯 살로 돌아간 기분이 들었어요. 그중 한 분이 제 책을 다 갖고 있다고 하시자, 어머니는 옅은 미소를 지으며 흘깃 위를 올려다보셨어요. 그러자 다른 분이 이어서 말씀하셨어요.

"적당히 해, 모니크. 너 사실 네 아들 자랑스러워하잖아."

제가 놀란 표정을 지었나 봐요. 그분은 어머니를 최고로 즐겁게 해주시려는 듯이 한마디 덧붙이시더라고요.

"탈의실 벽마다 네 기사들이 붙어 있단다. 그러다 보니 널 다 아는 것 같은 기분이 들어!"

"모니크, 바디옹 부인 얘기도 해줘야지." 다른 동료분이 말을 이어갔어요.

"아냐, 됐어." 어머니가 조용히 손사래를 치셨죠.

"아니, 그게 진짜 웃긴 얘기라니까! 바디옹 부인은 우리 팀장인데, 어느 날 용감하게도 네 책을 안 좋아한다고 말한 거야. 그때 모니크가 어찌나 열을 올리던지 너는 모를 거다. 나머지는 엄마한테 들으렴."

"아, 그때는 바디옹 부인도 똑똑한 척 못했지!"

두 분이 그 장면을 떠올리며 깔깔 웃는 동안, 어머니는 제 팔을 잡아끌며 주차장으로 향했어요. 차 앞에서 어머니는 꽃다발 고맙다며 같이 장을 보러 갈 건지 물어보셨죠.

어머니는 제 책을 좋아하시지는 않지만, 속으로는 자랑스러워하시는 것 같아요. 제가 잘된 걸 기뻐하시는 거죠. 그게 오히려 더 좋아요. 부모님께서는 원래 큰 꿈이 없으셨어요. 온갖 현실적인 제약에 짓눌리다 보면 꿈꿀 여유조차 남지 않으니까요. 월말마다 빠듯한 생활비를 맞추고, 냉장고를 채우고, 생일과 크리스마스 선물을 준비하고, 캠핑 한 번 가는 것이면 족했죠. 부모님은 딱 한 가지, 외아들이 자신들보다 나은 삶을 살길 바라셨어요. 하지만 그 더 나은 삶의 방향에 대한 두 분의 의견은 달랐죠. 어머니는 제가 보람을 느끼는 직업을 찾길 바라셨고, 아버지는 제가 돈을 많이 벌길 원하셨어요. 그때 저에겐 딱히 목표랄 것도 없었고, 우리 가족이 대대로 살아온 환경을 벗어나리라고는 생각조차도 하지 않았어요. 제가 자란 곳에서는 사람들이 아침에 열정 때문에 일어나는 건 아니었거든요. 제가 자란 곳의 사람들은 대부분 세입자였고, 매달 정부의 주거 보조금을 기다렸으며, 전단지에서 할인 상품을 찾아 동그라미를 치고, 진열대 가장 아래 칸에서 물건을 고르고, 체크카드를 썼으며, 발신자 표시가 없는 전화를 두려워했어요. 남이 입던 옷을 물려받았고, 동네에서 가장 저렴한 슈퍼마켓의 계산원을 알고 있었으며, 월말보다는 월초를 좋아했고, 가계부를 썼고, 집배원이 집 앞을 그냥 지나가길 바랐죠. 세탁기는 전기 요금이 싼 밤에 돌리고, 영화가 텔레비전에서 방영될 때까지 기다렸고, 흰머리는 직접 염색했어요. 어느 주유소가 제일 싼지 알고 있었으며, '밥 대신 잠'이라는 말이 누구에게나 해당하는 말일 거라고 애써 믿었죠. 저는 늘 불공평하다고 느꼈어요. 그렇게 열심히 일해도 얻는 게 거의 없다는 사실이요. 가장 힘든 일을 하는 사람들일수록 보수는 형편없었거든요. 저는 등이 굽도록 일하고, 독한 화학물질을 들이마시며, 무릎이 망가지도록 고된 노동을 하고, 간신히 은퇴할 나이가 되었지만 정작 몸이 망가져서 은퇴 후의 생활을 즐길 수 없는 사람들이 얼마나 많은지 알아요.

얼마 전 '계급 횡단자'라는 표현을 알게 됐어요. 제가 그런 사람이죠. 저는 한 계층을 뛰어넘었고, 평범한 서민층에서 인정받는 사람들 쪽으로 넘어왔으니까요. 그렇게 되면 제가 느끼던 불공평함이 가라앉아야 하는데, 오히려 더 커졌어요. 따뜻한 곳에서 엉덩이를 붙이고 앉아서 저만의 작은 특권을 누리면서 이렇게 많은 돈을 번다는 게 구역질 나요. 이런 이야기를 하면 사람들은 한결같이 "넌 재능이 있으니까 네가 마땅히 누려야 하는 것들이지. 그러니까 그냥 기뻐하면 돼."라고 해요. 물론 기쁘죠. 아무렴요. 하지만 누구도 제가 저희 아버지보다 더 노력했으니 누려야 한다고 말할 순 없어요. 아버지는 평생 자신은 꿈도 꾸지 못할 집들을 지으면서, 결국 자신의 척추 전체에 금속판을 달아야 했거든요. 저는 절대 어머니와 그 동료분들보다 제가 더 노력해서 여기까지 왔다고 생각하지 않아요. 알고 계세요? 관리직 노동자의 기대수명이 육체노동자보다 5년 더 길다는 사실 말이에요.

제 아파트에는 큰 테라스가 있어요. 집을 막 장만하고 부모님께 보여드리던 날에는 왠지 울고 싶었습니다. 부끄러웠거든요.

어쨌든 저도 바보는 아니에요. 제가 세상을 바꿀 수 없다는 것쯤은 잘 알고 있거든요. 하지만 제가 할 수 있는 작은 범위 안에서라도 세상을 더 나은 곳으로 만들기 위해 노력하고 있어요. 책으로, 행동으로요. 그래야 밤에 잠이라도 좀 편하게 잘 수 있거든요.

얼마 전 딸이 자기가 가장 아끼던 그릇을 깨뜨렸어요. 그런데 울지도 않고 그러더군요. "아빠, 이거 다시 사줄 수 있어?" 전 당연히 사줄 뻔했어요. 사실 아이들이 어릴 때 제가 많이 했던 실수예요. 제 어린 시절의 결핍에 대한 보상이라도 되는 듯이 아이들의 요구를 다 들어주려 했거든요. 그게 잘못이었죠. 저희 아이들은 자기들이 얼마나 운이 좋은지, 얼마나 특별한 환경에 살고 있는지 알아야 해요. 모든 게 다 새것으로 쉽게 대체될 수 있는 게 아니고, 대부분의 사람들은 늘 부족함 속에서 살아간다는 것을요. 그게 바로 제가 아이들 나이 때 겪던 현실이니까요.

벌써 시간이 다 됐나요?

죄송해요. 제가 좀 흥분했네요.

가끔은요, 누군가 저한테 "넌 완전히 썩어빠진 놈은 아니야."라고 말해줬으면 좋겠어요. 선생님은 어떻게 생각하세요?

42

바람이 더욱 거세졌다. 이제는 낙엽뿐만 아니라 잔가지, 심지어는 부러진 나뭇가지들까지 휩쓸려 다녔다. 쓰레기통 하나가 횡단보도도 아닌 길을 가로질러 날아갔다. 뱅상은 그의 걸음을 느리게 만드는 거센 돌풍과 싸우며 기차역으로 걸어갔다. 올 때는 가늘게 내리던 비가 이내 굵은 빗방울이 되어 그의 옷을 뚫고 스며들어 피부를 타고 흘러내렸다.

뱅상은 단 한 사람도 마주치지 않았다. 상점들은 이미 셔터를 내린 상태였다. 상담을 마치고 나오며 받은 문자의 내용을 믿고 싶지 않았지만 불안이 점점 엄습해왔다.

비를 피할 곳으로 들어가 기차를 기다려봐도 기차는 오지 않았다. 철도청에 전화를 걸었고, 문자 내용이 사실임을 확인했다. 기상 경보가 최고 수준으로 격상되었고, 선로는 장애물들이 가로막고 있었다.

"열차 운행은 내일부터 재개될 예정입니다." 전화기 너머의 목소리가 들렸다.

"그게 대체 무슨 뜻인가요? 그럼 오늘 오후에 기차가 아예 없다는 말이에요?"

"네, TER[23] 운행은 내일까지 중단됩니다."

뱅상은 감사하다는 말도 없이 전화를 끊었다.

뱅상은 선택지를 하나씩 떠올려보았다. 자신을 보르도로 데려다 줄 사람은 친구든, 택시든 아무도 없었다. 히치하이킹에 성공할 확률보다 바람에 쓰러진 나무에 맞아 기절할 확률이 더 높았다. 걸어서 돌아간다는 건 말도 안 되는 일이었다. 그때, 마을 중심가에서 호텔을 본 기억이 났다.

비를 피하던 곳을 나와 왔던 길을 되돌아갔다. 호텔 문은 닫혀 있었

---

23) Transport Express Régional의 약자로, 프랑스 고속열차 TGV와 구분되는 지역간 단거리 및 중거리 열차다.

고, 안내된 번호로 전화를 걸었더니 바로 음성사서함으로 연결될 뿐이었다. 쇼메 박사의 진료실 초인종을 눌렀지만 아무런 응답도 없었다.

아무리 찾아봐도 그에게 남은 희망은 단 하나뿐이었다.

기상 경보가 발령되자 엘사는 하루 휴가를 냈다. 그녀의 상사는 별다른 반대 없이 허락했는데, 엘사가 출퇴근 길에 지나는 도로가 소나무 숲을 가로지른다는 것을 알고 있었고, 유능한 직원은 워낙 귀한 존재라 나무에 깔리게 둘 수는 없었기 때문이다.

언제나 그렇듯 엘사는 바깥세상에서 자신의 아늑한 공간으로 되돌아오면 트레이닝 바지와 헐렁한 티셔츠로 옷을 갈아입었다. 이제는 허리를 조이는 옷이나 브래지어를 더 이상 견딜 수 없었다. 그래서 그녀의 옷장 한편은 온통 형체를 알 수 없는 헐렁한 옷들로 채워져 있었다.

엘사는 집에서 보내는 오늘 하루를 카펫 청소를 하는 데 쓰기로 했다. 동물들과 함께 살다 보면 불쾌하지만 꼭 해야만 하는 집안일이었다(여기서 말하는 동물에 아들까지 포함하는 건 아니었지만). 하지만 침대의 유혹이 더 강했다. 책을 읽으며 행복한 잠 속으로 서서히 빠져들던 그때 초인종이 울렸고, 엘사는 깜짝 놀랐다.

엘사는 큰소리로 불청객을 욕하며 문을 향해 걸어갔다. 그게 누구든 간에 5대손까지 저주를 퍼부었다.

"서프라이즈!" 문밖에서 물에 흠뻑 젖은 한 덩어리가 외쳤다.

"부모님이 외계인이랑은 대화하지 말랬는데."

그 덩어리는 코맹맹이 소리를 내며 엘사 쪽으로 손가락 하나를 뻗으며 말했다. "이티 집에 전화해…."

"미안, 우리 부모님이 이상하게 흉내 내는 사람한테도 문 열어주지 말라셨어."

"난 오늘 오후 내내 마임을 보여주면서 너를 재밌게 해주려고…."

"들어올래?"

뱅상은 흠뻑 젖은 머리를 털며 말했다.

"아니, 괜찮아. 그냥 내가 물에 젖었다는 걸 보여주러 왔을 뿐이야."

"그만하고 들어와!"

엘사가 문을 닫자 덩치 큰 개 두 마리가 뱅상에게 달려들었다. 그는 패닉 상태에 가까운 방어 자세로 벽에 바짝 붙었다.

"착한 애들이야. 인사하는 방식이 그런 거고." 엘사가 말했다.

"나는 보통 악수하는 걸 더 좋아하는데."

뱅상은 팔을 내리고, 정신없이 그의 다리를 쿵쿵대는 강아지들의 머리를 쓰다듬었다.

"진짜 안 무는 거 확실해?"

"절대 안 물어. 얘네는 휴대전화나 신발을 더 좋아해. 기차가 취소됐나 보네?"

"역시 셜록 홈즈네. 미안해. 어디로 가야 할지 모르겠더라고."

"근데 내가 여기 사는 건 어떻게 알았어?"

"왜냐면 내가 연쇄 살인마거든."

엘사가 피식 웃었다.

"예전에 네가 저 멀리서 직접 알려줬잖아." 뱅상이 말을 이어갔다. "너 기억 안 나? 그때, 기차역 가던 날."

"아, 그런가? 다음 기차는 몇 시야?"

"내일 아침."

엘사는 그 자리에서 굳어버렸다.

"알아. 미안해. 집에 돌아갈 방법이 전혀 없었어."

엘사는 문을 열어준 걸 후회했다. 아무리 뱅상이 괜찮은 사람일지라도 다른 존재와 함께 있는 것이 그녀에게는 감당하기 어려운 일이었다. 이건 엘사가 예상했던 상황이 아니었고, 그녀는 예상대로 흘러가지 않는 걸 싫어했다. 그녀는 뱅상을 처음 만났던 쇼메 박사의 진료실 대기실에서 느꼈던 것과 같은 답답함을 느꼈다.

뱅상은 정말로 곤란해 보였다. 엘사는 고개를 끄덕였다.

"여기 있어도 돼. 원한다면."

"정말로 괜찮아?"

"응. 너 아주 흠뻑 젖었는데, 갈아입을 옷 줄까?"

"아냐, 괜찮아. 금방 마를 거야."

"그래도. 내가 아들 옷 좀 찾아볼게."

엘사가 뱅상을 머리부터 발끝까지 훑어보며 말했다.

"우리 아들이 너보다 작긴 한데 넉넉하게 입는 편이라 너한테도 맞을 거야." 엘사가 덧붙였다.

엘사가 복도로 사라졌고, 뱅상은 계속해서 정신없이 쿵쿵대는 강아지 두 마리와 홀로 남겨졌다.

"나 별로 맛없어." 뱅상이 중얼거렸다. "내 살은 담배랑 유칼립투스 치약 맛이 날걸. 도그어드바이저에서도 내 평점은 최악이라고."

"쉬르야! 소카! 그만 좀 괴롭혀." 엘사가 거실로 돌아오며 단호하게 말했다. "뱅상, 화장실 써도 돼. 오른쪽 두 번째 문이야."

몇 분 후, 뱅상은 알록달록한 티셔츠에 버뮤다 팬츠를 입고 흰 양말에 슬리퍼를 신은 채로 나왔다.

엘사는 그 모습을 보고 웃음을 터뜨렸다.

"슬리퍼는 안 줘도 됐을걸 그랬네."

"그럼 덜 웃겼겠지." 뱅상이 받아쳤다. "아들이 진짜로 이렇게 입고 다녀?"

"속상하지만 사실이야." 엘사가 말했다. "차라리 공룡 좋아하던 시절이 나았지."

"나도 뭐라고 할 처지는 아니야. 한때 멀릿컷[24]을 했었으니까."

"정말로?"

"진짜야. 우리 부모님은 밤에 내 머리를 밀어버리고 싶으셨을걸."

쉬르야와 소카도 이제 완전히 안심한 듯, 더 이상 뱅상의 몸을 킁킁대지 않고 소파 아래 놓인 큰 쿠션 위에 나란히 몸을 뉘었다.

"널 불편하게 하고 싶진 않아." 뱅상이 말했다. "내가 없는 것처럼 그냥 네 하루를 보내. 난 구석에 앉아서 조용히 있을게. 혼자 할 일도 좀 있고."

"솔직히 말하면 별다른 일정은 없었어. 방금 전까지 그냥 책 읽고 있었거든."

"그럼 계속 읽어! 나는 글 좀 쓸게."

엘사는 망설였다. 그녀는 여자아이들에게 자신의 욕구를 억누르더라도 다른 사람의 욕구를 우선해야 한다고 가르치던 시대에 자랐다. 엘사는 엄마의 모습을 답습하며 자기 자신을 만들어갔다. 그게 그녀가 자란 방식이었다. 엘사의 엄마는 남편과 살 때도 재혼한 후에도, 늘 자기 자신을 뒷전으로 두었다. 불과 몇 달 전만 해도 같은 상황이라면 엘사는 당연히 책을 두고 침대에서 내려와 뱅상과 시간을 보내려 했을 것이다. 그게 '당연한 일'이었으니까. 하지만 아빠의 죽음이 그녀를 뒤바꿔놓았다. 이제야 엘사는 자신의 욕구도 중요하다는 걸 깨닫기 시작

---

24) 앞머리와 옆머리는 짧게 자르고, 뒷머리는 길게 기르는 헤어스타일.

했다.

"정말 괜찮아?" 엘사가 거듭 물었다. "혼자 두는 게 좀 신경 쓰여서."

"엘사, 진심이야. 너랑 있는 것보다 차라리 혼자 있는 게 더 좋아."

엘사는 미소를 지었다. "그래, 그게 네가 원하는 거라면. 편하게 있어. 좀 이따 보자고!"

엘사는 복도로 사라졌고, 뱅상은 소파 깊숙이 몸을 파묻었다. 강아지들은 한동안 그녀의 뒷모습을 바라보며 몇 분간 기다리더니, 천천히 주변을 살피며 소파 위로 뛰어 올라와 뱅상의 허벅지 위에 무거운 머리를 내려두었다.

43

엘사는 한 시간 넘게 잤고, 볼은 46페이지에 붙어 있었다. 그녀는 화들짝 놀라 일어나 예상치 못했던 손님에게로 갔다.

한편 뱅상은 휴대전화에 몇 문장을 적어보다가 역시나 첫 번째 아이디어는 종이에 적는 것이 더 낫다는 확신이 들었다. 종이를 찾고 싶다는 생각이 들었다. 잡지나 전단지에 적을 만한 빈 공간이 있으면 그걸로도 충분했다. 하지만 덩치 큰 강아지 두 마리가 그를 쳐다보지도 않고 누워 있었기에 이내 포기했다.

엘사는 자신이 자리를 떴을 때와 똑같이 있는 뱅상을 발견했고, 그의 눈에서 깊은 안도감을 읽었다.

"미안해." 엘사가 말했다. "손님을 이렇게 내버려두다니 너무 무례했지. 요즘은 혼자 있는 것 말고는 견딜 수가 없어."

"아냐. 아무 문제 없는걸. 나 완전 편해."

"정말 그래 보이네."

"다리가 저려서 감각이 없고, 방광은 터질 것 같아. 둘 중 뭐가 더 급한 건지도 모르겠네."

엘사의 목소리만으로도 쉬르야와 소카에게 활기가 돋았고, 둘은 마치 한 몸이라도 된 듯이 동시에 각자의 쿠션으로 돌아갔다. 뱅상은 천천히 몸을 일으켜 팔다리를 흔들었다.

엘사가 머리를 탁 쳤다.

"마실 것도 안 챙겨줬네. 평소엔 손님 대접 더 제대로 하는 편이야. 믿어줘."

"이렇게 특별 대우를 받다니. 영광이야. 마침 사람들한테 너무 대접 받고 산다고 생각하던 차였거든."

엘사는 눈물이 차오르는 걸 느꼈다. 눈물은 언제나 예고 없이 찾아왔고, 물난리가 난 것처럼 그녀의 볼을 적셨다. 그것도 하필이면 가장 피하고 싶었던 순간에 말이다. 혼자 있을 땐 눈물을 참지 않았다. 눈물이 영영 멈추지 않을까 봐 두려웠고, 가끔은 눈물에 잠겨 숨이 막힐 것 같기도 했다. 하지만 사람들 앞에서는 기를 쓰고 눈물을 삼키려 했다. 이를 악물고, 숨을 깊이 들이마시고, 눈을 크게 뜨고, 고개를 흔들고, 다른 생각을 하려고 애썼다. 그 광경은 감정에 대한 것이라기보다는 변비로 고생하는 사람의 모습 같았다.

"괜찮아?" 뱅상이 걱정스럽게 물었고, 그 한마디에 애써 쌓아둔 둑이 무너졌다.

"정말 괜찮아." 엘사는 손등으로 볼을 닦으며 대답했다.

"네가 그렇다면야." 뱅상은 횡설수설하며 말했다.

강아지 두 마리가 일어나 주인의 손에 코를 파묻었다. 뱅상은 거실을 둘러보다가 테이블 위에서 천 조각을 발견하고 엘사에게 건넸다.

"고마워. 근데 이거 행주잖아."

"휴지 줄까?"

엘사가 웃었다. "정말 미안해. 왜 내가 집에만 틀어박혀 있는지 이제 이해가 되지?"

"그러게. 차라리 밖에서 다른 태풍이나 맞을걸 그랬다."

"너 진짜 너무한다!"

"그래도 너 지금 웃고 있잖아."

엘사는 시끄럽게 코를 풀며 주방으로 갔다.

"콜라, 오렌지 주스, 화이트와인 있어."

"그냥 물 한 잔이면 돼."

"그럴 줄 알았어. 너 진짜 반항아구나."

뱅상은 엘사가 건넨 물컵을 받았다.

"잘난 척하고 있지만 사실 나도 요즘 너랑 똑같아. 만약 동굴에 틀어박혀 아무도 안 보고 살 수 있다면 그렇게 할 거야."

"오래됐어?" 엘사가 케이스에서 엘피판을 꺼내며 물었다.

"정확히 언제부터인지 모르겠어. 몇 년 전부터 이런 감정이 내 안에 살고 있어. 파도처럼 왔다가 가는데, 어떤 파도는 유독 거세더라."

엘사는 엘피판을 턴테이블 위에 올려놓고 톤암을 올려 바늘을 홈에 맞췄다. 엘피판이 돌아가기 시작하자 스피커에서 음악이 흘러나왔다.

"제프 버클리의 그레이스!" 뱅상이 소리쳤다.

"이 노래 알아?"

"당연하지! 94년도에 나오자마자 시디를 샀었어. 수도 없이 들었는데 한 번도 질린 적이 없었지."

"말도 안 돼! 나도 발매되자마자 샀는데! 그때는 다들 에이스오브베이스나 보이즈투맨만 들어서 나만 외계인 취급 받았다고. 아빠가 내게 이 앨범을 알려주셨어."

엘사는 자신만의 세계로 빠져들었다. 완벽한 목소리와 일렉기타 소리가 그녀를 과거로 데려갔다. 뱅상은 엘사를 조용히 지켜보았다. 그녀의 내면 여행을 방해하고 싶지 않았다. 시간이 흘러놓기 전에 기억을 새기는 이런 순간들이 얼마나 소중한지 알고 있었기 때문이다.

"참 아름다워. 아빠와의 기억을 많이 떠올리게 하는 음악이야. 가끔은 아빠가 당장이라도 문을 열고 들어올 것만 같아." 엘사가 속삭였다.

"아버지 얘기하고 싶어?"

"부주기지는 말아줘. 내 마음 가는 대로 한다면 하루 종일, 아니 누구에게나 아빠 얘기만 하고 있을 거야."

"나한텐 얘기해도 돼."

엘사가 고개를 저었다. "나도 알아. 이게 얼마나 지루한 얘기인지. 아기들 사진을 시도 때도 없이 보여주는 사람들보다 더 심할 거야."

"정말 괜찮아. 저 사진 속에 계신 분이 네 아버지야?"

엘사는 방 한쪽, 서랍장 위에 아빠의 사진을 걸어두었다. 반쯤 녹아내린 초가 그 사진을 마주 보고 있었다. 그 사진 앞을 지날 때마다 마음이 산산이 부서지는 것만 같았다. 그럴 때면 사진을 이렇게 두는 게 좋은 건지 고민했다. 사진을 치워서 더는 보지 않으며 고통을 덜어낼까도 여러 번 생각했지만 매번 다시 마음을 고쳐먹었다. 아직은 상처를 치유할 준비가 되지 않았고, 그 사진은 엘사와 아빠 사이 사랑의 증

거였기 때문이었다.

"작년에 찍은 거야." 엘사가 대답했다. "아빠가 갑자기 우리 집에 들렀는데 그게 짜증 났어. 아빠도 내가 미리 알려주는 걸 좋아하고, 머릿속으로 짜둔 계획이 흐트러지는 걸 싫어한다는 걸 이미 알고 계셨거든. 하지만 전혀 개의치 않으셨어. 오고 싶으면 그냥 오는 거야. 그게 끝이지. 그런데 그날은 어쩐 일인지 미리 전화를 하시더라고. "너희 집에 들를 건데 미리 알려주려고."라면서. 언제 오시냐고 여쭤봤더니 곧이라고 하시더라. 그리고 1분 뒤에 초인종이 울렸어. 나는 최대한 반갑게 맞이하려 했는데 아빠는 그게 내 진심이 아니란 걸 눈치채셨지. 아빠가 오시면 처음엔 항상 약간 서먹했어. 마치 의식 같았지. 나는 아빠가 미리 말하지 않는 게 서운했고, 아빠는 내가 서운해하는 걸 서운해하셨지. 그러다가 둘 중 하나가 농담을 던지면 금세 풀렸고. 트리스탕은 생일선물로 휴대전화를 받았어. 처음 갖게 된 휴대전화였지. 나는 아빠한테 디카페인 커피를 내려드렸어. 몇 년 전부터 아빠는 진짜 커피를 마시지 않으셨는데, 의사가 고혈압 때문에 카페인을 섭취하지 말라고 했거든. 우리는 테라스에 앉았고, 아빠는 담배를 피우셨어. 담배만큼은 의사도 못 말렸지. 아빠는 나에게 말할 주제들을 적어둔 포스트잇을 꺼냈고, 우리는 봄 햇살 아래서 두 시간 동안 이야기를 나눴어. 바로 그때 트리스탕이 사진을 찍었어. 새 휴대전화의 다양한 설정을 시험해보던 중이었거든. 그 애가 우리 주변을 맴돌며 사진을 찍던 모습이 아직도 선명해. 그래서 이 사진을 보면 마음이 흔들려. 아빠가 나를 바라보고 있잖아. 눈빛에 뭔가가 있어. 부모가 자식을 바라볼 때만 나오는 그 눈빛 말야. 다정함, 연약함, 동시에 깊은 강인함이 보이지. 사랑이 눈에 보인다면 바로 저런 눈빛일 거라는 생각이 들어."

뱅상은 미지근한 물을 한 모금 마셨다.

"언젠가 내 딸들도 네가 아버지 이야기를 하는 것처럼 나에 대해 말해줬으면 좋겠다."

"부모님 두 분 다 살아계셔?"

"응."

엘사의 긴 이야기가 끝나자 뱅상은 다급히 부모님이 보고 싶어졌다. 타인의 불행은 때때로 이렇게 순간적인 힘을 발휘하는 법이다.

"이렇게 힘들 줄 몰랐어. 이건 거의 신체적인 고통에 가까워. 가슴 한가운데에 커다란 구멍이 뚫린 것 같고, 바로 그 구멍이 나를 집어삼킬 것만 같아. 이 감정을 진정으로 이해할 수 있는 건 사랑하는 사람을 잃어본 사람뿐일 거야."

엘사는 말을 듣지 않는 눈물을 손가락 끝으로 닦아냈다. 뱅상은 어색하게 그녀의 어깨를 토닥였다.

"나도 알아. 정말로."

엘사가 의아한 눈빛으로 그를 바라보았다.

뱅상은 대답 대신 물을 한 모금 더 마셨고, 힘겹게 삼켰다.

44

둘은 소파의 양 끝에 앉아 있었다. 엘사는 두 다리를 끌어안고 있었고, 뱅상은 한 손에 머리를 기대고 있었다. 엘사는 텔레비전을 켰다. 마치 텔레비전 소리가 침묵을 메우고, 갈 곳 잃은 시선을 어디에라도 두게 해줄 손님이라는 듯이.

처음엔 조심스러움 때문인지 어색함이 감돌았다. 뱅상은 낯선 사람과 엘리베이터를 탈 때와 같은 불편함을 느끼고 있었다. 엘사는 몸을 가만두지 못했다. 테이블 아래 잡지를 정리하고, 보이지도 않는 얼룩을 지우고, 쿠션을 툭툭 쳐서 다시 부풀렸다.

그 분위기가 오래가지는 않았다. 텔레비전도, 쿠션도, 보이지 않는 얼룩도 금세 잊혔고, 가벼움과 쓸쓸함이 뒤섞인 분위기 속에서 대화가 흐르기 시작했다. 쉬르야와 소카가 자신들의 자리에서 두 사람의 끊이지 않는 대화를 지켜보았다. 서로가 서로의 말을 들으며 평가도, 끼어들기도, 무엇보다 그 어떤 기대도 없는, 그야말로 완벽한 경청이었다. 본능적이고 순수한 경청.

두 사람은 서로의 다른 점을 발견했고, 때로는 의견이 엇갈리기도 했다. 하지만 같은 열정에 사로잡혔고, 같은 불꽃에 타올랐으며, 같은 고민에 잠 못 이뤘다는 점에서 서로가 비슷한 사람임을 직감했다. 둔탁하게 쾅, 하는 소리에 뱅상이 깜짝 놀랐다.

"덧창 때문이야." 엘사가 뱅상을 안심시켰다.

뱅상은 이런 소리에 화들짝 놀라는 사람이 아니었다. 그의 기억 속에는 영하 20도의 추위 속에서 혼자 캐나다를 여행하려고 차를 빌렸던 젊은 남자 한 명이 살고 있다. 눈보라를 뚫고, 외딴 유스호스텔에서 잠을 청하고, 사람보다 순록이 더 많은 지역을 가로지르던 사람. 뱅상은 그것이 마치 다른 사람의 인생인 양 떠올렸다. 그때는 삶이란 한 번의 돌풍에도 쉽게 무너지는 카드로 지은 집과 같다는 것을 몰랐다.

또 다른 소리가 뱅상의 생각을 멎게 했다. 낮고 깊은 울림이었다.

"아, 드디어 폭풍이 치는구나." 엘사가 말했다.

"내 배꼽시계야." 뱅상이 웃으며 말했다. "아침부터 아무것도 못 먹었어. 원래 상담 끝나고 집에 가서 먹으려고 했거든."

"미안해. 시간이 이렇게 늦은 줄도 몰랐네!"

밤이 서서히 깊어가고 있었다. 하늘이 너무 낮아 하루 종일 해가 뜨지 않은 것처럼 보였다. 엘사가 자리에서 일어나 찬장을 열었다.

"운이 좋네. 나도 우리 아들만큼 요리를 잘하거든. 내 주특기 메뉴를 보여줄게. 황금 리본과 그 위를 흐르는 거품소스야."

"괜히 귀찮게 그럴 필요 없어. 그냥 파스타면 돼!"

엘사가 조리대 위에 스파게티 한 봉지와 에멘탈 슈레드 치즈 한 봉지를 올려놓았다.

"파스타. 바로 그거야."

"아하! 케첩까지 있다면 더 바랄 게 없겠네."

엘사는 냉장고를 열고 빨간 병을 꺼내 흔들었다.

"알랭 뒤카스[25]는 저리 가라지."

갑자기 탁, 하는 소리와 기계음이 들리더니 곧이어 침묵과 어둠이 찾아왔다. 두 사람은 전기가 다시 들어오길 바라며 잠시 기다렸지만 헛된 기대였다.

"젠장. 또야?" 엘사가 중얼거렸다.

"그러게 말이야."

"창고에 초가 있어. 잠깐만. 내가 가져올게."

"같이 가자." 뱅상이 따라나섰다.

"괜찮아. 어둠이 무섭진 않거든."

"아, 네가 걱정돼서 그러는 건 아니야."

---

25) Alain Ducasse. 프랑스의 유명한 셰프이자 요리 연구가.

둘은 식빵에 케첩을 발라 먹고, 맛이 조금 변한 와인을 마셨다. 아이들과 읽고 있는 책, 엘사의 일, 자신들의 어린 시절과 친구들, 흘러가는 시간과 90년대, 쇼메 박사, 지연된 기차, 그리고 세상에 대한 이야기를 나눴다. 어둠이 속마음을 털어놓는 걸 부추겼고, 그들은 흔들리는 촛불 아래서 한 겹씩 자신을 드러내 보였다.

촛농이 녹아내렸다.

시간도 녹아내렸다.

저녁이 밤이 되었다.

전기가 돌아왔을 때는 새벽 3시 10분이었다. 거친 조명이 깊은 대화로부터 그들을 건져 올렸다. 엘사는 시간을 보고 깜짝 놀라 소리를 질렀다. 뱅상이 식탁을 치우려고 했지만 엘사가 막아섰다.

"내가 내일 치울게. 내 방을 쓰도록 해."

뱅상은 소파에서 자겠다고 단호히 말했다. 엘사도 더 이상 고집 부리지 않았다. 그녀는 뱅상을 좋아했지만 매트리스를 훨씬 더 좋아했다. 엘사는 이를 닦지도 옷을 갈아입지도 않고 몇 초 만에 잠들었다. 뱅상은 동이 틀 무렵이 되어서야 잠들었다. 그건 그가 믿고 싶어 하는 것과 달리, 단순히 쉬르야와 소카의 커다란 머리 때문만은 아니었다.

45

뱅상은 코를 기차 창문에 바짝 대고, 며칠 전 지나간 태풍이 남긴 흔적을 바라보았다. 숲은 엉망진창이 되었고, 나무들은 거대한 미카도 게임[26] 막대기처럼 뒤엉킨 채 쓰러져 있었다. 소나무들은 뿌리가 뽑힌 채 땅에 누워 있었고, 많은 참나무들의 꼭대기가 잘려 나간 상태였다. 하지만 그는 그 광경에 크게 마음을 두지 않았다.

이번이 처음이었다. 쇼메 박사와의 상담 예약을 취소할 생각을 하지 않은 건. 심지어 그 시간을 기다리고 있는 자신을 발견하고는 놀랐다. 뱅상은 엘사가 아들의 소식을 들었는지, 나뭇가지 때문에 망가진 울타리는 고쳤는지 궁금했다. 하지만 무엇보다도 엘사 역시 이번 예약을 기다렸는지가 궁금했다.

뱅상은 제일 먼저 기차에서 내렸다. 그리고 엘사의 집을 힐끗 바라보았다. 집 앞에 차는 없었다. 뱅상은 길을 따라 올라가서 계단을 또 오르고, 초인종을 누르고, 손으로 머리를 쓸어 넘긴 후에 문을 열었다.

대기실은 텅 비어 있었다. 뱅상은 늘 앉던 자리, 진료실 입구와 수직을 이루는 그 의자에 앉았다. '쇼메 선생님이 이번엔 제 시간에 오신 모양이네.'라고 생각했다. 벽 너머에서 목소리가 들려왔다.

뱅상 재킷 주머니에서 작은 수첩과 펜을 꺼내 글을 쓰기 시작했다. 문이 열리자 목소리가 더욱 또렷하게 들렸다. 그리고 그의 실망도 선명해졌다. 쇼메 박사는 환자를 배웅한 뒤 뱅상을 불렀다.

46. 뱅상

다시 글을 쓰기 시작했습니다. 언제나 그렇듯, 갑자기요. 당연한 일

---
26) 대나무 막대기를 사용한 보드게임.

이죠.

몇 년 동안 맴돌기만 하며 제대로 다룰 엄두를 내지 못했던 주제인데, 이제는 때가 된 거예요.

이야기해드릴까요?

…

한 소년과 한 소녀. 그들은 1996년, 열일곱 살의 여름에 만납니다. 소년은 다소 내성적이고, 책과 음악, 비디오 게임에 푹 빠져 있습니다. 친구들 무리가 있고, 이따금씩 그들과 어울려 다니며, 담배를 피우고, 대마도 맛보죠. 맥주의 짜릿한 취기를 알아가는 중이고요. 소년은 긴 머리를 하고, 너바나 티셔츠를 입고, 닥터마틴 부츠를 신으며 센 척하지만, 밤이면 소녀를 생각하며 몰래 방 안에서 노트를 채웁니다.

소녀는 바칼로레아를 망쳤지만 전혀 개의치 않았어요. 소녀는 부모님과 어른들까지 누구든 웃게 만드는 유쾌한 사람입니다. 코에 피어싱을 하고 있는데, 담배 피우는 사람, 술 마시는 사람, 길에 쓰레기를 버리는 사람들을 일일이 나무라죠. 소녀는 웃을 때조차 슬픈 눈을 갖고 있습니다. 오빠가 두 명 있지만 아빠는 없어요. 소녀는 절대 사랑에 빠지지 않을 거라고 말합니다. 기타를 치면서 노래를 부르기도 하고요. 음정은 안 맞지만 소년은 그조차도 아름답다고 생각합니다.

그 소녀가 처음으로 소년의 심장을 요동치게 합니다.

첫 입맞춤은 마치 계시와도 같았습니다.

그들은 손을 맞잡고 삶으로 뛰어듭니다. 기쁨, 설렘, 마음의 동요, 결핍, 두려움, 욕망을 알아가면서요.

소년은 직업 전문 과정 학위를 시작했고, 소녀는 고등학교 졸업반을 다시 다닙니다.

1년이 지나고, 그들은 서로의 집에서 번갈아가며 생활합니다. 부모들은 좋은 성적을 유지한다는 조건으로 허락했고요. 소녀는 소년을 위해 노래를 만들고, 소년은 소녀를 위해 시를 씁니다. 그들은 언제나 서로를 마주 보며 잠에 듭니다.

…

대수롭지 않아 보이기도 하지만, 오직 사랑하는 사람과만 할 수 있는 일입니다. 소년은 소녀가 잠드는 모습을 바라보며 자신이 얼마나 운이 좋은지 실감합니다. 소녀는 소년이 깨어나는 모습을 바라보며, 자신이 얼마나 운이 좋은지 실감하죠. 부모들은 자신들의 눈에는 피할 수 없는 것처럼 보이는 추락에 대비하려 합니다. 젊은 시절의 첫사랑은 원래 끝나는 법이라고 생각하니까요. 두 사람은 그들이 뭐라고 하든 그냥 웃어넘깁니다. 어른들이 뭘 알겠어요?

소녀는 마침내 바칼로레아에 합격했지만 가만히 있을 수가 없었습니다. 배낭을 메고 넓은 세상을 여행하는 꿈을 꿉니다. 하지만 소년이 없이는 떠나고 싶지 않았죠. 하지만 소년은 학업을 마쳐야 했고, 소녀를 기다리겠다고 약속합니다. 두 사람은 편지를 주고받기로 합니다. 그녀가 자신 때문에 시들어가는 걸 원치 않으니까요. 시간은 많고, 삶은 광활하며, 그들의 사랑은 거대합니다. 소녀는 매주 소년에게 편지를 씁니다. 전화할 수 있을 때마다 전화를 하고요. 콜롬비아, 에콰도르, 볼리비아, 칠레, 페루, 어디에서든지요. 소년은 전보다 더 자주 나가서 조금은 지나치게 놀아요. 그러다 다른 여자를 만나게 됩니다. 소년은 곧바로 후회하고 소녀에게 말할지 망설입니다. 소녀가 돌아올 때까지 기다리기로 합니다. 어쩌면 소녀도 다른 사람의 품에서 공허함을 달랬을지도 모르니까요.

소녀가 돌아옵니다. 세상에. 너무나 아름답습니다. 현기증이 날 정도로요. 두 사람은 숨이 막힐 정도로 서로를 꼭 껴안습니다. 그리고 소녀는 알아차립니다. 직감적으로요. 소년이 털어놓습니다.

소녀에게는 다른 품 같은 건 없었습니다.

"이건 절대 용서할 수 없는 일이야. 너도 알고 있었잖아."

소녀는 자신의 물건을 챙기고, 소년의 물건을 되돌려줍니다. 소년이 쓴 시를 태우고, 소년의 마음을 갈기갈기 찢어놓습니다.

1년이 흘렀습니다. 그는 직업 전문 과정 학위를 마치지 못했고, 몇 달간 해외로 떠납니다. 돌아와서는 그를 흥분시키지는 않지만, 월세 정도 낼 만큼은 버는 일을 합니다. 그는 기차역 근처에 원룸 하나를 얻습니다. 어느 날 저녁, 우연히 빅투아르 광장에서 그녀를 마주칩니다. 그녀는 다른 남자와 함께 있었지만 결국 함께 집으로 돌아가는 사람은 그입니다. 두 사람은 밤새도록 서로가 없던 시간과 삶에 대해 이야기합니다. 부재, 후회, 어색한 웃음, 다른 사람의 살결로 잊어보려고 했던 노력, 끝내 걸지 못했던 전화, 눈물에 젖은 베개, 노래와 시.

아침이 밝아오고, 용서가 내려앉습니다. 세상은 계속 돌아가고, 두 사람은 다시 마주 보며 잠들어요.

두 사람은 함께 살 집을 보러 다닙니다. 마침내 햇빛이 잘 들고, 글을 쓰고 기타를 연주할 수 있는 작업실이 있는 집을 하나 구합니다. 친구들이 와서 머무를 수도 있는 곳이지요. 그녀가 말합니다. "행복이란 이런 거지. 너와 함께 사는 집. 친구들을 위한 방 하나."

그들은 전보다 더 깊이 서로를 사랑합니다. 서로의 부재가 무엇인지 아는 이들의 방식으로요.

둘은 고양이를 한 마리를 들입니다. 낮에는 자고, 밤에는 시끄럽게 우는 고양이죠. "육아 연습하는 것 같네." 그가 말합니다. "나랑 결혼하고 싶어?" 그녀가 묻습니다.

두 사람은 아주 가까운 사람들만 초대해 작은 결혼식을 올립니다. 음악이 흐르고, 기쁨이 넘치고, 사랑이 가득한 결혼식이었습니다. 결혼반지 안쪽에는 'Nothing Else Matters'라는 문구를 새겼습니다. 둘은 닥터마틴 부츠를 신었고, 그녀는 여전히 노래할 때 음정을 잘 맞추지 못하지만 그럼에도 결국 모두가 그 노래에 눈물을 흘립니다.

그녀는 미디어 도서관에 정규직 자리를 얻었습니다. 집에서 자전거로 5분 거리였어요. 그들은 친구들을 초대해 축하 파티를 열기로 합니다. 그는 장을 보러 가서 라클렛 치즈와 햄과 소시지를 사왔어요. 바깥은 20도였지만, 맛있는 음식에 계절이 따로 있는 건 아니니까요.[27] 그녀는 퇴근길에 디저트를 사오기로 합니다. "가볍게 사갈게. 라클렛 먹고 나면 아마 배가 터질 테니까." 이게 그녀가 그에게 남긴 마지막 문장입니다.

그녀의 자전거는 사고 현장에서 10미터 떨어진 곳에서 발견되었습니다. 운전자는 그녀를 보지 못했다고 진술했고요. 자전거 짐받이에는 체리 초콜릿 케이크가 놓여 있었습니다.

...

이게 다예요, 선생님. 이 이야기는 막 시작된 평생의 사랑을 잃어버린 남자의 이야기입니다. 그 이후로 모든 관계를 망쳐왔고, 8개월 동안 상담을 받으면서도 이제서야 의사에게 이야기하는 남자 말이에요. 차라리 소설인 척하는 게 훨씬 쉬운 것 같아요.

---

27) Raclette. 프랑스에서 주로 겨울에 먹는 요리.

뱅상은 무언가를 잊어버린 것 같은 흐릿한 기분을 안고 기차역으로 돌아갔다. 주머니를 뒤졌다. 노트는 제자리에 있었고, 펜, 열쇠, 카드, 휴대전화까지 모두 그대로였다.

뱅상이 기차에 뛰어 오르자마자 문이 닫혔다. 쇼메 박사는 그를 평소보다 오래 붙잡아두었다. 심지어 직접 입을 열기까지 했다. 그의 질문은 구체적이었고, 마르고가 세상을 떠난 직후 몇 시간과 며칠 동안의 상황에 초점을 맞추고 있었다. 뱅상은 결국 이 단어를 내뱉어야 했다. 마르고의 죽음. 견고했던 벽이 무너졌다. 그러자 무거운 짐을 내려놓은 사람과 그 짐을 정리하는 것이 임무인 사람 사이의 대화가 오가기 시작했다.

무거운 짐. 뱅상이 두고 오기로 한 것이 바로 이것이었다.

뱅상은 휴대전화를 꺼내 엘사의 번호를 찾았다. 며칠 전 아침, 그가 엘사의 집을 떠날 때, 엘사가 "혹시 모르니까."라며 건넸던 번호였다. 뱅상은 엘사의 소식을 묻고 싶은 마음이 '혹시 모를 경우'에 해당하는지 고민했고, 그렇다고 생각하기로 했다.

안녕, 엘사.
너희 집 울타리는 잘 있길 바라. 너도 잘 지내고 있길 바라고.
보고 싶다. 다음에 보자.
뱅상.

뱅상은 문자를 몇 번이나 읽었다. 문장을 더했다가 지웠고, 보고 싶다는 말을 다음에 보자는 말로 바꿨다. 그래도 작가인데 말 한마디도 제대로 못 하는 건 좀 우스운 일이라고 생각하며 결국 문자를 보냈다.

뱅상은 뒤늦게 깨달았다. 그가 최종적으로 보낸 인사가 "보고 싶다. 다음에 보자." 둘 다라는 것을. 답장은 오지 않았다.

48

엘사의 배에서 꼬르륵 소리가 났다. 점심을 먹을 시간이 없었다. 특히 힘든 상황을 겪고 있던 한 고객 때문에 제시간에 퇴근하지도 못했다. 퇴근길 내내 그 고객을 생각했다. 갑자기 뒤바뀐 인생과 앞으로 닥칠 롤러코스터 같은 날들에 대해.

상담이 끝나면 빵집에서 샌드위치를 사 먹을 생각이었다.

엘사는 휴대전화를 확인하고 문자를 읽은 뒤 다시 가방에 넣었다.

쇼메 박사가 엘사를 불렀다. 그녀는 자리에서 일어나 창밖을 한 번 바라보고는 텅 빈 대기실을 나섰다.

49. 엘사

안녕하세요, 선생님. 예약 시간을 변경해주셔서 감사해요.

제가 방심했던 것 같아요.

...

정말 오랜만에 좋은 저녁을 보냈어요.

애도라는 거요, 참 이상해요. 미지의 땅 같거든요.

사실 저는 늘 머릿속으로 사랑하는 사람들의 죽음을 상상해왔어요. 언젠가 반드시 닥칠 순간을 미리 연습이라도 하듯이요. 완전히 무너져 내려 바닥에 주저앉아서는 눈물에 휩쓸린 채 말 한마디도 제대로 못하는 그런 모습을 상상했어요.

하지만 현실은 꽤나 다르더군요. 저는 말도 할 수 있었고, 그럭저럭 버티며 서 있을 수도 있었고, 다시 일을 시작했고, 사람들도 만나고, 어떤 순간을 즐기기도 해요. 더 끔찍한 건 제가 웃기까지 한다는 거예요. 처음 웃음이 터졌을 때는 심지어 너무 자연스러웠어요. 제가 슬프다는 걸 잠시 잊었던 그 틈 사이로 새어 나온 것이었거든요. 그걸 좋게 생각하진 않았어요. 마치 스스로에게 배신당한 기분이었죠. 자책골을 넣어버린 느낌이었어요. 이제 슬픔 속에서 살아야 하는데 순간 감히 그걸 잊었다는 사실에 죄책감이 들었어요. 아마도 뇌가 우리를 보호하는 방식일지도 모르겠어요. 가끔씩이라도 부재를 잊지 않는다면, 누구도 사랑하는 사람의 죽음을 견딜 수 없을 테니까요. 요즘엔 몇 시간 정도는 아빠를 떠올리지 않고 지낼 수 있어요. 그 시간 동안에는 세상이 전과 다를 바 없어요. 누군가 없다는 느낌도 들지 않아요.

이런 생각도 몇 번 했어요. 내 예상보다는 좀 더 쉬운 것 같은데, 아마 나는 생각보다 더 강한 사람일 수도 있겠다, 나는 인생의 불가피한 시련에 짓눌려 파묻힐 만큼 약한 사람은 아닐지도 모른다고요.

하하하. 참 순진했죠.

잠깐만 방심해도, 다른 곳을 바라보기만 해도 아빠의 모습이 눈꺼풀 뒤로 떠오르고, 아빠의 목소리가 들려오는 것 같아요. 그리고 그 순간 현실이 저를 무자비하게 후려치죠. 그럴 때면 매번 아빠의 죽음을 처음 듣는 것만 같아요. 지난 다섯 달 동안 저는 아빠가 돌아가셨다는 사실을 1,000번쯤 다시 깨달은 것 같아요.

...

즐거운 저녁을 보내고 나서 갑자기 찾아온 충격이 저를 완전히 무너뜨렸어요.

그날 저는 한 남자와 함께였어요. 혹시 선생님도 그 사람을… 아니, 별로 중요한 건 아니에요. 그 사람은 태풍 때문에 갑자기 저희 집에 들이닥쳤거든요. 그에게 뭔가가 있어요. 뭐라고 해야 할지 모르겠지만 그 사람과 있으면 편안해요. 우리는 많은 이야기를 나눴어요. 자연스러웠죠. 심지어 침묵조차도 어색하지 않았어요.

그렇지만 저는 아직 준비가 안 됐어요. 제 상처를 어루만지며 시간이 그 상처들을 아물게 하도록 둬야 하거든요.

이제 여기 오는 것도 그만해야 할 것 같아요.

선생님께 감사 인사를 드리려고 왔어요. 그리고 작별 인사도요.

50. 3년 후, 엘사

아빠.

그리움에 목이 메서 깼어요.

물을 마시고, 커피를 마시고, 식빵을 동그랗게 말아 삼켜봤지만 여전히 그리움이 목에 걸려 있어요. 목구멍 한가운데에 박힌 채 숨 쉴 때마다 날카롭게 찔러와요.

그 강렬함은 그대로예요. 처음과 똑같이 견딜 수도 없고, 가늠할 수도 없어요. 부재에 익숙해지는 일은 없어요. 그저 견디고 감내할 뿐이죠. 그렇다고 제가 달리 할 수 있는 일이 있나요? 이건 용기의 문제가 아니에요. 차라리 체념인 거죠. 아니면 항복이거나요.

시간이 지난다고 덜 아픈 것은 아니에요. 다만 아픈 순간이 줄어들 뿐이죠. 그럼에도 유독 더 힘든 날들이 있어요. 예전엔 8일에 아무런 감정이 없었어요. 매달 8일을 보내면서도 그 날짜에 별다른 의미를 두지 않고 그냥 흘려보냈죠. 언제 어떤 숫자가 삶이라는 수레바퀴를 멈추게 할지 모르고 사니까요. 그런데 아빠가 떠난 후로는 8일이 다가오는 걸 경계하고 두려워해요. 그 숫자는 아빠의 부재라는 얼굴을 하고 있으니까요. 정신보다도 몸이 먼저 그날을 알아차려요. 몸은 더 무거워지고, 속살이 벗겨진 것처럼 쓰라려요. 그리고 마치 어제처럼 모든 장면이 떠올라요. 울리던 전화벨과 달려갔던 복도와 문 뒤의 모든 것들이요.

아빠를 보러 갈 무덤이 없는 거요. 그게 오히려 아빠한테 고마워요. 덕분에 아빠를 자주 찾아가지 못한다는 죄책감을 덜 수 있거든요. 묘지가 없어도 괜찮아요. 어차피 묘지는 제 일과 너무 연관되어 있잖아요. 수르드강이 나한텐 더 잘맞아요. 강물이 졸졸 흐르는 소리와 부드럽게 일렁이는 물결이 좋거든요. 끊임없이 흐르는 강물은 단단한 땅보다 더 많은 추억을 실어 나르죠. 나는 자주 물레방아 근처 작은 다리에 가요. 아빠가 소카를 데리고 가던 그곳이요. 그곳의 빛은 여전히 아름다워요. 소카도 여전히 돌을 물가까지 굴려놓고는 다시 건져 오고요. 지나가는 사람들은 그걸 보며 감탄해요. 아마 아빠가 봤다면 자랑스러워했겠죠. 소카도 아빠를 그리워해요. 어제는 아빠 영상을 보고 있었는데 소카가 와서 허벅지에 머리를 기대더라고요. 아마 아빠가 돌아오길 기다렸던 것 같아요.

이제 저한테 남은 건 몇 군데 희미하게 남은 건선 자국뿐이에요. 그것도 점점 더 옅어지고 있어요. 이제는 아빠가 떠난 흔적도 거의 남지 않았고요. 며칠 전, 정원에서 늦게 핀 장미 꽃봉오리를 발견했을 때는 뱃속에서 뭔가 꿈틀했어요. 사라졌다고 생각했던 그 감각이 다시 올라온 거예요. 내년 봄에는 꽃을 심을 거예요. 아주 많이요. 나무도요. 제가 사랑하는 모든 사람들에게 나무를 한 종류씩 골라달라고 했어요. 트리스탕은 〈이웃집 토토로〉를 떠올리며 일본 벚나무를, 엄마는 가을에 아름다운 풍나무를, 클레망은 미모사를 선택했어요. 아빠를 위해서는 이미 3년 전에 칠레산 아라우카리아를 심어뒀어요. 가끔 메르시에 씨 집 앞을 지날 때마다 아빠는 그 거대한 아라우카리아를 보며 감탄했었잖아요. 아빠는 그 나무의 위엄이나 높이뿐만 아니라 그 나무의 별명을 특히 좋아했었잖아요. '원숭이의 절망'이요. 가지에 돋친 가시 때문에 원숭이들이 매달릴 수 없어서 생긴 그 별명 말이에요. 지금 그 나무는 트리스탕이 탔던 낡은 미끄럼틀 옆에서 천천히 자라고 있어요. 다른 나무들을 심을 수 있도록 봄이 오길 기다리고 있어요. 이제는 살아 있는 것들로 제 주변을 채울 때가 된 것 같아요. 아빠, 제가 삶의 의욕을 되찾은 걸 아빠가 안다면 아빠도 기쁘겠죠? 이게 흰 국화보다는 훨씬 아름다우니까요.

뱅상은 삼촌을 좋아하지 않았다. 그렇다고 미워한 것도 아니었다. 그 감정은 중간 어디쯤, 무관심과 냉담함에 가까웠다. 그는 삼촌을 거의 알지 못했다. 삼촌은 오랫동안 멀리 떨어져 살았고, 가족들은 그를 '멀리 사는 사람'이라고 정의했다. 삼촌은 은퇴한 후에야 누나, 그러니까 뱅상의 어머니와 가까워졌다. 그의 자식들과 전부인은 더 이상 그와 연락하지 않았다. 삼촌은 세스타스에 자리를 잡았고, 드넓은 정원에 둘러싸인 전형적인 집에 살았다. 그는 자기 땅에서 불법으로 작은 사냥감들을 사냥하고, 요리하고, 텃밭을 가꾸고, 책을 읽으면서 시간을 보냈다. 어렸을 때 뱅상은 삼촌의 카리스마에 놀라 그가 한 번 쳐다만 봐도 어깨를 다시 바로 폈다. 하지만 삼촌은 최근 몇 년간 가끔 마주칠 때마다 전과는 다른 인상을 남겼다. 그는 화를 잘 내고 신경질적이며, 절망적일 정도로 외롭고, 오직 자기 의견만 고집하는 사람이 되어 있었다. 삼촌의 죽음이 뱅상에게 영향을 미쳤던 이유는 오직 하나, 그것이 어머니에게 영향을 미쳤다는 것뿐이다.

뱅상은 고객 전용 주차장 한편에 차를 세웠다.

"문 열었을까요? 아직 2시가 안 됐는데 말이에요."

"불이 켜져 있는 걸 보니 열었을 거다. 좀 더 제대로 주차하는 게 낫겠어. 차가 살짝 튀어나와 있잖니." 모니크가 대답했다.

뱅상은 여기 오고 싶지 않았다. 그가 여기 온 것은 오직 어머니를 돕기 위함이었다. 최근에 장례업체에 들렀던 것이 그에게 힘든 기억으로 남아 있었다.

휴게실에서 디저트를 먹고 있던 중, 엘사는 출입문 종이 울리는 소리를 들었다. 그녀는 속으로 동료 조엘을 탓했다. 그가 또다시 문을 제대로 닫지 않고 나가버린 것일 테니 말이다. 엘사는 입가를 닦고, 손가락에 남아 있던 초콜릿을 쪽쪽 빨고, 물을 한 모금 마신 뒤에 사무실로 향했다.

나이 든 여성과 함께 온 한 남자가 등을 돌린 채 묘비를 바라보고 있었다. 엘사는 그 남자의 어깨를 알아보았다. 마치 자기 것이 아닌 듯 움츠린 어깨였다.

"안녕하세요." 엘사가 인사했다.

뱅상은 엘사의 목소리를 알아차렸다. 마치 목소리를 꼭 붙들고 있다는 듯이, 스스로에게만 들리게 하는 그런 목소리였다. 그 순간, 뱅상의 가슴 속에서 시간이 멈춰버렸다.

지롱드 지역에는 수십, 어쩌면 수백 개의 장례업체가 있다. 삶이든, 우연이든, 내비게이션이든, 그 빌어먹을 원인이 무엇이든지 간에 결국 그를 이리로 이끈 것이다. 셀 수 없이 많은 장례업체 중에서 바로 그녀가 일하는 곳으로 말이다.

3년 전, 엘사는 증발한 것처럼 사라져버렸다. 처음에 뱅상은 그녀가 진료 대기실에 있기를 바랐고, 그다음엔 거리에서라도 우연히 마주칠 수 있길 바랐다. 괜히 길을 빙 돌아서 간 적도 있었다. 아무렇지 않은 척 서성거리며 정원에 있는 엘사를 발견하는 순간을 상상하면서. 그러다 뱅상은 걱정하기 시작했고, 엘사에게 다시 문자를 보냈다. 잘 지내는지만 알려달라고. 엘사의 답장은 "잘 지내. 미안해."뿐이었다. 뱅상은 거기서 멈췄다.

뱅상은 고개를 살짝 끄덕이며 인사했다. 엘사는 어색해 보였고, 뱅상의 시선을 피했다. 엘사는 둘을 자리에 앉도록 안내했고 모니크가 앉으며 말을 꺼냈다. 그녀는 동생의 이름을 한 글자씩 말하며 무너져 내렸다. 뱅상이 어머니의 손을 잡았다.

"제 아들이에요. 남편이 같이 올 수 없었거든요." 모니크가 엘사에게 말했다.

엘사는 고개를 끄덕이며 뱅상을 바라보았다. 둘은 미소를 지었고, 그 미소가 지난 3년의 침묵을 지웠다.

엘사는 달라져 있었다. 머리는 더 길었고 아마도 색이 더 밝아진 듯했다. 머리카락이 그녀의 어깨 위로 흘러 내리고 있었다. 그녀가 미소를 지으면 눈가에 햇살 같은 빛이 퍼졌다. 갑자기 뱅상에게 태풍, 제프 버클리, 촛불, 커다란 강아지 두 마리가 떠올랐다. 이따금씩 떠올리곤 했지만, 그게 정말 있었던 일인지조차 의심했던 그 몇몇 순간들 말이다. 그녀의 방문 앞에서 잘 자라고 인사하려던, 시간이 멈춘 듯했던 그 순간, 길게 이어지던 눈맞춤, 그들을 감돌던 침묵, 얼굴 위로 느껴지던 그녀의 숨결, 점점 빨라지던 심장박동까지. 그러다 갑자기 소파를 선택한 건 뱅상이었고, 엘사는 조용히 방으로 사라져버렸다.

뱅상은 어머니가 관을 고르는 것을 돕는 엘사의 모습을 지켜보았다. 그녀는 자신의 일에 아주 능숙했고, 확신에 차 있었으며, 이 자리에 꼭 맞는 사람처럼 보였다. 엘사는 조용하면서도 필요한 말은 정확히 하는 미묘한 균형을 잘 유지하고 있었다.

"참나무 관이 괜찮아 보이는데, 똥강아지 넌 어떻게 생각하니?"

당황한 뱅상은 그 질문이 자신을 향한 것이 아니란 듯이 여러 가지 관 내부 장식을 유심히 바라보았다. 방에는 세 사람밖에 없었으므로, 그 애정 어린 별명이 장례지도사를 가리킨 것이 아니란 것은 분명했다. 뱅상은 지난 3년 사이 엘사의 귀가 먹었길 바라는 수밖에 없었다.

"어떻게 생각하세요?" 엘사가 뱅상에게 물었다. 그녀가 웃고 있던 것을 보면 그녀의 청력에는 문제가 없는 게 확실했다.

"안타깝게도 제가 관에 쓰이는 나무에 대해선 잘 모릅니다." 뱅상이 대답했다.

엘사는 모니크를 향해 돌아서서 말했다.

"조심스럽게 말씀드리자면 참나무는 단단한 목재라 매장에 더 적합합니다. 화장을 하실 거라면 소나무나 포플러 나무처럼 부드러운 목재를 추천드려요."

삼촌은 세상에 자신에 관한 어떤 흔적도 남기지 않기를 원했다. 마찬가지로 삼촌은 비겁하게 자신을 버린 배은망덕한 자식들에게 어떠한 유산도 남기지 않도록 정리해두었다. 아이들이 헛된 기대를 품지 않도록 하려면 어릴 때부터 차가운 말과 거친 현실을 견디는 법을 가르쳐야 한다고 믿었기 때문이다. 뱅상은 삼촌이 전나무든 대나무든 어떤 목재의 관에 들어가든 아무런 상관도 없었다.

모니크는 포플러나무 관을 선택했다. 소나무로 된 관이 훨씬 저렴했기 때문에 몸에 밴 절약 습관으로 반사적으로 소나무 관을 고르려 했지만, 모니크는 죽은 동생의 영혼이 자신을 이기적인 누나로 볼까 봐 걱정됐다.

상담이 진행되는 동안 엘사의 여러 동료들이 사무실로 돌아왔다. 모두가 이 두 고객에게 공손히 인사했다.

장례식 날짜는 다음주 금요일로 정해졌다. 오전 9시 30분에 입관실에서 시신을 관에 넣은 후, 10시 30분부터 화장이 진행될 예정이었다.

"이상적인 건 고인께서 입길 바라시는 옷을 저희가 내일까지 받는 거예요." 엘사가 그들을 배웅하며 설명했다.

"제가 동생 집에 가서 직접 골라서 오후에 갖다드릴게요." 모니크가 떨리는 목소리로 대답했다.

출입문이 닫히자 종이 울렸다. 엘사는 뱅상이 자동차 앞 유리에 비친 태양 빛 너머로 사라질 때까지 눈으로 그를 쫓았다. 그는 주차를 엉망으로 해놓았다.

크리스티앙이 엘사 옆에 바짝 다가왔다.

"너 저 사람이 누군지 알아?"

"응"

"대박! 나 가방에 저 사람 최신작도 있는데. 사인해달라고 말을 못했어. 그래도 그냥 부탁할 걸 그랬나?"

엘사는 그저 미소만 지었다. 동료가 그녀를 이상한 눈빛으로 쳐다보았다.

뱅상은 어머니를 삼촌 집에 데려다준 뒤에 어머니가 수십 벌의 정장 중에서 삼촌이 삶의 마지막 여행에서 입을 옷을 고르는 동안 곁에 있었다.

"파란색 넥타이가 괜찮겠지. 파란색 넥타이…." 어머니가 혼잣말처럼 중얼거렸다. "내 동생이 파란색을 꽤 좋아했지. 그게 우리 어렸을 때 그 애가 가장 좋아하던 색이거든."

어머니의 목소리가 떨렸다. 뱅상은 어머니를 꼭 안아주었고, 이내 그녀는 정신을 다잡았다. 감정보다는 신중함이 앞섰다. 그녀는 눈물 흘리지 않고 우는 사람이었다.

주차장으로 차가 들어올 때마다 엘사는 유리창 너머로 슬쩍 바라보았다. 차가 평소보다 많아 보였고, 더 시끄럽게 느껴졌다. 4시 47분, 그녀는 모니크의 차가 다른 두 대의 차 사이로 비집고 들어와 자리 잡는 것을 보았다. 엘사는 컴퓨터 화면에 열려 있던 창을 닫고, 손가락 사이로 셔츠의 칼라를 정리하며, 상황에 어울리지 않게 들뜬 기분을 억누르려 애썼다. 하지만 모니크가 혼자 온 것을 보니, 감정을 제어하는 일이 훨씬 쉬워졌다.

52

뱅상의 삼촌은 열 명 남짓한 사람들 곁에서 세상을 떠났다. 그중에는 삼촌의 자식들 중 가장 어리고, 가장 아버지를 덜 원망하는 베로니크와 다비드도 있었다. 뱅상은 오랫동안 생일이나 새해 인사 정도로만 겨우 몇 마디 나눴던 아이들을 다시 만나 기뻤다.

두 아이들은 자신의 어린 시절을 떠올렸다. 정원 한 구석에 있던 휘어진 나무 옆에서 하루 종일 놀았던 것, 크리스마스에 할머니 댁에 있던 철로 된 라디에이터에 부딪혀 이마가 찢어졌던 일, 벽난로 앞에서 보드게임을 하던 순간들. 뱅상은 장례식이야말로 슬픔과 기쁨이 이토록 잔인하게 뒤섞이는 유일한 장소라는 생각이 들었다. 떠나간 이를 애도하면서도, 살아 있는 사람들을 기리는 자리이기도 하니까.

엘사가 이 장례식에 올 이유는 하나도 없었다. 하지만 크리스티앙과 같이 갈 방법을 찾았고, 그녀도 딱히 반대하지 않았다. 오히려 엘사가 자신처럼 뱅상의 팬이라는 것을 알게 된 것이 반가웠다.

고인의 가족들은 길게 줄지어진 의자가 있는 넓은 공간 안으로 들어가 자리를 잡았다. 엘사, 크리스티앙, 피에로와 카데르는 한쪽 구석에서 손을 뒤로 한 채 조용히 기다렸다.

많은 사람들이 쳐다보고 있는 것은 아니었지만 그 모든 시선이 하나같이 자신들에게 쏠려 있는 것이 불편했다. 크리스티앙은 준비한 원고를 펼쳐 연단 뒤로 섰다.

"여러분, 우리는 오늘 자크 씨의 삶을 기리고, 그에게 마지막 인사를 전하기 위해 이 자리에 모였습니다. 그를 아는 모두는 그가 선하고 너그러운 사람이었다고 말합니다."

뱅상은 사촌이 눈을 굴리는 것을 곁눈질로 보았다. 추도문을 쓰기 위해 자크의 모습을 그려낸 사람은 모니크였다. 세월이 흐르면서 그가 까칠하고 이기적인 사람이 되었음에도, 그녀는 동생에 대한 깊은 애정을 여전히 간직하고 있었다. 모니크에게 그는 여전히 악몽을 피해 누나의 침대 속으로 기어들어오던 어린아이였고, 데이지 꽃다발을 건네주던 소년이었으며, 어설픈 흉내와 황당한 소리로 그녀를 웃게 하던 사춘기 청소년이었다. "아무것도 어린 시절 사랑했던 아이의 모습을 지울 순 없단다, 뱅상. 그 아이가 아무리 몹쓸 인간이 되더라도, 어릴 때 사랑했다면." 어머니는 언젠가 이런 얘기를 했었다.

뱅상은 자신의 딸들이 밉살스러운 사람이 되어버린 미래를 상상하며, 그때도 아이들을 지금처럼 사랑할 수 있을지, 어디까지가 그 한계일지, 사랑의 경계를 어디까지 확장할 수 있을지를 고민했다. 그는 범죄자의 부모들을 떠올렸다. 그들은 증거가 있음에도 자식의 무죄를 주장하며, 명백한 진실을 부정하면서까지 자식들을 계속 사랑하려 했다. 뱅상도 인정해야만 했다. 루나 조제핀이 언젠가 살인을 저지른다면 자신이 가장 먼저 시신 처리를 도울 사람이라는 것을.

뱅상은 어머니의 손을 잡았다. 그녀는 울음을 삼켰다.

크리스티앙은 계속해서 추도사를 읽어 내려갔다.

"…그는 30년 동안 의료 연구에 몸 바쳤으며, 시간 가는 줄 모르고 일했던 열정적인 사람이었습니다. 또한, 그는 스포츠를 사랑했으며, 특히 테니스와 자전거를 즐겼습니다. 매주 일요일 아침이면 아이들이 눈을 뜨기도 전에 수십 킬로미터를 달리곤 했죠…."

인간의 영혼이란 본래 거울 속에 비친 각도에 따라 성자가 될 수도, 쓰레기 같은 인간이 될 수도 있는 법이다. 크리스티앙의 부드러운 목소리에 고무된 뱅상은 삶의 복잡함을, 말 몇 마디가 얼마나 기억을 미화할 수 있는지를 생각했다. 그러다 장례식이 끝난 후 꼭 사야 할 건전지로 생각이 흘러갔다. 최근에 손목시계가 멈췄다. 미리 사둔 손목시계용 건전지가 있을 거라고 생각했지만, 당연하게도 그걸 찾아내지 못했다. 뱅상은 자신이 정말로 다 뒤져봤는지, 제대로 된 서랍을 열어본 게 맞는지를 생각하다가 갑자기 슬픔이 덮쳐왔다. 그 슬픔은 과거에서부터 쏟아져 내려와 그의 어깨 위에 쿵 하고 내리꽂혔다. 그 충격이 너무도 갑작스러워 뱅상은 잠시 동안 모두가 그 소리를 들었을 거라고 생각했다. 눈물이 핑 돌았다. 그의 시선은 하얀 관에 머물렀다가 그 뒤편의 커다란 창으로 옮겨갔다. 가느다란 흰색 격자무늬로 덮인, 벽 전체를 채울 만큼 거대한 통유리창이었다. 창밖으로는 나무들이 다닥다닥 줄지어 서 있었고, 붉게 물든 나뭇가지와 그 아래 깔린 이끼가 마치 침묵하는 구경꾼처럼 보였다. 그중에서도 유난히 나무 한 그루가 눈에 띄었다. 부채꼴 모양의 황금빛 잎사귀를 달고 하늘로 가지를 뻗은 나무였다. 뱅상은 눈물이 흐르도록 내버려두었다. 예전부터 이 황금빛 나무가 머릿속을 떠나지 않아 찾아본 적이 있었다. 그것은 은행나무였다. 2억 년이 넘도록 존재해온 종으로, 천 년을 사는 경우도 많으며, 히로시마에서도 살아남은 유일한 나무. 그 이후로 뱅상은 은행나무를 볼 때마다 그것이 어떤 징조라고 여겼다. 나무는 자라 더 두꺼워졌다. 뱅상도 마찬가지로 25년의 세월을 지나왔다. 이 나무는 그동안 얼마나 많은 눈물 젖은 시선을 받아왔을까? 몇 번이나 사람들에게 위안을 주었을까? 화장터에 도착했고, 뱅상은 이곳에 그를 덮쳐올 기억이 기다리고 있음을 알고 있었다. 하지만 마르고의 부재가 황금빛 나뭇잎 사이에서 이렇게 모습을 드러낼 줄은 상상도 못했다.

"마르탱 씨의 딸 베로니크가 아버지를 기리는 글을 낭독하겠습니다."

엘사는 피에로가 중얼거리는 소리를 들었다.

"크리스티앙이 실수했네. 마르탱이라고 했잖아."

"자크나 마르탱이나 그게 그거지." 카데르가 조용히 받아쳤다.

엘사가 그들을 매섭게 노려보았다. 카데르는 속으로 웃으며 '자크 마르탱'을 되뇌었다. 그건 장례식장에서 일하는 사람들이 빠르게 익히는 기술이었다. 얼굴이나 몸짓에서는 드러나지 않지만, 오직 눈 속 깊은 곳에서만 조용히 터지는 웃음 말이다.

베로니크는 감정 없는 목소리로 아버지를 향한 마지막 인사를 읽고 제자리로 돌아갔다. 크리스티앙이 다시 말을 이었다.

"이제 자크 씨가 특히 좋아했던 노래를 듣겠습니다. 그와 함께했던 행복한 순간들을 떠올리며 잠시 추모하는 시간을 가지시길 바랍니다."

미셸 사르두의 목소리가 울려퍼졌다. 엘사는 고개를 들었다. 그리고 뱅상과 눈이 마주쳤다. 그는 울고 있었다. 엘사가 미소를 지어 보였다. 그에게 휴지를 건네기엔 너무 멀리 있었기 때문이다.

53

 장례식이 끝난 후, 아무도 오래 머물지 않았다. 뱅상의 부모님이 집에서 점심을 함께하자고 초대했음에도 사촌들은 머뭇거리지 않고 곧장 떠났다. 멀리서 온 이웃 부부도 방명록에 한마디 남기고 돌아갔다.
 "유골함을 찾을 때까지 여기 더 있고 싶으세요?" 뱅상이 어머니에게 물었다.
 "아니, 몇 시간은 걸릴 거다. 유골함이 준비되면 장례식장 직원이 연락 준다고 했어. 우리랑 같이 점심 먹으러 가겠니?"
 "제가 필요한 거면 갈게요. 그런 게 아니라면 집에 있고 싶어요."
 "정말 괜찮겠니?"
 건물 안에서 엘사는 뱅상이 어머니와 포옹하는 모습을 보았다. 어머니는 아들의 머리를 헝클어뜨리며 그의 볼에 길게 입 맞췄다. 둘은 나란히 주차장을 향해 걸어갔다. 뱅상이 뒤를 돌아 주변을 둘러보았다. 엘사가 손을 흔들었지만 그는 보지 못했다.

54

 트리스탕이 운전면허를 딴 후로, 엘사는 아주 특별하게 상황이 맞아떨어질 때에만 아들을 볼 수 있었다. 오늘 밤이 바로 그런 날이었다. 트리스탕은 끝나지 않는 감기로 지쳐 있었고, 통장 잔고는 바닥났으며, 남자친구와도 냉전 중이었다. 그는 소파에 축 늘어져, 자기 숨결이 느껴질 정도로 휴대전화 화면을 얼굴 가까이 들고 있었고, 사랑하는 엄마가 자신의 응석을 받아주길 기대하고 있었다.

하지만 엘사에게는 다른 계획이 있었다. 그중 하나는 트리스탕이 독립적이고 책임감 있는 사람이 되도록 하는 것이었다. 그리고 이 원대한 목표와 자신의 행동이 일치하도록, 엘사는 트리스탕에게 담요를 덮어주고 목감기에 좋은, 꿀을 탄 우유를 갖다주었다.

"마티유랑 무슨 일 있었는지 말해줄래?" 엘사가 트리스탕의 옆에 앉으며 물었다.

"그럴 필요 없어. 진짜 끝났어."

엘사는 침묵을 지켰다. 아들을 너무 몰아붙이면 반발한다는 걸 경험으로 알고 있었기 때문이다.

"그 자식이 다른 남자한테 '딕 픽'을 보냈어." 마침내 트리스탕이 털어놨다.

"뭐를 보냈다고?"

"딕 픽."

엘사는 마치 잘 알고 있다는 듯이 이해한 척 고개를 끄덕였다. 예전에 아들에게 무슨 말인지 이해가 안 된다고 솔직하게 말했다가 열흘 동안 놀림받은 적이 있었기 때문이다.

"너는 걔가 딕 픽을 보낸 자체가 짜증 나는 거야? 아니면 그걸 그 사람한테 보낸 게 짜증 나는 거야?"

트리스탕이 벌떡 일어나 앉았다.

"엄마는 남자친구가 자기 거기 사진을 다른 사람한테 보내면 좋을 것 같아?"

이제야 완벽히 이해한 엘사는 그동안의 무지를 한탄했다.

아들은 엄마가 무슨 말을 해줄지 기다리며 뚫어지게 쳐다봤다.

"둘이 얘기는 해봤어?"

"장난해? 내가 걔를 다시 만난다면 그놈이 보낼 건 카르파치오 사진일 거야."

엘사는 단어를 이미지로 쉽게 바꿔버리는 자신의 뛰어난 능력을 후회했다. 이제부터 '카르파치오'를 더 이상 순수하게 볼 수 없으리라는 걸 깨달았다.

"걔한테 설명이라도 들어보는 건?" 엘사가 물었다.

"차라리 죽을래. 꺼져버리라지." 트리스탕이 대답했다.

대답하는 목소리가 흔들렸다. 울기 직전이면 늘 그렇듯이 뺨이 붉어졌다. 마티유는 그의 첫사랑이었고, 이 관계는 첫사랑이 지닌 모든 환상과 실망, 순수함과 잔인함을 고스란히 담고 있었다.

엘사는 아무 말도 하지 않았다. 알고 있었다. 열여덟 살이면 누구나 부모를 아주 먼 과거에서 온 사람처럼 여긴다는 걸. 그리고 자신들의 부모가 위로 받지 못한 아이들이었다는 사실을 모른다는 걸. 동시에 그 부모들도 자신들의 부모를 먼 과거에서 온 사람으로 여겼다는 것까지도. 엘사는 그저 아들의 손을 잡고, 꿀을 한 숟갈 더 먹으라고 했다.

"엄마는 어때? 만나는 사람 있어?"

예상치 못한 질문이었다. 트리스탕이 자신의 사생활에 관심을 보인 건 처음이었다. 10년 전 아이 아빠와 이혼한 후로, 엘사는 아들에게 한 번도 남자를 소개한 적이 없었다. 하지만 그동안 엘사는 세 명의 남자를 만났었다.

첫 번째 남자는 온라인 데이팅 사이트에서 만났다. 그때 엘사는 막

이혼한 상태였고, 외로움이 두려웠다. 그 남자는 먼저 대화를 걸어왔고, 그 점이 엘사를 사로잡았다. 둘에겐 너무나 많은 차이점이 있었고, 엘사에겐 그 점밖에 보이지 않았지만, 어떤 차이점도 관계를 끝낼 이유가 되지는 못했다. 하지만 그 남자가 먼저 관계를 끊어버렸다. 말 한마디 없이 그녀의 번호를 차단해버린 것이다. 엘사는 그를 잊는 데 그와 함께했던 것보다 더 많은 시간을 들였다.

두 번째 남자는 교사들과 함께하는 학부모 회의에 처음 참석한 날 만났다. 그의 딸과 트리스탕이 같은 반이었다. 그래서 둘은 아이들이 없는 격주 주말에 만났다. 하지만 그들의 관계는 침실을 벗어나지 못했고, 그가 여름 방학 동안 파리 근교로 이사하면서 별다른 감정의 동요나 상처 없이 자연스럽게 끝났다.

세 번째 남자는 작년에 소니아가 주선한 자리에서 만났다. 엘사는 그게 소개팅인 줄도 몰랐다. 그는 처음으로 트리스탕에게 소개할 뻔한 남자였다. 그 남자가 다른 여자들에게도 자신의 아이들을 소개하려 했다는 사실을 알게 되기 전까지는 말이다.

트리스탕이 엘사의 대답을 기다리고 있었다.

"아무도 없어. 난 사랑에는 영 소질이 없는 것 같아."

"요리보다도 더?"

"요리가 더 나은 것 같아."

"망할."

"그런 험한 말 좀 그만해."

"나도 이제 성인이라고요, 엄마."

"그래도 아직 내 집에서 살잖아."

"그럼 마당에 나가서 욕할까?"

"하하. 그냥 안 했으면 좋겠어."

"이 책 재밌어?"

트리스탕이 탁자 위에 놓인 책을 집어 들고 줄거리를 읽었다.

"얼마 전에 어머니를 여읜 에밀리. 20년 전의 비극에서 여전히 벗어나지 못하고 있는 폴. 이 둘의 공통점은? 바로 노르망디 외딴 시골에 사는 정신과 의사다. 매주 수요일, 무미건조한 대기실에서 이 상처받은 두 영혼이 마주친다…. 세상에. 이런 우울한 얘기가 팔리긴 해? 완전 박살 난 스토리 같은데."

"그래도 꽤 아름다운 이야기야." 엘사가 일어서며 대답했다.

엘사는 휴대전화를 들어 트리스탕에게 화면을 내밀었다.

"너라면 이런 문자엔 뭐라고 답장할 거야?"

트리스탕이 휴대전화를 받아 들고 문자를 읽었다.

"안녕, 엘사. 너희 집 울타리는 잘 있길 바라. 너도 잘 지내고 있길 바라고. 보고 싶다. 다음에 보자. 뱅상."

트리스탕은 어깨를 으쓱였다. "잘 모르겠어. 흔한 문자 같은데. 그냥 물어본 거에 대답하면 되잖아. 보고 싶다는 말은 좀 빼라고 하든가."

"그럼 질문을 바꿔볼게. 이 문자를 받은 지 3년이 지났다면 뭐라고 답장할 것 같아?"

55

안녕 뱅상,

울타리는 잘 고쳤고, 나도 괜찮아졌어. 둘 중 하나가 더 오래 걸리긴 했지만.

폭풍우가 치지 않아도 다시 만나면 좋겠다.

나도 보고 싶어. 꼭 안아줄게.

엘사.

뱅상이 피타고라스 정리를 명확히 설명할 방법을 찾고 있을 때 이 문자가 화면에 떴다. 그는 순진하게도 대학을 졸업하고 나면 수학과의 냉랭한 관계도 끝날 거라고 생각했다. 언젠가 자신이 기하학과 대수학의 전문가인 척 굴어야 하는 아빠가 될 거라고는 전혀 예상치 못했으니 말이다.

"그냥 놔둬, 아빠. 모르면 상관없어." 루가 노트를 덮으며 말했다.

"아빠는 피타고라스 정리를 완벽하게 알고 있어. 머릿속에선 아주 명쾌하게 정리되어 있다고. 다만 어떻게 너한테 설명해야 할지를 모르겠을 뿐이야."

"엄마한테 전화할래. 엄마는 수학 잘한단 말야."

뱅상은 배신의 칼날이 생살을 찢는 듯한 기분이 들었다. 루는 웃음을 터뜨렸다.

"아빠 표정을 찍어뒀어야 하는데! 또 속았대요. 맨날 이래!"

"전혀. 참고로 너희 엄마는 바칼로레아 재시험보고 겨우 붙었다는 것만 알아둬."

"아빠는 아예 직업 전문 과정 졸업도 못했잖아!" 어린 배신자가 깔깔 웃었다.

소파에서 둘을 지켜보던 조제핀이 따라서 웃었다. 뱅상은 두 배신자들에게 완전히 포위당했고, 항복할 수밖에 없었다. 하지만 마지막으로 한 번 더 무기를 휘둘러보기로 했다.

"졸업을 못한 게 아니라 아빠가 스스로 포기한 거야."

딸들의 웃음소리를 뒤로하고 자리를 뜨며 뱅상은 엘사의 문자를 다시 한번 천천히 읽었다.

> 안녕, 뱅상.
> 울타리는 잘 고쳤고, 나도 괜찮아졌어. 둘 중 하나가 더 오래 걸리긴 했지만.
> 폭풍우가 치지 않아도 다시 만나면 좋겠다.
> 나도 보고 싶어. 꼭 안아줄게.
> 엘사.

순간 뱅상은 문자 하나가 목적지까지 도착하는 데 3년이 걸릴 수도 있는지 의문이 들었다.

폭풍우 치던 그날 밤 이후로 많은 일이 있었다. 뱅상은 쇼메 박사의 진료실에서 자신의 상처를 헤집었다. 몇 달이고 그곳에서 자신의 어두운 면을 쏟아냈다. 뱅상은 마르고와 그녀의 부재, 그것이 불러일으킨 모든 것에 대해 이야기했다. 그녀의 죽음은 피할 수 없었던 변곡점이었고, 어른 뱅상의 삶을 결정짓는 사건이었다. 마르고는 뱅상 인생의 전환점이었고, 시간의 기준이 되었다. 세계사가 '기원전'과 '기원후'로 나뉜다면, 뱅상의 인생은 '마르고 이전'과 '마르고 이후'로 나뉘었다.

벽으로 둘러싸인 그 내밀한 공간에서 뱅상은 한 층 한 층 자신의 슬픔을 내려놓았고 죄책감을 다 쏟아냈다.

어느 날, 바깥 공기가 한층 부드럽게 느껴졌고, 뱅상은 다시 사랑을 믿어볼 수 있을 것 같았다.

뱅상은 루시와 2년을 함께 살았다. 딸들과 함께 있지 않을 때면 그는 파리 11구에 있는 루시의 작은 아파트에 가곤 했고, 그곳에는 그의 물건을 위한 빈 선반이 있었다. 뱅상에겐 사랑을 받아들이기까지 시간이 필요했지만, 루시는 그 시간을 기다려주었다. 감정이 천천히 자라났고 애정과 다정함이 있었다. 둘의 사이는 좋았다. 뱅상은 그것만으로 충분하다고 생각했다. 그는 사랑에 대한 정의를 한층 낮추었는데, 이 단순한 단어를 사람들이 너무 거창하게 포장하곤 했기 때문이다. 뱅상은 이제 열정이란 자기 나이에 더 이상 어울리지 않는다고 생각했다. 설렘, 그리움, 조급함은 순진한 사람들에게나 있는 감정이라고 말이다. 몸보다 머리가 루시를 더 확실히 사랑하고 있었고, 그것이 아주 괜찮다고 생각했다. 2년간 그는 루시에게 등을 돌린 채로 잠들었다.

어느 일요일 아침, 루시는 뱅상을 정면으로 마주 보고 떠났다. "넌 아무 잘못도 없어." 루시가 선반을 비우며 말했다. "내가 그냥 첫눈에 반했던 거야. 설명이 안 돼." 뱅상이 이별의 책임을 온전히 떠맡지 않은 것은 이번이 처음이었다. 뱅상은 루시에게 고맙다고 했고, 마지막으로 사랑을 나눴다. 아마 그들 사이에서 가장 다정한 순간이었을 것이다. 최근에 들은 바에 의하면 그녀는 여전히 작가를 만난다고 했다.

뱅상은 자주 엘사를 떠올렸다. 폭풍우가 치던 밤, 모든 것으로부터 멀어진 채, 마치 있어야 할 곳에 있는 듯한 느낌을 받았던 그날 밤을. 그는 그날 뭔가를 놓쳐버렸다고 생각했다.

안녕, 엘사.

울타리 잘 고쳤다니 다행이야. 네가 괜찮아졌다는 것도.

나도 너를 다시 만나고 싶어. 하필이면 3년 뒤에 일정이 하나 있긴 한데, 만약 다음 주가 괜찮다면 나도 시간 돼.

인사를 보내.

뱅상.

56

9월 새 학기가 시작된 이후, 뱅상은 자신이 글쓰기 터널이라고 부르는 상태에 빠져 있었다. 이 시기는 몇 달간 지속되었던 전 단계의 뒤를 이었다. 그동안 하나의 아이디어가 그의 머릿속에 박혀 점점 무르익었고, 거미줄처럼 퍼져 나뭇가지처럼 뻗어나갔다. 그러다 그 아이디어가 집요하게도 뇌리를 떠나지 않아 키보드에 쏟아내는 것 말고는 다른 방법이 없는 상태가 되었다. 뱅상은 항상 글을 썼다. 딸들이 학교에 가 있거나, 엄마 집에 가 있을 때, 불면증에 시달릴 때, 침대에서, 소파에서, 화장실에서, 기차 안에서도. 글을 쓰지 않을 때조차도 머릿속에서 등장인물들은 전혀 사라지지 않았다. 그래서 그는 마치 그 인물들이 실제로 존재하는 것처럼 이야기하곤 했고, 그럴 때마다 딸들은 의미심장한 눈빛을 주고받았다.

"아빠 진짜 이상해." 루가 최근에 또 이렇게 말했다.

"우리 딸, 아빠가 뭐라고 하려는 건 아닌데, 신발이 너무 새것 같아 보인다고 벽에 문질러댄 건 내가 아니잖니." 뱅상이 대답했다.

루는 눈썹을 치켜올렸고, 조제핀이 한마디 보탰다.

"아빠가 쥘 노래를 듣는 것도 아니잖아. 그 래퍼 완전 박살 나는 수준이라고."

"그럼 엄마도 박살 나는 수준이야?" 루가 투덜거렸다.

뱅상은 딸들에게 서로 예쁘게 말하라고, 엄마 이야기는 여기서 꺼내지 말라고 했다. 나중에 뱅상은 '박살 나는 수준'이 무슨 뜻인지 찾아봤고, 그게 별로라는 뜻인 걸 알고 나서는 아이들 엄마한테 꽤 잘 어울리는 표현이라고 생각했다.

어떤 날에는 세 문장밖에 못 쓰고, 다시 읽어본 뒤 다 지워버렸다. 또 다른 날에는 단어들이 자기의 호흡을 찾아가고, 생각이 키보드 위의 손가락을 앞질러 가기도 했다. 뱅상은 한 번도 '백지 증후군'이라는 걸 겪어본 적이 없었고, 그것에 대해 걱정해보지도 않았다. 그는 긴박함을 느낄 때에만 쓸 수 있었기 때문이다. 만약 그 긴박함이 사라지는 날이 오면, 그는 더 이상 글을 쓰지 않을 것이다. 그것뿐이다. 단순한 즐거움을 위해 글을 쓰는 것은 그에게 맞지 않았다. 뱅상은 글쓰기를 기분 전환용이나 취미로 여기지 않았다. 그에게 글쓰기란 필수적이면서도 고통스러운 것이었고, 오직 필요에 의해서만 존재하는 것이었다. 그는 매 작품에 자신의 일부를 담았고, 책을 한 권 한 권 써갈 때마다 더 깊은 곳에서부터 자신을 꺼내오는 느낌을 받았다. 이전 소설을 쓸 땐 마치 고문 같았다. 뱅상은 최대한 진솔한 이야기를 쓰기 위해, 그동안 정성껏 외면해온, 깊이 묻어뒀던 기억들을 파헤쳤다. 그는 그녀를, 그 시절의 자신을 다시 살려냈다. 그게 기대했던 카타르시스를 주지는 못했지만, 상담이 대신 그 역할을 해줬다. 뱅상은 결국 요통, 결막염, 중이염을 얻었다. 그의 몸은 조용히 신호를 보내는 데 그리 능숙하지 않았다.

뱅상의 신작은 산업재해에 가까운 상황까지 갔다. 지금까지 꾸준히 상승해온 판매수치에 자신감을 얻은 출판사는 이번 출간에 아낌없이 투자했다. 50만 부가 인쇄되었고, 뱅상의 이름이 모든 기차역에 대문자로 도배되었으며, 다크서클이 사라지고 유난히 풍성한 머리가 돋보이는 얼굴이 모든 도시에, 모든 거리에, 모든 버스에 붙었다. 뱅상은 자신의 얼굴이 그려진 플래카드를 들고 여기저기 다니며 광장에서 자신의 소설을 낭독해야 하는 지경에까지 이를 뻔했다. 가장 확실한 반응을 보인 사람은 뱅상의 어머니였다. 그녀는 이렇게 문자를 보냈다.

> 다행히도 네 얼굴을 거리 곳곳 어디에서나 볼 수 있어서 내가 아들이 있긴 하다는 사실이 실감이 난단다.

출간 다음 주 화요일 저녁에 축배를 터트렸다. 초기 판매량이 기대 이상으로 좋았고, 중쇄가 결정되었기 때문이다. 하지만 2주차부터 판매량이 추락했고, 아무것도 그 흐름을 막을 순 없었다. 모든 것이 원인으로 지목되었다. 표지, 제목, 출간 날짜(징검다리 연휴 기간이었다), 출판 시장의 상황 등. 하지만 아무도 뱅상의 이론을 받아들이려 하지 않았다. 뱅상이 보기에 유일하게 타당한 이유는 더 이상 그의 글이 독자들에게 재밌지 않다는 것이었다. 뱅상은 아직 아물지 않은 상처를 헤집고 이 소설을 써냈지만, 소설은 큰 반응을 얻지 못했고 오히려 실망이라는 평가를 받았다.

뱅상이 늘 주장해왔던 것과 달리 이 차가운 반응은 그를 흔들어놓았다. 그는 매번 신작을 출간할 때마다 이런 상황에 꽤나 대비해왔다고 생각했지만, 모든 부정적인 리뷰에 사과하고 다음번엔 더 잘 쓰겠다고 약속하고 싶은 욕구를 누르느라 며칠간 애먹었다. 뱅상은 편집자의 목소리에서도 실망감을 느끼게 될까 봐 무서워 그녀의 전화도 받지 않았다. 이 상황을 끝낸 것은 쇼메 박사였다. 드물게도 그가 입을 열고 이렇게 말했다.

"제가 제대로 이해한 게 맞다면, 당신을 힘들게 하는 건 타인의 실망이군요."

"바로 그거예요."

"그렇지만 당신은요. 당신은 무엇을 느끼셨나요?"

"이 책을 쓸 수 있어서 좋았어요. 제 작품 중 가장 사적인 내용이기도 하거든요. 저에게 있어서는 아주 중요한 책이죠."

"그럼 의미 있는 거 아닌가요?"

"물론이죠. 재밌는 건, 책을 다시 읽어보면서 처음으로 세상에 내놓는 게 부끄럽지 않았다는 거예요. 다른 이전 작품들과는 달리 아무도 관심 갖지 않을 거라는 생각도 들지 않았고요. 오히려 저 자신을 자랑스러워하고 있다는 걸 인정해야 했어요."

"그래서 어떤 결론을 내리셨나요?"

"제 취향이 이상한 걸까 봐 걱정돼요."

"이상할 수도 있죠."

뱅상은 같은 문장에서 20분째 막혀 있었다. 한 통의 문자가 컴퓨터 화면 밖으로 고개를 돌리게 했다. 휴대전화를 비행기모드로 전환해두는 걸 깜빡했던 것이다.

엘사: 안녕, 뱅상. 오늘 저녁 보르도에서 열리는 제프 버클리 콘서트 같이 갈래? 같이 가줄 사람이 없기도 했는데, 네가 제프 버클리 음악을 좋아했던 게 떠올라서.

뱅상: 안녕, 엘사. 네가 가장 먼저 떠올린 사람이 나라니 기쁘네. 제프가 이번 공연을 위해 무덤에서 나오기라도 한 거야?

엘사: 젊은 친구들이 커버를 한다나 봐. 공연 퀄리티를 장담할 수는 없지만, 그래도 꽤 괜찮을거야. (널 가장 먼저 떠올린 게 맞긴 하지만, 그래도 내가 아주 활발하게 사회생활을 하는 사람이라고 믿게 내버려둘래.)

뱅상: 원래는 소파랑 데이트할 생각이었는데, 네가 부탁하니까 소파 데이트는 취소해야겠어. 근데 얘가 집착이 좀 심해서 날 용서해줄지는 모르겠네.

둘은 뱅상 삼촌의 장례식 이후로 다시 만난 적이 없었다. 작별 인사도 없이 헤어진 후, 서로 언젠가 다시 만나면 좋겠다고 생각했지만 여기서 '좋겠다'는 말은 사실 아주 완곡한 표현에 지나지 않았다.

엘사의 문자 이후 둘은 몇 개의 문자를 더 주고받았고, 한마디 한마디가 조심스러웠다. 둘은 그들을 새로운 영역으로 데려갈 수도 있는 관계의 경계선에 서 있었다. 그 관계에 발을 들여도 되는지 확신이 없었지만, 그렇다고 멀어지고 싶은지에 대한 확신은 더더욱 없었다.

그들은 감베타 광장 근처 골목길에 숨어 있는 바 앞에서 만나기로 했다. 젊은이들 무리가 바 입구에서 담배를 피고 있었다. 엘사는 뱅상에게 손짓했고, 그는 입구 아래로 내려갔다.

"나 완전 늙은 아저씨가 된 기분이야." 뱅상이 주변 사람들의 나이를 가늠해보며 말했다.

"너한테 너무 짓궂게 굴지 마. 근데 요즘 관 하나를 사면 명판 하나를 주는 프로모션을 하고 있다는 건 알아둬."

"널 만나면 항상 정말이지 행복하다니까."

"나도 그래. 명판 문구는 최대 140자까지 가능해."

"이제 시작할 거야." 긴 머리의 젊은 남자가 다가와 알렸다.

엘사는 고개를 끄덕였다.

"내 아들이야. 이 그룹의 베이시스트고. 트리스탕, 이쪽은 뱅상이야. 엄마 친구."

그들은 짧게 악수를 나눈 뒤, 다 같이 바 안으로 들어갔다.

거의 텅 비었지만 장식만큼은 화려했던 이곳에서 엘사와 뱅상은 제프 버클리가 들었다면 자살하고 싶었을지도 모를 리메이크 곡들을 한 시간이 넘도록 견뎌내야 했다. 그는 이미 죽었지만 말이다.

다른 관객이 거의 없었기에 자신들에게 모든 시선이 집중된다는 것을 의식하며, 둘은 아주 모범적인 열정을 보여주었다. 곡이 끝날 때까지는 기다려야 무슨 노래였는지 알아차릴 수 있을 정도였지만, 그들은 힘차게 박수를 치고, 불안정한 리듬에 맞춰 고개를 끄덕였으며, 매번 음이 틀릴 때마다 찡그리는 표정을 잘 삼켰다.

고난은 콘서트가 끝남과 동시에 시작되었다. 엘사는 뱅상도 곧바로 자신을 따라 하게 만들어, 젊은 뮤지션들에게 우레와 같은 박수를 보냈다. 그들은 애매하게 고개를 끄덕이며 감사의 표시를 했는데, 마치 그 정도는 당연하다는 듯한 태도였다.

"와, 정말 멋졌어." 뱅상이 보도로 나서서 분위기를 살피며 말했다.

"너 웃기려고 하는 소리지?" 엘사가 받아쳤다. "나는 공연이 영원히 안 끝나는 줄 알았어. 출산할 때보다도 더 길게 느껴졌다고."

뱅상이 안도하는 표정을 지었다.

"제프 버클리가 앨범을 하나만 낸 게 다행이야. 1분만 더 들었어도 고막이 날 두고 도망갔을 거야."

"아, 그게 제프 버클리 노래였어?" 엘사는 손으로 입을 막고 웃음을 참았다. "어쨌거나 베이시스트는 정말 훌륭했어."

"물론이지. 애석하게도 조율이 안 된 악기로 연주해야 했잖아. 하지만 가수에게는 변명의 여지가 없지."

"너무 가혹한데? 나는 꽤 괜찮다고 생각했다고. 자동차 경보음치고는 말이야."

"아, 진짜. 네가 나보다 더하네."

"이러다 아들 버릴 판이야. 요리는 더 낫길 바라야지. 그마저도 못하면 감옥 가게 될지도 몰라."

"그런데 말이야. 정말 드문 재능이더라. 공연 내내 정확한 음이 단 하나밖에 없었어."

"그게 언제였지? 마지막 인사할 때?"

둘은 말썽꾸러기처럼 깔깔 웃었고, 그때 트리스탕이 나왔다. 트리스탕은 담배를 피웠고 엘사는 기침을 했다.

"그렇게 나쁘진 않았어. 그렇지?"

"너 농담하는 거지? 완전 대박이었어. 솔직히 최고였어. 너희 수준급이더라!" 엘사가 소리쳤다.

"엄마, 지금 너무 과장하고 있어요. 그리고 요즘 누가 최고라고 하면서 엄지손가락을 그렇게 들어?"

"물론 너희가 여기서 더 발전할 수도 있겠지만 어쨌거나 시작은 좋았어, 우리 아들."

뱅상이 엘사를 도와주러 나섰다.

"정말 괜찮았어. 특히 〈그레이스〉 연주를 정말 잘하더라. 아주 좋았어. 그 노래가 제프가 비오는 날 공항에서 여자친구랑 헤어진 다음에 바로 쓴 노래라는 거 알고 있었니?"

"아 그래요? 몰랐어요." 트리스탕이 말했다. 그는 엄마 쪽으로 몸을 돌렸다. "기다리지 마. 좀 나갔다 올 거야. 피에르나 악셀 네서 잘게."

"그래…. 조심해. 술 마시고 운전하는 건 절대 안 되고, 알았지?"

"엄마 좀…."

"엄마가 데리러 와줬음 좋겠다면 전화해. 네가 위험해지는 것보다는 내가 운전해서 가는 게 나으니까."

"엄마, 진짜 피곤하게 하네. 와줘서 고마워."

트리스탕은 엄마 볼에 뽀뽀를 하고 뱅상에게 인사한 뒤 다시 바 입구로 돌아갔다. 엘사가 뱅상을 바라보며 말했다.

"내가 사랑한다고 소리치면 쟤가 싫어할까?"

"완전 좋아할 것 같은데. 특히 네가 음주측정기까지 던져주면 더더욱 말야."

그 장면을 상상하는 것만으로도 족했다. 둘은 자리를 뜨는 게 현명하겠다고 생각했다. 두 사람은 팔레 갈리앵 거리로 올라가 케밥을 하나 사서 감베타 광장의 벤치에 앉아 먹었다. 뱅상은 양상추, 토마토, 양파를 추가했고, 엘사는 만약을 위해 양파를 뺐다. 저녁노을 속의 보르도를 보는 것도 엘사에겐 꽤 오랜만의 일이었다. 멀리서 들려오는 음악 소리, 하이힐을 신은 여자들의 웃음소리, 테라스에서 와글거리는 소리, 단단히 머리를 세팅한 남자들, 향수의 잔향, 욕, 스쿠터 엔진 소리, 발 맞춰 걷는 무리들, 짖고 있는 개들, 시계를 보는 남자와 그를 향해 달려오는 여자. 자신도 한때 저렇게 지각해서 뛰어오는 여자였던 시절이 있었다는 사실이 이렇게 가깝게 느껴진 적은 거의 없었다.

"질문 하나 해도 될까?" 뱅상이 물었다.

"그렇게 시작하는 질문이 보통 좋은 내용은 아니던데."

침묵이 흘렀다.

"아냐 잊어버려. 너를 불편하게 만들고 싶진 않아." 뱅상이 고개를 저으며 말했다.

"미안하지만 이미 늦었어. 물어봐. 이제 궁금해졌어."

"그럼 대답하고 싶을 때에만 대답하겠다고 약속해."

"서론이 너무 기네요, 작가 선생님."

"엘사, 왜 3년 전에 갑자기 사라진 거야?"

뱅상이 질문해도 되냐고 묻는 순간, 엘사는 이 질문이 나올까 봐 두려웠다. 그녀는 케밥을 한 입 베어 물고 천천히 씹으며 그럴듯한 핑계를 생각해낼 시간을 벌었다. 그러다 뱅상이 진실을 알 권리가 있다고 결론 내렸다.

"그땐 너무 힘들었어. 아빠를 잃은 슬픔에 갇혀 있었고, 아무것도 아무도 받아들일 수 없었어. 하루 종일 자거나 울었지. 그 고통을 극복할 수가 없었어."

엘사는 눈물이 차오르는 것을 느꼈다. 뱅상이 그녀의 손을 잡았고, 엘사도 가만히 있었다.

"태풍이 치던 밤에 네가 우리 집 초인종을 눌렀을 때, 차라리 널 죽이고 싶었어. 너랑 저녁 내내 함께 있어야 한다는 게 도저히 감당이 안 됐거든."

"나도 기억나. 그 순간엔 번개가 더 따뜻하게 느껴질 정도였으니까."

뱅상이 미소 지었다.

"그날 밤에는 정말 오랜만에 최고의 순간을 보냈어."

뱅상은 놀람을 숨긴 채 엘사가 계속 말하도록 두었다.

"넌 나한테 정말 간절했던 두 가지를 줬어. 유머랑 다정함. 다음 날 네가 떠날 때 그런 생각이 들더라."

엘사가 말을 멈췄다. 뱅상이 잠시 기다렸다가 입을 열었다.

"나는 정말로 내가 무슨 실수라도 한 줄 알았어. 이해해보려고 수십 번이나 그날을 다시 떠올려봤거든."

엘사는 고개를 저었다.

"너랑 그렇게 즐거운 시간을 보냈다는 게 죄책감이 들었어. 그때는 침대에서 몸을 웅크리고 있지 않으면 늘 죄책감을 느꼈거든."

또 다시 침묵이 흘렀다.

"난 준비가 안 돼 있었어." 엘사가 숨을 내쉬며 말했다.

엘사는 광장 끝의 나무를 바라보고 있었다. 뱅상은 무작정 지나가는 차들을 바라보았다. 그는 지난 3년간 자주 그녀를 생각했다고 덧붙일 뻔했다. 엘사 역시 기차역 앞을 지날 때마다 그를 마주치길 바랐다고 말할 뻔했다. 하지만 둘은 그런 말 대신 마침 때맞춰 내려주는 소나기에 대해 이야기했다.

"가자. 근처에 비를 피할 만한 곳을 알아." 뱅상이 자리에서 일어나며 말했다.

둘은 걷다가 소나기가 폭우로 변하자 달리기 시작했다. 건물 외벽을 따라가며 지붕이 살짝 튀어나온 곳 아래서 비를 피하고, 이전에 내린 비로 생긴 물웅덩이를 비켜섰다. 뱅상은 엘사를 아일랜드식 펍에 데려갔다. 문을 열자마자 따뜻한 공기가 그들을 감쌌다. 같은 생각을 한 사람들이 그들뿐만은 아니었다. 펍 안은 빽빽한 인파로 가득 차 있었다. 무대 위에서 한 여성이 하프를 연주하며 노래 부르고 있었고, 키보드, 바이올린, 보란[28]을 연주하는 여성 연주자들과 함께였다.

둘은 술을 주문한 뒤, 관객들 사이를 비집고 들어갔다. 무대 왼쪽에 작은 빈 공간을 찾았는데, 손가락이 현 위에서 춤추는 모습을 볼 수 있을 만큼 가까운 거리였다. 엘사는 춤추는 듯한 멜로디, 고조되는 노래, 펍을 가득 채운 분위기에 사로잡혔다. 가방 안에서 휴대전화 진동이 울렸다. 그녀는 가방을 열고 문자를 힐끗 보았다.

나도 너와 함께 있으면 좋아.

뱅상은 아무렇지 않은 척하며 계속해서 공연을 감상하고 있었다. 그들은 끝까지 남아 있었다. 음악을 위하여, 따뜻한 분위기를 위하여, 그리고 서로를 스치던 몸의 온기를 위하여.

뱅상이 엘사를 지하 주차장에 있는 차에 바래다주었을 때는 이미 새벽 1시였다. 지하 주차장은 풀 냄새와 오줌 냄새가 섞여 있었다. 엘사는 뱅상을 그의 아파트 앞에 내려주었다.

빗물이 세차게 앞 유리를 때렸고, 와이퍼가 힘겹게 빗물을 밀어냈다. 뒤에서 차 한 대가 다가왔다. 뱅상이 안전벨트를 풀고, 뒷좌석에 있던 재킷을 집어 들고 문을 열었다. 둘은 서로를 바라보았다. 엘사의 얼굴에 가로등의 노란 불빛이 비쳤다. 엘사는 팔을 뻗어 뱅상의 뺨을 어루만졌다. 뒤차가 경적을 울렸다. 뱅상은 엘사의 손 위에 자신의 손

---

28) bodhrán. 보란 또는 바우란이라고도 부르는 아일랜드 전통 타악기.

을 올려두고, 손바닥에 입을 맞춘 뒤 차에서 내려 문을 닫았다.

　엘사는 집으로 돌아가는 내내 제프 버클리의 음악을 들었다. 〈그레이스〉가 공항에서 연인을 떠나보낸 후에 쓰인 곡이라는 일화를 떠올렸다. 뱅상의 입술이 자신의 손바닥에 닿았던 순간을, 그가 아무렇지 않은 듯 지어 보였던 웃음을 떠올렸다. 엘사는 집 앞 정원에 차를 세웠다. 그리고 휴대전화를 들어 뱅상에게 문자 하나를 보냈다.

　나 이제 준비됐어.

57

　뱅상: 이번 주말에 브리브에서 도서전이 열리는데 같이 갈래?
　엘사: 내가 첫 번째로 떠오른 사람이야?
　뱅상: 내 제일 친한 친구, 어머니, 옆집 이웃, 빵집 아저씨한테만 먼저 물어봤어. 그렇다고 너무 트집 잡지는 말고.
　엘사: 그때 나한테 말했던 그 도서전이지? 작가들이 결국 다 클럽에 간다는?
　뱅상: 맞아, 거기야. 클럽에선 별의별 일들이 벌어지고, 게다가 음식도 아주 끝내줘.
　엘사: 음식으로 유혹하다니 너무하네.

58

 브리브 도서전은 1년 중 사람들이 가장 많이 찾는 문학 도서전이었다. 이 행사만을 위해 특별히 마련된 기차를 타고 작가들과 출판 관계자들이 몰려들었는데, 이 기차에는 '콜레스테롤 기차'라는 별명이 있었다. 먹거리가 풍성하게 제공되었기 때문이다. 뱅상은 토요일 아침 현장에 도착했고, 엘사는 오후에 합류할 예정이었다.
 뱅상이 마틸드와 함께 자신의 출판사 부스로 갔을 때는 이미 독자들이 줄 서서 기다리는 중이었다. 뱅상은 행사에 참석한 서점 관계자들과 다른 작가들에게 인사한 뒤, 자신 앞에 쌓여 있는 책 무더기 뒤에 자리 잡았다. 그의 수줍음을 감춰주는 최후의 방어막이었다.
 첫 번째와 두 번째 독자는 엄마와 딸이었다. 모녀는 매번 이곳에서 열리는 사인회에 찾아와 인사를 건네곤 했다. 그들 사이의 암묵적인 약속 같은 것이었고, 뱅상은 모녀를 다시 보게 되어 기뻤으며, 게다가 그들을 알아볼 수 있어서 더욱 기뻤다. 알아보기까지 무려 3년이 걸렸기 때문이다. 뱅상은 원래 그런 사람이었다. 그에겐 엔딩크레딧이 올라갈 때가 되어서야 등장 인물 두 명을 헷갈리고 있었다는 걸 뒤늦게 깨닫는 타고난 재능이 있었다. 한번은 슈퍼마켓 채소 코너에서 자신의 주치의와 스쳐 지나갔으면서도 그를 정말로 못 알아본 적도 있었다. 열다섯 살 때는 새 여자친구를 버스 정류장에서 기다리고 있는데(그 전날 하루 종일 그녀와 함께 보냈다. 너무 가까이 있어서 제대로 보진 못했지만, 어쨌든 확실히 그녀와 함께 있었다) 한 소녀가 자신을 향해 다가오는 것을 보고 '내 여자친구가 맞나?'를 고민하다가, 그녀가 자신에게 미소 짓는 것을 보고 확신했으나, 자세히 들여다보니 여자친구보다 머리가 더 갈색이었다. 그 사람은 여자친구가 아니었다. 단지 버스 시간을 알고 싶었던 것뿐이고, 게다가 여자친구는 그날 약속에 오지 않았다. 뱅상의 입술은 허공에서 뻐끔거렸고, 우스꽝스러운 모습이 되고 말았다. 이것은 앞으로 이어질 수많은 민망한 순간들의 시작일 뿐이었다. 학창 시절, 바이욘 축제 때 푸드 트럭에서 샌드위치를 팔던 뱅상은 자신의 문제가 얼마나 심각한지 깨닫게 되었다. 주문을 받을 때와 손님에게 음식을 건넬 때 사이에 뱅상의 기억은 검은 화면처럼 지워져버렸고, 누구에게 음식을 줘야 하는지 알 수가 없었다. 뱅상은 어쩔 수 없이, 마치 상대가 누군지 잘 알고 있는 것처럼 인사하는 법을 익혔다. 하지만 문제는 그 사람을 다른 사람에게 소개해야 할 때 더 복잡해졌다. 사인회를 통해 뱅상은 자신의 기억이 이름에도 둔감하다는 것을 깨달았다.

그래서 뱅상은 실비아와 쥘리에트를 만나 기뻤고, 그들에게 따뜻하게 인사했다. 실비아가 뱅상의 신작을 내밀었다.

"방금 다 읽었어요. 언제나처럼 정말 좋았어요."

"정말 감사합니다, 실비아."

그녀는 뱅상이 자신의 이름을 기억해줬다는 사실에 감동받아 미소를 지었다.

"두 분 이름으로 사인해드릴까요?" 뱅상이 물었다.

모녀는 고개를 끄덕였다. 뱅상은 자신의 책이 공유되고, 읽히고, 대화와 교류와 만남을 불러일으키는 것을 무엇보다도 좋아했다.

실비아와 쥘리에트에게.
처음부터 지금까지 함께해주셔서 감사합니다.

이 이야기가 여러분 마음에 들었다니 기쁩니다.
　　　　곧 또 뵙길 바라요!

　　　　우정을 담아,
　　　　　뱅상.

　뱅상의 글씨는 아직 매끄럽고, 모양도 또렷했다. 하지만 하루가 끝날 무렵이면 그 글씨는 심전도 그래프처럼 들쭉날쭉해질 것이었다.
　"정말 감사해요. 그런데 저는 샤를로트예요." 뱅상이 건넨 책을 받으면서 쥘리에트가 말했다.
　그렇게 하루가 시작되었다.
　대화는 끊임없이 이어졌다. 비록 뱅상이 이름이나 얼굴을 기억하지 못해도, 그 만남들이 주는 감정은 절대 사라지지 않았다.
　뱅상은 편집자와 함께 점심을 먹으러 갔고, 엘사가 도착하는 것을 놓치지 않으려고 손에 휴대전화를 들고 있었다. 엘사가 온다는 생각에 며칠 전부터 계속 설레었기 때문이다.
　푸짐한 식사를 마치고 돌아오던 길에, 뱅상은 엘사를 복도에서 발견했다. 아마 뱅상의 이름이 적힌 포스터를 찾으려고 두리번거리던 중이었을 것이다. 엘사는 평소보다 더 작고, 인파 속에서 사라질 것처럼 보였다. 뱅상은 그녀를 꼭 안아주고 싶었다.
　엘사는 뱅상이 자신에게 다가오는 것을 보았다. 사람들이 속삭이며 그를 바라보고, 사진을 찍고 있었다. 그 역시 평소보다 더 작아 보였고, 자신을 둘러싼 시선에 휩싸여 있었다. 엘사는 그를 꼭 안아주고 싶었다.

두 사람은 가볍게 볼 인사를 나눴다.

뱅상은 엘사를 자신의 부스 쪽으로 데려가서 그곳의 모든 사람들을 소개시켜주었다. 그리고 자기 옆에 마련된 의자를 가리키며 말했다.

"원한다면 여기 앉아도 돼."

"응, 알겠어."

"강연이나 다른 작가들을 보러 가도 되고, 아니면 짐을 방에 두고 와도 돼. 편한 대로 해."

엘사는 의자를 끌어 당겼다.

"아니, 여기 괜찮아. 내가 방해되는 건 아니지?"

"네가 여기 있어서 기쁜걸."

엘사가 웃었다. 서점 주인이 독자들을 다시 받기 시작했고, 한 여성이 뱅상에게 다가왔다.

"이 책은 제 딸을 위한 거예요." 그녀가 책을 내밀며 말했다.

"그렇군요. 따님 이름이 무엇인가요?"

"롤라요."

사인에 최소한의 개성을 반영하기 위해, 뱅상은 그녀의 딸이 자신의 소설을 이미 알고 있는지 아니면 이번에 처음 접하는 것인지 물었다.

"우리 딸은 작가님 작품을 다 읽었어요. 저는 하나도 안 읽었고요." 그녀가 대답했다.

"따님께 고맙다고 전해주시겠어요?"

"그러죠. 사진 속 사람이 작가님이 맞나요?"

그녀는 작가의 자리를 표시하기 위해 뱅상 위에 걸려 있던 그의 사진을 가리켰다. 뱅상은 그렇다고 했다.

"포토샵으로 기적을 만드셨네요!"

그 말뿐만 아니라, 그 여성의 유쾌하고 친근한 태도에 놀란 뱅상은 순간 뭐라 답해야 할지 몰랐다. 엘사는 웃음을 참느라 목도리에 얼굴을 파묻었고 거의 숨이 막힐 뻔했다.

곧이어 한 젊은 남자가 더위와 감정에 얼굴이 빨개진 채로 숨을 내쉬며 말했다.

"어머니가 작년에 암에 걸리셨어요. 작가님의 책을 정말 좋아하셨고요. 저는 작가님 책들을 잘 몰랐지만요. 매일 병원에 가서 어머니가 잠드실 때까지 몇 챕터를 읽어드렸어요. 우리는 같이 웃고 울었죠. 정말 잊을 수 없는 순간이었어요. 이제 더 이상 어머니는 안 계시지만, 그 순간들은 제게 남아 있어요."

엘사의 목이 메어왔다. 그녀는 종종 궁금했다. 비록 스스로 부정하기는 했지만 이따금 건방진 마음으로 생각하기도 했다. 작가를 만나기 위해 몇 시간이고 낭비하는 사람들이 도대체 누군지 말이다. 엘사는 그들이 마치 텔레비전에서나 보던 한국 가수의 10대 여자 팬들과 같다고 생각했고, 그들을 더 이해하려고 하지는 않았다. 그런 만남은 일방적이었다. 작가는 칭찬을 받고, 독자들은 그들의 우상을 만나기 위해 오랫동안 종종거리며 기다린 뒤에야 사인과 자동적인 미소를 받고는 행복하게 돌아갔다.

한 시간도 채 되지 않아 엘사는 자신의 생각을 바꿨다. 그녀가 본 것은 그 인내심 어린 기다림과 대가를 바라지 않는 고마움이었고, 그건 사랑의 증거였다. 엘사의 주위엔 책으로 가득 찬 복도 사이로 수천 명의 사람들이 있었다. 자신들을 새로운 세계로 이끌고 현실로부터 잠시 벗어나게 해준 작가를 만나러, 그 작가에게 보답하겠다는 그 목적 하나로 이곳에 온 사람들 말이다.

여든 정도로 보이는 여성의 차례가 왔다. 그녀는 이미 눈물을 흘리고 있었다. 그녀는 인생을 살아낸 사람의 강한 힘으로 뱅상의 손을 잡았다.

"고마워요. 정말 다 고미워요, 뱅상. 당신이 제게 주는 행복을 상상도 못 하겠죠. 절대 그만두지 마세요. 이렇게 부탁할게요. 당신은 마법사 같아요."

감정이 북받쳐 오른 뱅상은 사랑하는 할머니와 오렌지꽃 향기가 나던 할머니의 케이크를 떠올렸다. 뱅상은 그 순간을 오래 붙잡으려 했고, 마디가 굵은 그녀의 손가락을 쥔 채로 그녀의 쇠약해진 목소리를 들었다. 뱅상은 힘을 얻으려 엘사를 찾았지만 그녀 역시 울고 있었다.

그 노부인이 떠났을 때, 감정의 홍수가 모든 사람들을 덮쳤다. 서점 주인도 눈물을 흘렸고, 뱅상의 옆 테이블 사람도 울고 있었으며, 자신의 차례를 기다리던 친구들도 눈물짓고 있었다. 뱅상은 그 노부인 같은 사람들 덕분에 인류에게 여전히 희망이 있는 거라고 생각했다.

대기 줄을 조절하던 마틸드가 걱정스러운 표정으로 뱅상에게 다가왔다.

"괜찮아? 그 부인이 너한테 무슨 짓을 한 거야?"

"나를 감동시키셨지."

"날 바보 취급 하는 거야?"

"아니. 왜?"

"그 사람이 여기 모두에게 끔찍하게 굴었다고. 한 시간 동안 기다리면서 어찌나 네 욕을 하시던지. 네가 시간을 너무 끈다, 너무 말이 많다, 네가 뻔뻔스럽게도 화장실 가겠다고 쉬고, 점심도 먹겠다고 또 쉰다고. 더 이상 네 책 안 읽을 거라 하셨어. 어차피 네 책이 점점 더 별로라고. 아무튼 정말 끔찍했어. 그 타티 다니엘[29] 같은 사람이 인자한 할머니처럼 굴었다는 게 믿기지가 않네."

뒤에서 젊은 두 여성이 마틸드의 말에 동의하며 고개를 끄덕였다. 뱅상은 웃음을 터뜨렸다. 이건 이번 도서전에서의 최고의 에피소드니 언젠가 책에 꼭 써야겠다고 생각했다. 인류에게는 안타까운 일이지만.

곰곰이 생각해보니 또 다른 일화가 떠올랐다. 뱅상이 처음 사인회를 했을 때, 제롬 들롱이라는 남자 작가와 나란히 앉게 되었다. 그는 추리 소설과 12음절 시에 대한 열정을 한데 녹여 책을 쓰는 사람이었다. 뱅상은 '적혈구'와 '매춘부'를 12음절 시에서 운율을 맞춰 쓸 수 있다는 사실에 감탄했다. 예순쯤 되어 보이는 남자가 제롬 들롱 앞에 멈춰 서서는 책 표지를 보고, 그의 얼굴을 보고, 다시 책 표지를 보더니 이렇게 말했다.

"제롬 들롱이라…. 혹시 알랭 들롱의 딸이신가요?"

"네?" 잘못 들었다고 생각한 제롬이 다시 물었다.

그 남자는 짜증 내며 이렇게 말했다. "아니 그러니까, 알랭 들롱의 딸이시냐니까요? 맞아요, 아니에요?"

제롬은 뱅상에게 당황스럽다는 눈빛을 보냈다. 뱅상은 웃음을 멈추지 못했고, 제롬은 이렇게 대답했다.

"네, 맞아요."

그 남자는 만족한 채로 그렇게 떠났다.

엘사는 100번이 넘는 만남을 지켜볼 만큼 오랫동안 옆에 있었다. 복도에는 점점 사람들이 줄어들었고, 엘사는 그 틈을 타 복도를 거닐었

---

29) Tatie Danielle. 1990년에 개봉한 프랑스 영화 〈타티 다니엘〉의 주인공으로 고약하고 무자비한 할머니 캐릭터.

다. 그녀는 텔레비전에서 본 얼굴들, 이름들, 책 표지들을 알아보았다. 그러다 한 책 표지 앞에 멈춰 섰다. 엘사가 가장 좋아하는 소설 중 하나였다. 그리고 그 소설의 작가가 마침 그곳에 있었다. 테이블 뒤에 혼자서. 엘사는 그에게 책을 건넸다.

"이름이 어떻게 되시나요?"

"소니아요. 제 가장 친한 친구한테 줄 거예요."

엘사는 작가가 이름을 쓰고 사인을 하는 것을 지켜보았고, 책을 다시 건네받았다.

"이건 걸작이에요. 제가 가장 좋아하는 책 중 하나고요."

"정말 감사합니다."

엘사는 그에게 두 번째 책을 건넸다.

"엘사로 써주세요."

59

뱅상은 저녁 무렵 호텔로 돌아왔다. 사인회를 마칠 때마다 그는 지치면서도 충만한 기분이 들었다. 이 순간들은 남들과는 다르다고, 혼자라고 느껴서 불안해하던 어린아이를 위로해주었고, 밤마다 커가는 것이 두려워 절규하는 시를 쓰려고 일어나 우울한 생각에 시달리던 10대 소년을 치유해주었다. 오랫동안 뱅상은 자신의 자리를 헛되이 찾아 헤맸다. 다른 사람의 스타일, 언어, 생각, 농담, 태도를 따라 했다. 받아들여지지 않는 감정들은 억눌렀다. 그는 책을 쓸 때만큼은 더 이상

숨지 않았다. 뱅상이라는 조각들이 등장인물과 에피소드와 생각으로 책 속에 흩어져 있었다. 사람들이 그가 쓴 문장이 자신의 삶과 공명한다고 말해줄 때, 그는 덜 외롭다고 느꼈다. 심지어 겉으로는 전부 달라 보이는 사람들이 공통된 감정으로 연결되어 있다고 느낄 때도 있었다.

엘사는 뱅상보다 좀 더 일찍 들어와 방을 정리하고 저녁 약속에 나갈 채비를 했다. 뱅상은 엘사에게 선택권을 주었다. 저녁을 다른 사람들과 다 같이 먹을지, 단 둘이 먹을지. 엘사는 오래 고민하지 않았다. 엘사는 창문 너머로 뱅상이 인도를 걸어오는 모습을 보았다. 그는 후드를 쓴 채 몸을 웅크리고 걷다가 호텔 안으로 사라졌다. 기억 하나가 떠올랐다. 같은 모습의 다른 배경으로, 3년 전 쇼메 선생의 진료실이 있던 그 거리.

후드를 쓴 채로 뱅상은 의심에 휩싸여 있었다. '엘사를 오라고 한 게 잘못된 선택이면 어떡하지?'

두 사람은 도심에서 벗어난 레스토랑에 갔다. 도서전이 있는 주말이라 다른 곳들은 사람들이 몰려 있었다. 외벽은 어둡고 간판은 낡아 보였지만 둘에게 장소는 중요하지 않았다.

단 둘이 레스토랑에서 마주 보고 앉은 것은 처음이었다. 데이트라고 하지는 않았지만 데이트처럼 보였다.

"너무 피곤하지는 않아?"

"괜찮아. 이런 만남들은 정말 행복하거든. 근데 이따가 내 고기 자르는 것만 좀 도와줘야겠어."

엘사가 미소를 지었다. 서버가 메뉴판을 내려두고 에피타이저 주문을 받았다.

"기분이 어때? 거만해질까 봐 걱정되진 않아? 나 같으면 사람들이 계속 "당신 정말 멋져요.", "당신의 존재에 감사해요.", "당신은 정말 남달라요."라고 하면 정신 차리게 해줄 조수가 하나쯤은 필요할 것 같은데." 엘사가 뱅상에게 물었다.

"그래서 자주 목에 힘 빼려고 노력하지."

엘사는 시원하게 웃음을 터뜨렸다. 뱅상이 진지한 표정으로 말을 이어갔다.

"처음에는 조금 걱정했어. 하지만 나는 나를 잘 모르는 사람보다 더 명확하고 객관적으로 나 자신을 바라보고 있는걸. 나는 불평도 많고, 그렇게 용감하지도 않고, 가끔은 뒷말도 해. 아, 나쁜 짓을 할 때도 있고. 또 글 속에 파묻히는 편이야. 내 주변 사람들한테는 절대 쉽지 않은 면이지. 난 자동차 바퀴도 못 갈고, 사랑한다는 말도 할 줄 몰라. 난 축 늘어진 내 거기만큼이나 카리스마가 없어. 그리고 이 세상에서 제일 게으른 놈이야. 대충 이 정도야. 그러니 이런 내가 거만해질 위험은 없겠지. 그래도 나랑 저녁 같이 먹을 거야?"

"네가 하나 빼먹은 단점이 있어."

"뭔데?"

"너 실물이 사진보다 더 못생겼어."

뱅상의 의심이 한순간에 사라졌다. 엘사가 여기 있다는 사실에 행복했다. 과거가 계속 고개를 들며 그에게 의심과 두려움을 불어넣었지만 이번만큼은 그것들을 떨쳐낼 준비가 된 것 같았다.

서버가 그들 앞에 잔을 내려두고 주문할 메뉴를 정했는지 물었다. 두 사람은 메뉴판을 보지도 않은 상태였다.

"너는 어땠어? 지루하진 않았어?" 엘사가 메뉴판에 집중하려 했지만,

뱅상이 물었다.

"젠장, 내가 코 고는 소리 들었어?"

"잠깐 드릴 소리가 들렸던 것 같은데…."

엘사가 메뉴판을 덮었다.

"정말 즐거운 시간이었어."

"다행이네."

옆자리에는 60대쯤 되어 보이는 커플이 손을 잡고 자리에 앉아 있었다. 나이가 꽤 있는 사람들이 다정한 모습을 보일 때마다 엘사는 그들이 불륜 관계이거나, 이제 막 사귀기 시작한 것이라고 생각하곤 했다. 그런 생각이 얼마나 비관적인 것인지 깨닫기 전까지 말이다.

"네가 세상에서 제일 게으른 사람은 아냐." 엘사가 선언하듯 말했다.

"응? 나보다 더 게으른 사람도 알아?"

"우리 아빠. 내가 어릴 때 아빠는 채널 돌리려고 일어나는 걸 너무 귀찮아하셨거든. 그땐 리모컨도 없었던 시절이었고. 그래서 아빠는 앉아서도 텔레비전 버튼을 누를 수 있도록 무슨 가제트 팔 같은 걸 만들어 쓰셨다니까."

"내가 졌다. 스승님을 찾은 것 같네."

엘사가 웃었다. 최근 몇 달 동안, 그녀는 아빠를 알았던 사람들에게만 아빠에 대해 이야기했다. 그들과는 일종의 공감대를 느꼈기 때문이다. 모두 공통의 부재로 연결되어 있었으니까. 만약 뱅상도 아빠를 알았다면 분명 아빠를 사랑했을 것이다. 그리고 아빠를 사랑했다면 역시나 아빠를 그리워했을 것이었다. 그것은 부재라는 침묵 속에서도 엘사가 혼자가 아니라고 느끼게 해주는 연결고리였다. 뱅상은 엘사의 아빠를 몰랐지만, 엘사는 몇 년 전 폭풍우가 몰아쳤던 그날 밤처럼 뱅상에게 아빠 이야기를 해야겠다고 생각했다.

"아버지 성함이 어떻게 되셔?"

"미셸."

엘사는 그 질문에 놀랐다. 보통 유족 앞에서는 고인의 이름을 직접 부르게 하지 않는 것이 관례였기 때문이다. 만약 어쩔 수 없이 고인을 언급해야 한다면, 그 혹은 그녀 같은 인칭대명사로 불렀다. 미셸이나 마르고 같은 이름 대신 그나 그녀라고 부르면, 고인의 모습은 더욱 희미해져만 갔다. 고인에 대해 말할 때면 사람들은 속삭였고 적절한 표정을 지으려 했다. 하지만 뭐가 더 슬픈지는 알 수 없었다. 그 표정인지, 그 상황 자체인지. 하지만 뱅상은 목소리를 낮추지도, 눈살을 찌푸리지도 않았다. 그는 조심스러움도 거리낌도 없이, 돌려 말하지도 않고 침묵 속에서 아빠를 끌어냈다. 그리고 뱅상의 따뜻한 시선 속에서 엘사는 자신의 걱정을 내려놓았다.

"우리 아버지 성함도 미셸이야." 그가 말했다.

"아 그래? 사실은 우리 아빠는 장 미셸인데, 미셸이라고만 불리는 걸 더 좋아하셨어."

엘사는 아빠를 떠올리자마자 눈물이 다시 흘렀다. 여러 해가 지나도 그 감정은 여전히 남아 있었다. 마치 뇌 속 어딘가에 숨겨진 스위치라도 있다는 듯이, 아빠가 떠오르는 순간 눈물샘이 자동으로 작동했다. 뱅상은 자신의 잔을 옆으로 밀어두고 엘사의 손을 감싸주었다. 옆 테이블의 여자가 이 광경을 하나도 놓치지 않고 바라보고 있었다.

"네 책을 읽었어. 너도 이런 고통을 잘 알겠지." 엘사가 속삭였다.

뱅상은 부정하려 하지 않았다. 기자들에게는 그 이야기는 순전히 상상한 것이라고 둘러댔었지만.

"그녀의 이름은 마르고였어. 우린 스물한 살이었지." 뱅상이 숨을 내쉬며 말했다.

엘사는 뱅상의 손에 깍지를 끼웠다. 뱅상은 그 손을 꼭 잡았다.

"정말 유감이야."

"나는 1년을 멍한 상태로 지냈어. 그 시기는 기억도 거의 없어. 하지만 꼭 필요한 순간이 아니면 집을 나가지 않았다는 건 기억 나. 모든 게 나를 해쳤지. 아무것도 의미가 없었고. 음악을 듣고, 글을 쓰고, 바보 같은 텔레비전 프로그램이나 봤어. 직장을 잃었고, 친구들도 꽤 많이 나를 떠나갔고. 정신을 차리고 나서는 그 사건을 묻어두기로 했어. 그러면 더 이상 고통스럽지도 않을 거라고 생각했거든. 이사를 했고, 마르고의 물건을 다 그녀의 부모님께 돌려드렸어. 마르고의 기타와 우리 사진들만 남겨뒀지. 바깥세상은 아무것도 달라진 게 없었지만 나한텐 모든 게 달라 보였어. 햇살이 피부를 얼마나 따뜻하게 하는지 새삼 깨달았고, 바람에 스치는 나뭇잎의 소리도 알게 됐어. 내 감각은 아주 고조됐지. 세상을 갓난아기의 눈으로 보는 것 같았어. 예전엔 전혀 신경 쓰지 않았던 아주 사소한 것들조차도 경이롭게 느껴졌어. 그게 그렇게 오래 가진 않았어. 어쨌든 그 정도까지는 아니었지. 그래도 여전히 구불거리는 구름이나 고래 영상 같은 것에 감동받아. 결국 그때 내가 깨달은 건, 삶은 아름답지만 동시에 부서지기도 쉽다는 거야. 그런 깨달음이 내 머릿속을 엉망진창으로 헤집어놨어. 상반된 감정들로 가득 차 있었지. 그리고 그게 지금의 나를 만든 거야."

엘사는 누군가를 잃은 사람들과 유대감을 느꼈다. 마치 그들을 하나로 묶는 아픈 고리가 있는 것처럼. 두 사람은 음식을 받기 위해 깍지를 풀었다. 두 손을 쓰는 것이 더 편했기 때문이었다.

"네가 어떤 사람이 되었는지 아직 많이 아는 건 아니지만, 네가 마음속 깊이 부드럽고 다정한 사람이라는 건 느껴져. 그게 내가 너한테서 가장 감동받는 지점인 것 같아. 물론 네 비겁함과 축 처진 거기만큼이나 카리스마가 전혀 없는 건 빼고 말이야."

옆 테이블의 커플이 동시에 둘 쪽으로 고개를 돌렸다. 뱅상이 웃었다. 엘사는 이렇게까지 속마음을 말하는 것이 쉽지 않았지만 굴하지 않고 계속 이어갔다.

"아빠가 돌아가시고 나서 가장 크게 달라진 건 이제 내가 오직 부드러움과 다정함만을 바란다는 거야. 그래서 너랑 있으면 이렇게 편한 거고."

뱅상의 시상하부가 자율신경계에 신호를 보냈다. 혈압이 오르면서 혈관이 확장되었다. 심장이 더 빨리 뛰기 시작했고, 그의 손가락이 가볍게 떨렸다. 호흡이 짧고 빨라졌다. 혈류 증가로 볼이 붉어졌고, 열이 올랐다. 한마디로 말하면, 뱅상은 감동을 받았다.

"내가 만약 이런 장면을 소설에 썼으면 넌 유치하다고 했을 거야."

"엄청 싫어했겠지." 엘사가 웃으며 말했다.

서버는 뱅상이 진지하게 대답할 시간을 주지 않았다. 그녀는 접시들을 치우고 디저트를 권했다. 둘은 저녁 식사가 끝났다는 눈빛을 교환했고, 자리에서 일어나 계산하러 갔다. 옆 테이블의 여자가 뱅상 쪽으로 몸을 기울여 말했다.

"일 플로탕트[30]를 드셔보셔야 해요."

"아뇨, 괜찮아요. 배가 불러서요."

그 여자가 묘한 미소를 지으며 말했다.

---

30) Ile flottante. 커스터드 크림 위에 머랭을 얹은 프랑스식 디저트.

"아시죠, 일 플로탕트요. 당신의 최근 작품에 나오는 그거요."

뱅상은 그녀가 어떤 장면을 말하는지 알아차렸지만, 더 중요한 건, 그녀가 뱅상을 알아봤다는 사실이었다.

"실례가 안 된다면 짧게라도 사인해주실 수 있을까요? 작가님 작품들 정말 좋아하거든요! 너무 웃어서 남편을 깨울 정도예요. 정말로요. 그렇지, 필립?"

필립이 고개를 끄덕였다. 뱅상은 그 여자에게 감사 인사를 건네며 (독자들을 웃기기란 정말이지 그가 가장 좋아하는 것이었다) 재킷 주머니에서 펜을 꺼냈다.

"종이 있으세요?"

"그보다 더 좋은 게 있죠!" 그녀가 냅킨 밑에 감춰둔 책 한 권을 번쩍 꺼내 들었다. 뱅상이 사인을 하려고 테이블 위로 몸을 숙였을 때, 그의 시선이 여자의 가방으로 향했다. 가방 안에는 다른 여러 작가들의 책이 있었다. 뱅상은 그녀가 자신을 따라왔다는 것을 깨달았다. 아마 다른 작가들도 그렇게 따라다녔을 것이고, 앞으로도 그럴 것이었다.

"정말 감사합니다." 뱅상이 사인을 마치자 여자가 기쁘게 외쳤다.

"별 말씀을요. 좋은 저녁 보내세요." 그렇게 답하며 뱅상은 엘사가 있는 입구로 향했다.

"프리바 씨!" 그 여자가 불렀다.

뱅상이 돌아보자 그녀가 의미심장한 윙크를 보냈다.

"걱정 마세요. 당신의 카리스마에 대해서는 아무한테도 말하지 않을 테니까요."

60

엘사와 뱅상은 카르디날 클럽에 들렀다. 뱅상은 마틸드에게 한 약속을 지키고 싶었고, 엘사는 20년 넘게 클럽에 가본 적이 없어서 어떤 곳인지 궁금했다.

사람들이 빽빽하게 모여 춤을 추고 있었다. 뱅상은 몇몇 사람들과 인사를 나눴고, 그들에게 엘사를 '친구'라고 소개한 뒤, 클럽 안쪽에서 마틸드를 발견했다. 뱅상은 엘사의 손을 잡았고, 둘은 고약한 냄새가 나는 겨드랑이 숲을 헤치며 나아갔다.

디제이가 음악에 맞춰 〈별에 더 가까이〉[31]를 부르고 있었다.

"배애앵사아앙!" 마틸드가 뱅상의 목에 매달리며 외쳤다. 그녀는 비틀거리며 엘사에게 가더니 이번엔 엘사를 껴안았다.

"내 친구 조심스럽게 대해줘요! 그 친구 가슴 아프게 하면 안 돼요." 음악 소리를 덮기 위해 마틸드가 목청을 높였다.

그들은 물 한 잔을 마시고, 노래 세 곡(〈모험가〉, 〈비밀을 털어놓으면〉, 〈엘라는 특별해〉[32]였다)이 나오는 동안 그곳에 있었다. 그동안 엘사는 뱅상이 메트로놈처럼 춤을 춘다는 사실을 알게 됐고, 잠시 후 둘은 암묵적으로 이제 갈 때가 되었다고 생각했다.

두 사람이 문을 막 나서려는 순간, 누군가 뱅상을 불렀다.

"집에 가려고?"

갈색 머리를 한 아름다운 여자가 엘사에게 볼 인사를 했다.

---

31) 원제는 〈Un peu plus près des étoiles〉다.
32) 각 노래의 원제는 〈L'Aventurier〉, 〈Confidence pour confidence〉, 〈Ella, elle l'a〉다.

"루시예요. 반가워요."

"엘사예요. 저도 반가워요."

뱅상은 루시와 헤어진 이후로 그녀를 다시 만난 적이 없었다. 루시가 코트를 걸치고 어깨에 가방을 멨다.

"우리 같은 호텔에서 지내던데, 괜찮다면 같이 걸어가도 될까요?" 루시가 말했다.

그들은 걸어서 호텔로 돌아갔다. 달이 보이지 않는 밤이었고, 하늘에는 별이 가득했다. 루시가 계속 말했다. 뱅상은 엘사가 어떤 기분인지 궁금했다. 그가 생각했던 귀갓길은 이런 게 아니었다.

"요즘 글 쓰고 있어?" 루시가 물었다.

"응."

"당신 최근작 읽었어. 정신과에서 시작하는 사랑 이야기라니, 독특하더라. 꿈같은 이야기야."

"고마워."

잠시 침묵이 흘렀다.

"글을 쓰시나요?" 루시가 마침내 엘사에게 물었다.

"아뇨, 전혀요. 저는 장례지도사예요." 엘사가 웃으며 대답했다.

"아, 그렇군요. 의외네요."

"네, 그래도 꽤나 흔히 볼 수 있는 직업이죠."

"여기, 브리브 출신이세요?"

"전혀요. 그것도 아니에요."

"그럼 두 분은 오늘 저녁에 처음 만난 사이인가요?"

뱅상이 엘사를 도와 나섰다.

"친구야. 이번 주말에 나랑 같이 온 거고."

"그것참, 멋지네!" 루시가 과하게 흥분한 목소리로 외쳤다.

세 사람은 호텔에 도착했다.

벨을 눌렀다.

문을 열어준 당직 근무자에게 감사를 표했다.

그런 다음 엘리베이터를 탔다.

3층에서 내렸다.

서로에게 좋은 밤 보내라며 인사한 후 헤어졌다.

61

뱅상은 코트를 소파 등받이에 걸었다. 오늘 저녁이 어떻게 끝날지에 대해 아무것도 상상해보지 않았지만, 미리 생각을 좀 했더라면 방금의 헤어짐이 이렇게나 갑작스럽지는 않았을 것이다. 엘사의 방문을 두드려도 되는지, 문자를 보내도 되는지, 마지막으로 한잔하자고 제안해도 되는지 스스로에게 물었다. 쓸데없는 고민이었는데, 설령 엘사의 답이 긍정적일지라도 뱅상은 그런 대담한 행동을 할 준비가 되어 있지 않았기 때문이다. 뱅상은 한 번도 여자에게 제대로 작업을 걸어본 적이 없었다. 하지만 사춘기 시절 자기 방 창문에 비친 모습을 보면서 태도, 자세, 신비로운 눈빛을 만들어내기 위해 꽤나 애썼다. 그는 〈베벌리힐스〉라는 드라마의 주인공 딜런을 롤모델로 삼았다. 여자애들이 쉬는 시간마다 떠들어대던 사람이자, 누구보다도 무심해 보이는 눈썹 연기를 잘하는 사람이었다. 딱 한 번, 정말 단 한 번, 여자에게 다가가보려

했던 적이 있었다. 중학교 4학년 때, 마갈리에게. 무작정 덤빈 것은 아니었다. 뱅상은 여러 합리적인 정황이 가능성을 보장해줄 때까지 기다렸다. 그 정황이라 함은 마갈리가 친구들에게 털어놓은 비밀스러운 이야기, 마갈리의 미소, 구겨진 종이에 "너랑 사귀어도 좋아."라고 휘갈겨 쓰여 있던 짧은 쪽지였다. 뱅상이 거절당할 확률은 0이었다. 하지만 마갈리에게 다가가는 순간, 며칠간 간신히 모았던 모든 용기가 다 사라져버렸다. 말은 꼬였고, 겨우 "안녕, 잘 지내?"라는 어설픈 인사만 뱉었을 뿐이다. 마갈리는 그다음 말을 기다렸고, 뱅상도 뭔가가 더 나와주길 바랐지만 더는 아무 말도 나오지 않았다. 마갈리는 버스를 탔고, 뱅상은 다시는 이런 상황에 처하지 않겠다고 결심했다.

엘사는 신발을 걷어차듯 방 반대편으로 벗어 던지고, 침대로 빨려 들어갔다. 그녀는 오늘 저녁이 끝나는 여러 가지 모양을 상상했었다. 하지만 엘리베이터에서 내려 "잘 자."라는 인사만 하고 헤어지는 건 예상에 없던 일이었다. 엘사는 이유도 모른 채 가슴 깊이, 아주 깊이 슬퍼졌다. 그녀는 만약 뱅상의 방문을 두드린다면 그가 무슨 생각을 할지 궁금했다. 좋은 핑곗거리 하나만 있었더라면.

뱅상은 운동화를 벗어 벽 쪽에 가지런히 두었다. 새벽 1시였다. 몇 시간이라도 잘 수 있다는 건 나쁜 일이 아니었다. 전에 수면 부족 상태에서 사인회를 한 적이 있었는데, 그 결과 몇몇 독자들은 세상에 단 하나뿐인 특별한 사인본을 갖게 되었다. 그중에서도 가장 유명한 것은 이것이었다.

친애하는 다니엘 님께,
저는 당신을 기원합니다.

우정을 담아.

뱅상 프리바.

다니엘이라는 남자는 다음 해에 그 책을 들고 다시 찾아와서는 장난스럽게 말했다. "이걸 받으려고 세 시간이나 기다렸지 뭐예요. 서스펜스의 귀재시군요, 프리바 씨."

누군가 문을 살짝 두드렸다. 뱅상은 루시일까 걱정하며 문을 열었다. 엘사였다.

엘사는 팔을 축 늘어뜨린 채 그의 앞에 서 있었다.

"혹시 천둥이 무서울까 봐 왔어."

"천둥 쳤어? 난 못 들었는데."

"아니, 안 쳤어."

뱅상은 미소를 짓고 조용히 문을 닫았다. 그러고는 엘사의 뺨을 쓰다듬으려고 손을 들었다. 하지만 끝까지 그 동작을 마무리하지는 못했다. 대신 뱅상은 목덜미를 문질렀다.

엘사는 둘 사이의 거리를 좁히기 위해 한 걸음 다가서며 뱅상의 가슴에 머리를 기댔다. 그는 그녀를 팔로 감쌌다. 그녀는 그의 얼굴을 올려다보았고, 그는 그녀의 얼굴을 두 손으로 감쌌다. 그리고 다정하게 그녀의 이마에 입을 맞췄다. 그녀의 관자놀이와 눈꺼풀에도. 그의 숨결이 그녀의 피부를 어루만졌다. 그의 입술이 그녀의 뺨에 닿았고 목덜미로 미끄러졌다. 그녀의 손이 그의 머리카락 사이로 파고들었다. 그녀는 고개를 뒤로 젖혔다. 그는 그녀의 목에 키스를 퍼붓고, 천천히, 아주 천천히 다시 위로 향했다. 그녀의 입술과 혀를 덮었다.

두 사람은 하루 종일 입고 있던 옷 그대로 서로에 기대어 잠들었다.

포근함에 흠뻑 취해, 다정함으로 가득 차서.

62

뱅상은 커튼을 치지 않았다. 햇빛이 방 안으로 스며들어 그의 눈꺼풀 위로 따갑게 내리쬐었다. 아직 한참 이른 시간이었지만 다시 잠들 수 없었다. 엘사는 깊이 잠들어 있었고, 뱅상에게 바짝 기대어 그의 팔을 베고 있었다. 뱅상은 손이 아플 정도로 저려서 마비된 것 같았지만 엘사를 깨우지는 않았다. 그는 엘사의 숨결이 자신의 입가에 닿는 것을 느끼며 그녀를 마주 본 채로 잠들었다.

63

뱅상은 엘사를 깨우지 않고 팔을 빼내는 데 성공했고, 조용히 물건을 챙겨 욕실로 갔다. 문이 삐걱거려서 문을 밀리미터 단위로 아주 조금씩 열고 같은 방식으로 닫았다. 그는 거울 속에서 웃고 있는 자신을 발견했다.

샤워기의 물소리에 엘사가 잠에서 깼다. 상황을 파악하는 데 몇 초가 필요했고, 의자 위에 걸려 있는 재킷을 보고서야 정신을 차렸다. 그녀는 자신의 손을 입 가까이에 가져가 숨을 내뱉어보았다. 그러고는 청바지와 양말을 벗고, 셔츠 단추를 배꼽까지 풀어 욕실로 향했다.

뱅상은 벌거벗은 상태로 목에 수건을 두르고 세면대로 몸을 숙여 이를 닦고 있었다. 거울로 문이 열리는 걸 본 순간, 그는 황급히 수건을 당겨 자신의 중요 부위를 가렸다.

"미안, 노크라도 할걸." 엘사가 웃으며 말했다.

"그럼 이런 장관을 놓쳤을걸? 얼마나 안타까운 일이야."

"설마 그 차림으로 갈 생각인 거야?"

"말도 안 되지. 그래도 운동화는 신을 거라고."

"사람들 난리 나겠다."

뱅상은 당황한 기색을 감추려고 웃었다. 그는 한 번도 자신의 몸을 장점으로 여겨본 적이 없었다. 너무 말랐고, 키는 너무 컸고, 어깨는 굽어 있었다. 근육을 키우기 위해 부단히 노력했지만 그가 얻은 것이라고는 어깨에 생긴 석회성 건염뿐이었고, 완전히 낫는 데까지는 2년이 걸렸다.

"네 말이 맞아. 이 볼품없는 몸으로 사람들 관심을 한 몸에 받겠네." 뱅상이 웃으며 말했다.

엘사가 팔을 뻗어 뱅상의 가슴을 어루만졌.

"난 네 몸이 아름답다고 생각해."

엘사는 뱅상의 수건을 잡아 바닥에 떨어뜨렸고, 그에게 몸을 바짝 밀착시켰다.

뱅상의 자리 앞에는 긴 줄이 늘어서 있었다. 그는 이미 많아진 방문객들 사이를 헤치며 빠른 걸음으로 행사장을 가로질렀다.

"죄송합니다! 열쇠를 못 찾아서 늦었어요." 뱅상이 독자들을 향해 외쳤다.

변명을 입 밖에 낸 순간, 뱅상은 그것이 터무니없는 소리라는 것을 깨달았다. 마틸드가 뱅상을 안으며 속삭였다.

"볼에 치약 묻었어."

뱅상은 초콜릿, 그림 한 장, 책 두 권, 잼 그리고 여러 통의 편지를 받았고, 소녀들, 어머니들, 남편들, 자매들, 아버지들, 친구들에게 사인을 했다. 브리브 도서전은 크리스마스 한 달 전에 열렸고, 책 사인본은 인기 있는 선물이었다. 뱅상은 감동적인 이야기, 웃긴 이야기, 무서운 이야기, 경이로운 이야기, 따분한 이야기, 가족 이야기, 죽음 이야기, 우정 이야기, 포기와 소외에 대한 이야기, 다시 일어선 이야기, 사랑 이야기를 들었다. 하지만 그 순간에도 오직 엘사만 생각했다.

엘사는 자신의 방으로 돌아와 침대에서 뒹굴었다. 그녀는 전날 산 책을 읽기 시작했다. 정오쯤 방을 비워줘야 할 때 출발할 계획이었다. 엘사는 같은 문장을 세 번이나 읽고 책을 내려두었다.

뱅상은 호텔의 짐 보관소에 자신의 가방을 맡겨두었다. 그는 파리행 기차를 타기 전에 가방을 찾기로 했고, 파리에서 이틀간 마틸드와 함께 일할 예정이었다. 뱅상은 알리스라는 사람에게 사인과 메시지를 적던 중에 결정을 내렸다. 뱅상은 알리스가 갈 때까지 기다렸다가 문자를 보냈다.

뱅상: 우리 같이 갈래?

엘사: 좋아. 이제 나 없이는 못 지내겠지?

뱅상: 그냥, 타이어가 또 펑크 날 경우를 대비해서. 이제 나도 타이어를 갈 수 있거든.

엘사: 그럼 기다릴게. 무슨 일이 있어도 그 광경을 놓칠 순 없지.

엘사는 브리브의 거리를 거닐며 샌드위치를 조금씩 베어 먹었다. 앉고 싶은 마음은 전혀 없었지만, 그저 초록색 나무 벤치 위로 튀어나온 나무가 벤치 위에 얼룩진 그림자를 드리우는 게 아름다워서 결국 거기에 앉았다. 약속 시간이 가까워지자 그녀는 정신은 딴 데 둔 채로 하늘을 올려다보며 차에 돌아가려고 일어섰다.

엘사는 신호등의 빨간불과 다가오는 차를 신경 쓰지 못하고 무심코 횡단보도를 건넜다. 급브레이크 소리가 엘사를 공상에서 깨웠다. 엘사는 길 한가운데에서 얼어붙었다. 그저 차가 자신을 향해 돌진하는 걸 바라볼 수밖에 없었다.

엘사는 눈을 감았다.

강아지를 산책시키던 한 남자가 엘사에게 급히 달려와 있는 힘껏 인도 쪽으로 끌어 당겼다.

"가… 감사합니다."

엘사는 자신이 꼭 붙잡고 있던 그의 소매를 놓지 않은 채로 더듬거리며 말했다.

"조심 좀 해요. 저 미친놈이 당신을 죽일 뻔했잖아요." 그가 나무라듯 말했다.

그 표현이 엘사의 기억을 불러일으켰다.

열세 살 때였다. 엘사는 아빠와 〈텍사스 레인저〉를 보고 있었다. 동생은 소파에서 지아이조 인형을 갖고 놀고 있었다. 화면에서는 잠수부들이 바다 깊은 곳에서 총알구멍 투성이인 난파선을 발견하는 장면이 나왔다. "이 총알구멍들[33] 좀 봐!" 그의 아버지가 외쳤고, 이내 자신이 무슨 말을 했는지 깨달았다. 엘사와 아빠는 웃음을 터뜨렸다. 눈물이 나고 배가 아팠을 만큼 절대 잊지 못할 웃음이었다. 클레망은 왜 웃는지 알고 싶어서 설명해달라고 했지만, 그 애는 미친놈이라는 말을 알기에 너무 어렸다. 그건 엘사와 아빠 사이의 비밀이었다. 그 후로 몇 년간, 둘은 대화 속에 총알구멍이라는 말을 넣을 기회만 있으면 일부러 그 표현을 썼다.

"제가 가봐야 해서요. 부인, 저 좀 놓아주시겠어요?"

엘사는 자신을 구해준 남자를 뚫어지게 쳐다보았다. 그는 그녀가 이미 잘 아는, 결이 풍성하고 위로 뻐친, 마치 고리처럼 보이는 눈썹을 갖고 있었다. 어릴 적 동생과 자신은 그 눈썹을 놀려댔고, 눈썹을 땋을 수도 있겠다며 장난을 치곤 했다.

"가야 한다니까요. 놓아주세요." 남자가 더 단호하게 말했다.

엘사는 마지못해 손을 놓았고, 그가 멀어지는 것을 바라보았다. 주위의 세상은 다시 원래의 속도대로 흘러갔다.

엘사는 휴대전화를 꺼내 문자를 입력했다.

　　이제 보내줄게. 하지만 한 구석에 남아줘. 영원히 사랑해.

곧바로 답장이 도착했다.

---

[33] trou de balle. 문자 그대로는 '총알구멍'을 뜻하지만, '항문'을 뜻하는 비속어로 쓰이기도 하며, 사람에게 쓰일 때는 '미친놈' 등의 욕으로 사용된다.

'아빠' 님에게 전송 실패. 현재 사용하지 않는 번호.

뱅상은 울퉁불퉁한 도보 위를 캐리어를 끌며 걸었다. 캐리어가 그의 발걸음을 늦췄다. 엘사가 호텔에서 두 블록 떨어진 곳에 주차해뒀다고 미리 알려주었다. 뱅상은 나무 그늘에 놓인, 햇빛에 조금씩 갉아먹히고 있던 벤치 앞을 지나갔다. 그는 자신도 저 벤치와 같다고 생각했다. 햇빛이 자신을 조금씩 갉아먹는 것 같았기 때문이다. 그의 머릿속에서 '그렇지만'이라는 말은 예전처럼 소란스럽게 굴지 않았다.

엘사는 뱅상이 가까워지는 것을 보고 차의 잠금을 풀었다. 그러고는 내비게이션에 '집'을 입력했다.

뱅상은 캐리어와 재킷을 트렁크에 넣고 조수석에 앉았다.

뱅상이 입고 있던 후드티는 처음 만났던 날, 정신과 진료 대기실에서 입고 있던 것과 같은 것이었다.

잠시 동안 가슴이 요동치는 소리를 들으며, 엘사는 3년을 허비한 것을 후회했다.

시동을 걸고 노래를 틀었다. 제프 버클리가 노래하기 시작했다. 그들은 길을 나섰다.

강아지와 함께 있던 남자는 벤치에 앉아 있었다. 이 시간의 벤치 위에는 그늘과 햇빛이 뒤엉켜 있었다. 그는 거기서 10분, 때때로 20분 정도 머물렀다. 그 이상은 아니었다. 그것은 그가 매일 자신의 딸을 생각하는 것을 스스로에게 허락해준 시간이었다. 그는 여전히 떨고 있었다. 방금 도와준 그 젊은 여자가 딸을 떠올리게 했다. 아마도 딸과 거의 비슷한 나이였을 것이다. 흰색 차 한 대가 그의 앞을 지나갔다.

엘사는 그를 알아보았다. 엘사는 볼이 달아오르는 것을 느끼며 창문을 열었다. 하늘이 더 커 보였다.

"우리 어디로 가?" 도시를 빠져나오며 엘사가 물었다.

"보르도로 돌아가는 거 아니었어?"

"내가 말하는 건 그게 아냐."

뱅상이 엘사를 바라보았다. 엘사의 머리칼이 바람에 흩날리며 춤추고 있었다.

"나한테 계획 같은 건 없어, 엘사. 그저 너와 함께 있고 싶다는 것만은 확실해."

"좋아. 그럼 가자."

64

엘사가 먼저 도착했다. 문을 밀어 열고 계단을 올랐다. 초인종은 누르지 않고, 창가에 있는 의자에 앉았다. 벽 너머로 익숙한 목소리가 들려왔다. 엘사는 휴대전화 게임을 켰다.

뱅상은 서두르지 않고 천천히 길을 따라 올라갔다. 기억에 남을 이 순간을 오래도록 지속하고 싶었다. 그는 중요한 무언가를 위해 나아가고 있었다. 평소보다 더 숨이 찬 상태로 계단을 올랐다. 그리고 문을 열기 전 크게 숨을 들이마셨다.

뱅상은 엘사의 맞은편 의자에 앉았다.

"지금 몇 시인지 아세요?" 뱅상이 엘사의 시계를 바라보며 물었다.

"아니요. 그런데 너무 일찍 오셨네요. 제 예약 시간을 침범하고 계시거든요." 엘사가 최대한 짜증 내는 말투로 대답했다.

뱅상이 엘사에게 작은 상자를 내밀었다.

"당신을 위한 선물이에요."

엘사는 들뜬 기분을 감추려 애쓰며 상자를 열었다. 시계였다. 검은색 가죽 스트랩에 큼직한 원형 다이얼이 달린. 뱅상이 말했다.

"당신 시계가 고장 난 것 같아요. 3년이나 늦었잖아요."

쇼메 박사는 미모사 부인의 어린 시절 기억에 집중하려 애쓰고 있었다. 하지만 그의 정신은 걷잡을 수 없이 전날 저녁으로 향하고 있었다. 그날 그는 처음으로 릴리안을 저녁 식사에 초대했었다. 그가 예순 살을 넘긴 후로(그리고 아내와 더 이상 함께하지 않기로 결정한 이후로) 정신이 산만해지고 덜 몰입하는 듯한 기분이 들었다. 그리고 일을 그만두는 것이 예전처럼 있을 수 없는 일은 아니게 되었다. 그는 최근 자신도 모르게 프로방스 지역의 부동산 사이트를 둘러보고 있는 스스로를 발견했다. 그리고 그곳에서 충분히 누릴 자격이 있는 은퇴 생활을 보내는 자신의 모습을 늘 상상해왔다. 심장외과 주치의는 최근의 건강 문제 이후로 그에게 하루에 한 시간씩 걷기를 권했다. 쇼메 박사는 자신의 어린 시절을 떠올리게 하는 프로방스의 덤불숲에서 그 시간을 보내는 상상을 했다. 어쩌면 릴리안도 같이 가는 것을 받아들일지도 몰랐다.

대기실에서 들려온 웃음소리에 상상을 끝냈다.

"잠시 실례합니다." 쇼메 박사는 자리에서 일어나 미모사 부인에게 말했다.

쇼메 박사는 미모사 부인이 오늘의 마지막 환자라고 확신했다. 더 이상 상담을 기다리고 있는 사람은 없어야 했다. 환자가 날짜를 착각했을 수도 있다. 요즘 들어 이런 일이 더 자주 있었으니까. 사람들의 머릿속이 너무 복잡해서 정보가 뒤섞였던 것일 수도 있었다. 아니면 저번에 장난쳤던 그 애들이거나. 그렇다면 인터폰을 설치하도록 관리사무소에 전화해서 압력을 넣어야 할 것이었다. 지난번에는 너무 늦게 나갔더니 애들이 이미 떠나고 없었고, 창문을 통해서 그 애들이 깔깔대며 의자를 들고 도망가는 걸 봤다. 의자를 훔치다니! 요즘 애들은 도무지 이해할 수가 없었다.

쇼메 박사가 대기실 문을 열자, 뱅상은 깜짝 놀랐다.

"안녕하세요, 선생님." 엘사가 말했다.

"저희 막 가려던 참이었어요." 뱅상이 일어서며 말했다.

"여기서 뭐 하고 계신 건지 여쭤봐도 될까요?" 두 명의 옛 환자를 보고 놀란 정신과 의사가 물었다.

엘사가 아주 진지하게 대답했다.

"저희의 첫 만남을 재연해보고 있었어요."

"첫 만남이 좀 엉망이었거든요." 뱅상이 덧붙였다.

"무슨 말씀이신지 하나도 모르겠군요. 하지만 제가 지금 상담 중이라서요. 두 분 다 여기 계시면 안 됩니다."

"죄송해요. 이제 갈게요!" 뱅상이 문을 나서며 말했다.

"저희가 그렇게 시끄러웠는지 몰랐어요." 엘사가 뱅상을 따라나서며 말했다. "앞으로도 잘 지내세요, 선생님! 그리고 전부 다 감사드려요!"

쇼메 박사는 두 사람의 웃음소리가 계단을 따라 아래로 퍼져가는 것을 들었다. 창문 너머로 그들이 멀어져가는 모습을 잠시 바라보았다. 그러고 나서 다시 미모사 부인의 상담을 이어갔다. 웃음을 감춰보려 했지만 쉽지 않았다.

에필로그

뱅상은 길고 가느다란 다리로 거리를 따라 올라갔다. 쇼메 박사의 진료실 앞을 지날 때마다 웃음이 나는 건 어쩔 수 없었다.

멀리서 요란하게 천둥 치는 소리가 들렸다. 몇 분 사이에 두 번째였다. 천둥소리가 점점 가까워지는 듯했다. 뱅상은 후드를 뒤집어쓰고 가방 안에 든 갈레트[34]가 무사한지를 확인했다. 그는 두 종류의 갈레트를 샀다. 트리스탕은 아몬드 크림이 들어간 걸 좋아했고, 딸들은 브리오슈 스타일을 좋아했다. 조제핀은 언제나 손가락 끝으로 커다란 설탕 알갱이를 골라 입에 넣었다. 아이들은 오후 3시쯤 도착할 예정이었다. 모든 걸 준비할 시간은 충분했다.

엘사는 창밖으로 하늘이 어두워지는 것을 보았다. 소나무 꼭대기가 바람에 세차게 흔들리고 있었다. 엘사는 아이들이 빨리 오기를 기다리면서 휴대전화를 집어 들어 트리스탕에게 문자를 보냈다.

---

34) 프랑스의 전통 케이크로 매년 1월 주현절을 기념하여 먹는다. 케이크 안에 페브(fève) 라는 작은 도자기 인형이 들어 있는데, 케이크를 잘라 먹을 때 그 인형을 발견한 사람이 그날 하루 왕이 되는 풍습이 있다.

운전 조심하렴. 큰 폭풍이 올 것 같구나. 곧 만나자.

트리스탕이 바로 답장을 보내왔다.

여긴 하늘이 맑으니까 걱정 마세요. 그리고 세바스티앙이 운전해서 가는 중이야. 이 사람 완전 베테랑인 거 알잖아.

엘사는 문이 쾅 닫히는 소리를 들었다. 잠시 후 뱅상이 슬그머니 방으로 들어왔다.
"누가 당신에게 들어와도 된다고 했죠?" 엘사가 놀리듯 말했다.
"난 폭풍이 칠 때마다 이렇게 하는걸." 뱅상이 엘사 옆에 누우며 응수했다. 뱅상이 팔뚝을 받치고 누워 자신의 얼굴을 엘사의 얼굴 가까이, 속눈썹이 닿을 거리에 두었다.
"밖에 바람이 불기 시작했어." 뱅상이 엘사를 품에 안으며 속삭였다.
"응. 난 이런 날씨가 정말 좋아." 엘사가 대답했다.
뱅상이 엘사의 이마에 다정하게 입을 맞췄다. 뱅상의 입술이 엘사의 관자놀이와 눈꺼풀을 지나 뺨에 닿았고, 눈물을 닦아주었다.
"우는 거야?" 뱅상이 속삭였다.
"행복해서."
"사랑해, 정말로."
뱅상은 엘사의 가슴 위에 머리를 기댔다. 뱅상은 그곳에서 생명이 뛰는 소리를 듣는 걸 좋아했다. 엘사는 뱅상의 머리를 쓰다듬었다. 그리고 둘은 동시에 잠들었다.
둘은 창문을 두드리는 소리에 잠에서 깼다. 아이들이 웃으며 자신들을 바라보고 있었다. 트리스탕이 창밖에서 몸짓을 했다.

"쟤가 지금 문이 잠겼다고 말하는 것 같은데." 엘사가 말했다.

"그럼 그냥 밖에 두는 건 어때?"

"아예 커튼까지 쳐버리지 뭐."

뱅상이 일어나 커튼을 쳤다. 둘은 10대처럼 깔깔대며 웃었다.

"자, 이제 가서 문 열어줘. 애들 보고 싶었단 말야."

뱅상이 방을 나섰다.

엘사는 침대 가장자리에 앉아 옷깃을 가다듬었다.

강아지들이 신나서 바닥을 긁는 소리가 들렸다. 활기찬 목소리가 집 안 가득 퍼졌다.

두 손녀가 엘사의 품으로 뛰어들었다

"우리 아가들! 너희들 보니 너무 행복하다!"

"우리도 그래요!" 큰아이가 말했다.

"사탕 있어요?" 작은아이가 물었다.

큰아이가 눈을 동그랗게 뜨고 동생을 쳐다보았다. 엘사는 다정하게 두 아이의 금발 머리를 쓰다듬었다. 문틈 사이로 트리스탕의 대머리가 보였다. 트리스탕은 엄마를 한동안 뚫어지게 바라보다 자신의 머리를 문질렀다.

"이리 와서 네 늙은 엄마한테 인사 좀 해라."

트리스탕이 엄마의 이마에 길게 입맞춤을 했다. 두 달 만의 방문이었다. 그동안 남자친구와 여행을 많이 다녔기 때문이었다.

조제핀은 뱅상을 도와 갈레트를 데웠고, 트리스탕은 식탁에 접시를 놓기 시작했다.

뱅상이 엘사를 바라보았다. 엘사는 이미 그를 바라보고 있었다. 그가 점점 더 멋있어 보였다.

엘사는 직접 갈레트를 자르고 싶었다. 이상하게도 늘 갈레트 안에 숨겨진 작은 도자기 인형을 찾아내는 재주가 있었지만, 언젠가는 문제없이 케이크를 자르리라는 희망을 간직하고 있었다. 엘사가 칼을 케이크 속으로 찔러 넣자 장난기 어린 시선들이 그녀를 둘러쌌다.

"엄마, 이번엔 제대로 자를 수 있을 거야!"

"힘내요, 엘사!" 루가 응원을 건넸다.

칼날이 단단한 물체에 걸렸다. 모두가 웃음을 터뜨렸다.

"루, 네가 대신 해줄 수 있겠니?"

"그럼요. 제가 할게요."

엘사가 칼을 내려 놓았다. 그녀의 시선이 손으로 향했다. 너무 아팠다. 손가락은 관절염으로 뒤틀려 있었고, 피부는 마치 오래된 양피지처럼 주름져 있었다. 엘사가 접시에 놓인 갈레트 한 조각을 들어 한 입 크게 베어 물었다. 엘사는 버터 향기와 여전히 따뜻한 아몬드 크림의 맛을 좋아했다.

"엄마! 내가 찾았어!" 손녀딸 니농이 외쳤다.

"잘했어, 우리 딸." 조제핀이 니농을 칭찬했다.

니농이 자리에서 일어나 식탁을 한 바퀴 빙 돌아서 뱅상에게 작은 도자기 인형을 건넸다. 하트 모양이었다.

"여기요, 할아버지. 할머니랑 할아버지의 사랑이 시작된 날을 기념하는 선물이에요."

뱅상은 힘이 조금 빠진 팔로 손녀를 꼭 안아주었다.

"50대가 되고 나서는 시간 개념이 사라졌네. 두 분이 함께하신 지 얼마나 됐죠?" 트리스탕이 물었다.

엘사와 뱅상이 서로를 바라보았다.

"35년이나 됐지." 엘사가 대답했다.

"그런데도 마치 어제 일처럼 생생해." 뱅상이 덧붙였다.

PLUS GRAND QUE LE CIEL

감사의 말

 저의 열 번째 작품인 이 소설을 쓰는 과정은 고통인 동시에 구원이었습니다. 이 이야기는 깊은 슬픔 속에서, 우리 모두 언젠가 겪게 되는 그런 순간 속에서, 붙잡을 수 있는 부표들에 의지하며 건너야 하는 시간 속에서 태어났습니다. 저에게 그 부표는 가족과 가까운 이들의 사랑, 그리고 글쓰기였습니다. 단어는 그 단어를 읽는 사람과 쓰는 사람 모두에게 위로의 힘을 지니고 있습니다.

 아빠, 고마워요. 그토록 자유롭고 유머 넘치는 사람이 되어주셔서, 우리에겐 경계를 넘을 권리가 있다는 걸 가르쳐주셔서요. 아빠는 제가 사랑받고 있다고 느끼며 성장하는 아주 큰 행운을 주셨죠. 덕분에 아빠의 웃음 없이도 살아가는 법을 배울 힘을 거기에서 찾았어요. 삶이 아빠에게 던진 여러 카드와 아빠의 앞길에 놓인 여러 장애물에도 불구하고, 한결같이 선하고 올바른 사람으로 남아주셔서 고마워요.
 아빠가 사람들의 주목을 받는 걸 얼마나 싫어하셨는지 잘 알지만,

지금 계신 그곳에서는 아빠에게 헌정된 이 소설을 좋아해주시길 바라요. 물론 이건 허구의 이야기지만 아마도 몇몇 추억들은 알아채실 수 있을 거예요.

모두가 아빠를 알았으면 좋겠어요. 만약 그렇게 된다면, 모두가 아빠를 그리워할 테니까요.

그냥 작은 일화 하나만 이야기 하고 그만할게요. 약속해요.

제가 스물두 살 때였죠.

앙글레에서 돌아오는 길이었는데, 아빠가 저희 집에서 며칠을 보내고 나서 얼마 되지 않았을 때였죠. 자주 오셨었잖아요. 큰딸인 저와 시간을 보내러 오시기도 했지만, 무엇보다 바스크 지방을 사랑하셨으니까요. 최근에서야 아빠가 한 번도 여행을 간 적이 없고, 태어난 지역에서 생을 마감했다는 걸 깨달았어요. 아빠는 비행기를 타본 적이 없었고, 혹시 기차를 타본 적이 있는지도 몰랐죠. 아빠는 사람들이 소박한 미래를 가진, 멀리 가는 건 꿈꾸지 않는 세상에서 오셨죠. 집에서 차로 두 시간 정도 떨어진 바스크 지방도 아빠에게는 세상의 끝처럼 느껴졌을 거예요.

돌아오는 길에 우리는 과적된 게 분명한, 차체가 낮아진 트럭 뒤를 따라갔었죠. 그 트럭의 창문으로는 빛도 거의 들어오지 않았잖아요. 그런데 갑자기 트럭이 공중으로 날아오르더니, 회전하며 옆으로 쓰러졌어요. 타이어가 터졌던 거예요.

저는 긴급 정차구역에 차를 세우고 구조대를 부르려고 했어요. 그런데 트럭에서 한 남자가 뛰쳐나오더니 그의 어머니가 뒤쪽에 갇혀 있다고 소리쳤어요. 차들은 사고를 피해 지나갔고, 몇몇 차들이 멈추긴 했지만 아무도 가까이 다가가려 하지 않았어요. 그 트럭에서는 짙은 연기가 뿜어져 나오고 있었으니까요. 그때 아빠는 차 문을 열었고, 저는 폭발할 수도 있어서 위험하니까 그냥 여기 계시라고 했죠. 하지만 아빠는 신경 쓰지 않았어요. 한 여성이 위험에 처해 있었으니까요.

아빠는 그 남자와 함께 구조대가 도착하기도 전에 갇혀 있던 그의 어머니를 무사히 빼냈죠. 그리고 마치 아무 일도 없었다는 것처럼 제 옆으로 돌아왔어요. 영웅이 아니라는 듯이. 예전에 아빠가 거센 파도 속으로 뛰어들어 물에 빠진 개를 구했을 때처럼요. 그 개의 주인들은 고맙다는 인사조차 하지 않았고, 아빠는 차라리 개를 다시 물에 던져버리고 그 주인들도 같이 던져버렸어야 했다고 하셨죠. 하지만 아마 아빠는 첫 번째 부분은 그렇게 못하셨을 거예요(두 번째 부분은… 잘 모르겠지만요).

그런 점에서 저는 아빠를 닮지 않았어요. 제겐 낙엽 한 장만큼의 용기만 있을 뿐이거든요. 거미 한 마리 때문에 도로 한복판에 차를 버리고 간 적도 있으니까요. 만약 제가 물에 빠진 개를 보게 된다면, 제가 할 수 있는 유일한 일이라고는 그걸 보고도 뛰어들지 않는 사람들을 향해 소리치는 것 뿐일 거예요. 그래도 아빠의 용기가 제게 전혀 남지 않은 건 아니에요. 아빠의 딸이라는 사실만으로도 엄청난 자부심을 갖게 되었으니까요.

어쩌면 언젠가 엘사처럼 저도 아빠를 떠나보낼 수 있겠죠.

사랑하는 남편, 나의 첫 번째 독자이자 가장 훌륭한 청중이 되어줘서, 10년 전보다, 나보다 더 강하게 내 꿈을 믿어줘서 고마워. 당신이 없었다면, 나는 아마도 어린 시절의 꿈을 포기했을 거야.

　사랑하는 우리 아이들, 나에게 가장 큰 열정과 영감을 주는 존재들. 고마워.

　그리고 우리 가족, 특히 엄마, 여동생, 할머니, 이모, 언제나 열정과 자부심으로 저를 응원해주셔서 감사해요.

　내 친구들, 고마워. 너희가 내 삶에 존재해준 것이 얼마나 귀한 일인지 몰라.

　사랑하는 나의 편집자 폴린 포르에게도 고마움을 전합니다. 제가 처음 출판계에 발을 들였을 때, 당신은 제가 처음으로 마음을 터놓게 된 친구였어요. 수년이 지나 다시 함께할 수 있어 행복합니다. 제가 당신에게서 가장 좋아하는 점이 무엇인지는 잘 모르겠어요. 글에서 가장 중요한 부분을 뽑아내어 더 단단하게 만드는 당신의 놀라운 재능인지, 아니면 밤낮 가리지 않고 함께 터뜨리는 웃음인지요(사실 둘 다예요).

　플라마리옹 출판사, 특히 소피 드 클로제, 카롤 소데조, 기욤 로베르, 소피 오그, 라에티시아 르게, 폴린 모렐 푸리켕, 클레망스 무이부슈, 줄리 코바르스키, 뱅상 르 타콩, 프랑수아 뒤르크하임, 클레르 르 멘, 소피 라우에. 여러분의 따뜻한 열정에 감사합니다.

르 리브르 드 포슈 출판사에도 감사드립니다. 특히, 사랑하는 베아트리스 뒤발, 오트리 프티, 조에 니에우단스키, 실비 나벨루, 안 부이시, 니농 르그랑, 플로랑스 마스, 도미니크 로드, 베네딕트 보주앙, 뱅상 마이에, 베로니크 페로빅, 앙투아네트 부비에, 마이쑨 아바지드, 셀린 셀본에게 고맙습니다.

제 원고를 처음으로 읽어주신 분들께도 감사드립니다. 이번 소설의 인물들을 떠나보내기 유독 어려웠는데, 여러분의 피드백은 정말 소중했고 큰 위안이 되었습니다. 아르놀드 뮈리엘, 클라라, 마리안느, 미미, 세레나 줄리아노, 소피 루비에, 마리 바레이유, 바티스트 보리유에게 감사를 전합니다.

제 책이 독자들의 손에 닿을 수 있도록 힘써주신 영업 담당자분들께도 감사드립니다. 이야기를 전하는 데 중요한 역할을 하시는 서점 관계자 분들, 제 책을 열정적으로 지지해주셔서 고맙습니다. 자신의 독서 경험을 공유하여 다른 사람들도 독서의 매력에 빠지게 해주시는 블로거 분들께도 감사드립니다. 제 작품에 관심을 가져주신 기자분들께도 감사합니다. 지난 10년간, 수많은 작은 요정들이 제 소설을 돌봐주었어요. 그 모든 분들께 무한히 감사드립니다.

그리고 마지막으로, 바로 여러분, 독자분들께 감사드립니다.
소설을 쓰는 것은 어릴 적부터 품어온 꿈이었습니다. 2007년, 저는 첫 원고를 여덟 개의 출판사에 보냈습니다. 모두 거절당했지만, 몇몇 출판사에서는 계속 도전하라고 격려해주기도 했습니다. 저는 그걸 글쓰기에 재능이 없다는 뜻으로 받아들이고 꿈을 접어두었습니다. 그러나 몇 년 후, 당시 운영하던 블로그의 독자분들이 그 꿈을 일깨워주었습니다. 그리고 출판사에서 개최한 공모전에 제출하기 위해 새로운 원고를 썼습니다. 남편을 떠나 세계 일주 크루즈 여행을 떠난 한 여자의 이야기였지요. 그 원고는 최종심에까지 올랐지만 당선되지는 않았습니다. 그렇게 다시 그 원고는 친구의 강력한 권유로 출판사에 보내기 전까지는 몇 달 동안 컴퓨터 속에 잠들어 있었습니다. 그 출판사는 당시 이메일로 원고를 받던 유일한 출판사였습니다. 3일 후, 그 출판사에서 저에게 전화를 걸어왔고, 그렇게 제 첫 소설인 『펠리시타 호가 곧 출발합니다(Le premier jour du reste de ma vie)』를 출간하게 되었습니다. 그 이후로 아홉 권의 책이 더 나왔습니다. 그러니 여러분의 꿈을 포기하지 마세요.

 독자 여러분들은 모든 것의 시작입니다. 여러분이 없었다면 저는 계속해나갈 용기를 얻지 못했을 것입니다. 덕분에 아름다운 이야기가 계속되었습니다. 사람들은 종종 제 작품들이 어떻게 이렇게 많은 사랑을 받는지 묻습니다. 대답은 단 하나뿐입니다. 바로 여러분 덕분이죠. 처음 몇 년간, 미디어의 주목을 받지 못했을 때에도 여러분이 곁에 계셔주셨습니다. 독자분들을 만날 때마다, 제 책을 읽게 된 것이 친구, 동료, 가족의 추천 때문이었다는 이야기를 듣곤 합니다. 여러분께서 제 책을 다른 사람들에게 선물할 정도로 사랑해주신다는 사실은 저에게도 큰 선물입니다.

 독자 여러분의 존재에 감사드립니다. 제 책을 읽어주시고, 제 이야기를 나누어주시고, 제게 편지를 보내주시고, 직접 만나러 와주셔서 고맙습니다. 어린 시절의 꿈에 함께해주시고, 그 꿈을 '하늘보다 더 크게' 만들어주셔서 감사합니다.

비르지니 그리말디

PLUS GRAND QUE LE CIEL

옮긴이 **손수연**

한국외국어대학교 글로벌캠퍼스를 졸업했다. 학부에서 프랑스학과 행정학을 전공했으며, 현재는 동 대학 통번역대학원 한불과에 재학 중이다. 『세상이라는 왈츠는 우리 없이도 계속되고』를 번역했다.

세상이라는 왈츠는 우리 없이도 계속되고

초판 1쇄 인쇄　2025년 8월 20일
초판 1쇄 발행　2025년 8월 30일

지　은　이　비르지니 그리말디
옮　긴　이　손수연
발　행　인　정수동
편 집 주 간　이남경
책 임 편 집　김유진

발　행　처　저녁달
출 판 등 록　2017년 1월 17일 제2017-000009호
주　　　소　경기도 파주시 문발로 142 니은빌딩 304호
전　　　화　02-599-0625
팩　　　스　02-6442-4625
이　메　일　book@mongsangso.com
인 스 타 그 램　@eveningmoon_book
유　튜　브　몽상소

I S B N　979-11-89217-73-0　03860

• 저작권법에 의해 보호를 받는 저작물이므로 무단전재와 무단복제를 금합니다.
• 잘못 만들어진 책은 구입하신 서점에서 교환해드립니다.